라모의 조카

Le Neveu de Rameau
Denis Diderot

라모의 조카

드니 디드로 지음 | 황현산 옮김

KU PRESS
고려대학교
출판문화원

루이 미셸 방 로가 그린 드니 디드로의 초상. 랑그르 박물관.

차례

라모의 조카

두 번째 풍자[1]

온갖 베르툼누스들의 변덕스런 심술을 정기 받아 태어나니.[2]
Vertumnus, quotquot sunt, natus iniquis
—호라티우스, 《풍자》, 제2권, 7.

날씨가 좋건 궂건 저녁 다섯시경에 팔레 루아얄[3]로 산보를 나가는 것이 내 버릇이다. 언제나 혼자, 아르장송의 벤치에 앉아 몽상에 빠져 있으면 그것이 바로 나다. 나는 내 자신과 정치에 대해, 사랑에 대해, 취미에 대해, 혹은 철학에 대해 이야기를 나눈다. 나는 내 정신이 완전히 제멋대로 놀아나도록 내버려둔다. 우리 방탕한 젊은이들이 푸아 산책로에서, 경박한 거동에 웃는 얼굴, 생생한 눈길에 들창코를 치켜든 창녀를 뒤따라가다가도 다른 여자가 나타나면

1 —— 디드로가 이 부제에서 자신의 산문 작품을 '풍자Satire'라고 명명한 데에는 약간 의외로운 점이 있다. 정통적으로 'satire'라는 말은 신랄한 표현과 익살스러운 어조로 어리석음과 악덕을 공격하는 시 장르만을 전적으로 지칭해왔기 때문이다. 논쟁적인 성격의 산문 작품을 지칭하기 위한 고전적인 용어로는 '비방문pamphlet'이라는 말이 있다. 《백과전서》의 'satire' 항목은 디드로의 의도를 밝혀주고 있다 : 고대인들은 "신들에게

또 그쪽으로 옮겨다니며, 모든 여자를 다 지분거리지만 어느 여자에게도 집착하지 않듯, 나는 내 정신이 현명한 생각이건 어리석은 생각이건 아무 생각이나 떠오르는 대로 자유롭게 따라가도록 놓아둔다. 내 생각들, 그것이 바로 내 논다니들이다. 날씨가 너무 춥거나 비가 너무 많이 내리면, 나는 레장스 카페로 몸을 피한다. 거기서 나는 장기 두는 것을 구경하며 즐기는 것이다. 세계에서는 파리가, 파리에서는 레장스 카페가 장기를 가장 잘 두는 곳이다. 심사숙고 레갈과 예민 필리도르와 불여튼튼 마요가 실력을 겨루는 것도 이 레의 카페[4]에서이며, 가장 놀라운 묘수를 보는 것도, 가장 심술궂은 이야기를 듣는 것도 여기에서다. 왜냐하면 사람이란 레갈

온갖 종류의 과일을 동시에, 구분하지 않고 봉헌하는 과반을 뜻하는 라틴어 'satura'라는 말이, 때로는 내용에 있어서 때로는 형식에 있어서, 모든 것이 질서도 규칙도 없이 뒤섞어 쌓여 있는 저작물들을 지칭하기에 알맞을 수도 있다"고 보았다. 그러나《라모의 조카》는 말의 현대적인 의미에서도 또한 풍자이다.《백과전서》에 의하면, "풍자는 〔…〕 바로 인간을 비방하려 한다. 그러므로 풍자가 교묘한 표현으로 독설을 감싸고 있는 것은, 재치만을 칭찬하는 체하는 기쁨을 독자에게 마련해주기 위해서다." 디드로가《라모의 조카》를 쓰면서, 자신의 적들, 팔리소, 프레롱과 그 패거리들을 공격하고 있는 것은 말할 것도 없다.

한편 디드로의 '첫 번째 풍자'는 네종Naigeon에게 바친 서한체의 산문,《여러 성격과 성격·직업 등을 나타내는 말들*Sur les caractères et les mots de caractère, de professions, etc.*》이다.

2 —— 베르툼누스Vertumnus는 시간의 변전과 계절의 변화를 주관하는 로마의 신. 이 신이 인간 앞에 나타날 때 수시로 형체를 바꾼다는 점에 근거하여 이 인용구는 그 이름을 복수형으로 사용하고 있다. 주인공 라모의 불안정하고 변화무쌍한 성격에 대한 희화적 초상을 그리기 위해 호라티우스의 한 풍자시로부터 가져온 이 시구는, 그러나 저자 디드로의 성격과도 결코 무관한 것이 아니라고 이야기된다. 디드로는 모든 점에서 극단

처럼 재사이면서 장기의 고수일 수도 있지만, 푸베르나 마요처럼 장기의 고수이면서 바보일 수도 있기 때문이다. 어느 날 점심 식사 후, 나는 많이 보고, 적게 말하고, 가능한 한 적게 들으며 거기 있었는데, 이 고장에서 가장 괴상한 사람들 가운데 하나가 그때 내게 다가왔다. 신은 이 고장에도 그런 사람들을 빼놓지 않았던 것이다. 그는 고매함과 비천함, 양식良識과 무분별의 혼합물이다. 성실과 불성실의 개념이 그의 머릿속에 이상하게 뒤범벅이 되어 있는 게 틀림없다. 왜냐하면 그는 자연으로부터 얻은 좋은 자질은 으스댐이 없이, 나쁜 자질은 부끄러움이 없이 드러내 보이기 때문이다. 게다가 그는 강한 체질과 독특한 상상력의 열기와 남다르게 힘찬

적이고 쉴 새 없이 움직이는 자신의 성격을 스스로 고백하고 있다. 일례로 그는《1767년의 미술전평*Salon de 1767*》에서, 루이 미셸 방 로Louis-Michel Van Loo가 그린 자신의 초상화에 대해 이렇게 말한다 : "이것은 내가 아니라고 여러분들에게 미리 알려둔다. 나는 내 감정에 와서 닿는 물건에 따라 하루에도 백번씩 다른 모습으로 변하곤 했다."

3 —— 17세기에 지어진 파리의 팔레 루아얄Palais Royal은 궁전과 그 부속 정원으로 이루어져 있었다. 그 정원 동쪽에는 디드로가 자주 다니던 아르장송 산책로가 나 있었으며, 이와 평행하여 푸아 산책로가 정원의 서쪽 경계를 이루고 있었다.

4 —— 18세기 중엽 파리에는 약 6, 7백 개의 카페가 있었다. 카페에서의 토론과 당시 유행하던 장기는 그 시대의 합리주의에의 열정과 무관하지 않다. 레Rey가 그 주인이었던 레장스 카페café de Régence는 특히 장기와 관련하여 이름이 높았다.

브르타뉴의 귀족인 레갈 경sire de Legal은 장기의 '신탁'으로 여겨질 만큼 명성이 높았으며, 음악가이기도 했던 프랑수아 앙드레 필리도르François-André Philidor(1726-1795)는 이미 22세에《장기의 분석》을 저술했다. 그와 개인적인 교분이 있던 디드로는 장기 때문에 그의 음악적 재능이 낭비되는 것을 아쉬워했었다. 마요Mayot와 푸베르Foubert에 관해서는 알려진 것이 거의 없다.

폐를 가지고 태어났다. 여러분들이 언제라도 그를 만나고 그의 기발한 언동에 이끌리지 않는다면, 손가락으로 귀를 틀어막거나 도망치는 수밖에 없으리라. 빌어먹을, 무슨 목소리가 이렇게도 끔찍하담. 또한 이 사내만큼 모습이 달라지는 사람도 없다. 이따금, 그는 폐병 말기의 병자처럼 여위고 핏기가 없다. 뺨을 통해 훤히 이를 셀 수도 있을 것 같다. 먹지 않고 며칠을 보냈거나, 라 트라프의 수도원에서 나오는 것이 아닌가 싶었다.[5] 그런데 다음 달에는, 어느 징세관徵稅官[6]의 식탁을 떠난 적이 없었거나, 성 베르나르파의 수도원에 갇혔던 것처럼, 기름지고 포동포동하다. 오늘은, 더러운 속옷에, 찢어진 바지에, 누더기를 걸치고 거의 신도 신지 않은 채, 고개를 숙이고 가며 사람들의 눈을 피하는 꼴이 그를 불러 동냥을 주고 싶을 지경이다. 내일은, 머리에 분칠하고, 구두 신고, 머리를 컬하고, 옷을 잘 입고, 고개를 높이 들고 보란 듯이 걷는 것을 보면, 누구라도 그를 어김없는 신사로 여기게 되리라. 그는 그날그날 형편대로 산다. 상황에 따라 슬프거나 기쁘다. 아침에 잠자리에서 일어났을 때, 그의 첫 번째 걱정은 점심 먹을 곳이 어딘지 알아내는 일이며, 점심 후에는 저녁 먹을 곳을 생각한다. 밤이 또한 그에게 불안을 가져온다. 주인여자가 그의 방세를 기다리다 못 참아 열쇠를 되돌려달라고만 하지 않았다면, 자기가 살고 있는 작은 다락방으로 터벅터벅 걸어서 되돌아가거나, 방향을 돌려 변두리 술집으로 가 빵 한 조각과 맥주 한 조끼를 놓고 해가 뜨기를 기다린다. 주머니에 6수도 없을 때는, 그에게 이런 일이야 가끔 일어나지만,

자기 친구들을 태워온 삯마차꾼에게건, 어느 귀족의 마부에게건 도움을 청해, 말들 곁, 밀짚 위에 잠자리를 얻는다. 이튿날 아침, 그는 여전히 머리칼에 자기 요의 일부를 지니고 있다. 계절이 온화할 때면, 밤새워 쿠르나 샹젤리제[7]를 큰 걸음으로 걸어다닌다. 해가 뜨면, 전날 입던 옷을 이튿날에도 입고, 때로는 그 이튿날에 입던 옷을 그 주일 내내 입고 거리에 다시 나타난다. 나는 이런 기인들을 존경하지 않는다. 사람에 따라서는 그들과 가까이 알고 지내고 친구로 삼기까지 하지만. 나는 그들을 만날 때는 1년에 한 번쯤 마음이 끌리는데, 이는 그들의 성격이 다른 사람들의 성격과 대조를 이루기 때문이며, 그들이 우리의 교육, 우리 사회의 인습, 우리의 관례적인 예의범절로 야기된 이 진절머리 나는 획일성을 깨뜨리기 때문이다. 그런 사람들 가운데 하나가 모임에 나타나면 그는

5 —— 라 트라프la Trappe는 1140년에 설립된 가톨릭의 시토 교단을 통칭하는 말이다. 백과전서파들은 기도, 육체노동, 고행, 묵상을 중시하는 이 교단의 반자연적일 만큼 엄혹한 규율을 통렬히 비판하였다. 이와 반대로 성 베르나르파로 알려진 수도사들은 호사스런 생활로 악평을 받았다.

6 —— 징세관financier 또는 징세 청부인은 대혁명 이전에 왕으로부터 그 토지 임차료와 직접세의 징수권을 위임받아 공공 재정을 담당하던 자. 이 금융의 시대에 대체적으로 부유했던 징세관들은 매우 호사스럽게 살았다.

7 —— 쿠르, 즉 쿠르라렌Cours-la-Reine은 센 강 우안을 따라, 오늘날의 콩코르드 광장에서 카나다 광장으로 이어졌던, 가로수가 심어진 산책로. 1628년 앙리 4세의 왕비 마리 드 메디치Marie de Médicis가 건설한 이 도로는 1760년경까지도 여전히 시외로 여겨졌었다. 샹젤리제는 당시 같은 이름을 가진 들판을 가로질러 샤요 언덕으로 이어지는 산책로였다.

뜸씨가 되어 발효하며 개개인들에게 그 타고난 개성의 일부를 되살려놓는다. 그는 자극을 주고 선동한다. 그는 시인하게 하거나 비난하게 한다. 그는 진실을 부각시킨다. 그는 착한 사람들을 드러내 알리고 악인들의 가면을 벗긴다. 양식 있는 사람이 귀를 기울이고, 자기 주위 사람들을 꿰뚫어보는 것은 바로 이때이다.

나는 이 사람을 오래 전부터 알고 있었다. 그는 어느 집에 자주 드나들었는데 그 집으로서는 그의 재능이 아까워 문을 열어주었던 것이다. 그 집에 외동딸이 있었다. 그는 아버지와 어머니에게 자기가 그 딸과 결혼하겠다는 뜻을 여러 번 밝혔다. 그들은 어깨를 으쓱하고 그를 맞대놓고 비웃으며 미친놈이라고 말하곤 했는데, 나는 그 일이 끝장나는 시기가 왔음을 알아차렸다. 그는 곧잘 나에게 몇 에퀴를 꾸었지만 나는 그것을 그에게 베풀었다. 무슨 수를 썼는지는 알 수 없지만, 그는 몇몇 점잖은 집에 끼어들어가 거기서 식사 대접을 받고 있었다. 그러나 허락이 없이는 말을 하지 않는다는 조건으로였다. 그는 말을 하지 않고 미친 듯이 먹었다. 그는 이렇게 얽매여 있으면서도 아주 잘 보고 있었다. 그가 계약을 어기고 싶어져 입을 열면, 첫 마디에, 같이 식사를 하던 모든 사람들은 "야, 라모!"하고 소리를 지르곤 했다. 그러면 그의 두 눈에서는 분노가 번들거렸고, 그는 다시 더욱 미친 듯이 먹어대기 시작했다. 여러분들은 이 사내의 이름을 알고 싶어했는데, 이미 알고 있다. 그는 우리가 백여 년 전부터 흥얼거려온 륄리[8]의 단선율 성가로부터 우리를 해방시킨 그 유명한 음악가[9]의 조카다. 그 음악가는 음악 이론에 대해 그토록 구구하게 난해한 환상과 묵시록적인 진실을 썼지만, 그도 어느 누구도 전혀 이해하지 못하는 것이었다. 또한 그에게서 우리는 몇몇 오페라를 얻고 있으나, 거기에는 화성, 노래 토막, 지리멸렬한 사상, 소란, 비상, 개선, 창, 영광, 웅성거림, 숨가쁜 승리, 영원히 이어질 무도곡이 있다. 그는 저 피렌체 사람[10]을 매장하고 나서 이제 자신이 이탈리아의 거장들에게 밀려 매장될 판인데, 그는 이것을 예감하고 어둡고 침울하고 까다로운 사람이 되어갔다. 어느 누구도, 코에 부스럼을 달고 잠자리에서 일어

8 —— 륄리Jean-Baptiste Lully(1632-1687)는 피렌체 출신의 프랑스 궁정음악가. 그가 작곡한 프롤로그가 붙는 5막 구성의 오페라는 이후 프랑스 오페라의 정형이 되었으며, 유럽의 음악에 큰 영향을 미쳤다. 륄리의 종교음악은 당시의 음악적 취향을 반영하여, 대위법적인 복잡성을 피하고 명쾌한 구성감과 서정성에 주안점을 두고 있다.

9 —— 주인공 라모의 삼촌인 장 필리프 라모Jean-Philippe Rameau(1683-1764)를 가리킨다. 《근본 원칙으로만 본 화성론*Traité de l'Harmonie réduite à ses principes naturels*》(1722)을 쓴 음악이론가이며, 〈사랑의 인도Les Indes galantes〉, 〈카스토르와 풀룩스Castor et Pollux〉, 〈다르다누스Dardanus〉 등의 오페라로 크게 성공을 거둔 그의 음악은 선율에 대한 화음 우위 사상에 근거한 합리적이며 근대적인 화성 표현으로 특징지어진다. 이 점이 디드로와 같은 그의 반대자들에게는 오히려 비난의 대상이 되기도 했다. 1752년 데투슈André Destouche(1672-1749)의 오페라 〈옹팔레Omphalet〉가 재연되고, 이어 이탈리아 작곡가 페르골레시Giovanni Pergolesi(1710-1736)의 희가극(오페라 부파) 〈마님이 된 하녀Serva Padrona〉가 오페라 극장에서 상연되자, 프랑스의 궁정 오페라의 옹호자들과 이탈리아 음악의 민중적 아름다움을 찬양하는 자들 사이에 유명한 '희가극 논쟁' 또는 '광대 논쟁Querelle des Bouffons'이 벌어졌다. 장 필리프 라모는 프랑스 음악 지지자들의 선두에 서서 그 가치를 적극적으로 옹호했다(주 146 참조). 이 논쟁을 전후하여 그는 대중의 관심에서 멀어지게 된다.

10 —— 즉 륄리.

나는 예쁜 여자라 해도, 자기 생전에 명성을 잃어버릴 것만 같은 작가만큼 역정을 내지는 않는 법이다. 마리보와 크레비용 2세가 그 증인이다.[11]

그가 내게 다가온다… "아아, 당신이로군요, 철학자 선생, 그런데 여기 이 게으름뱅이 떼거리들 틈에서 무얼 하고 있소? 선생도 역시 나뭇조각을 모느라고 시간을 버리시오?" 장기나 고누 두는 것을 경멸하여 이렇게 일컫는다.

나—— 아니오. 그러나 달리 더 마땅한 일이 없으면, 잠시 나뭇조각을 잘 모는 사람들을 바라보며 즐기는 거지.

그—— 그렇다면, 어쩌다 즐기시겠군. 레갈과 필리도르를 제외하면, 나머지는 아무것도 모르고 있으니까요.

나—— 그럼 드 비시 씨는 어쩌고?

그—— 장기 기사로서 그 사람은 배우로 치자면 클레롱 양에 해당합니다. 두 사람 모두 자기 일에서 배워서 알 수 있는 것이야 다 알고 있지요.[12]

나—— 까다로운 사람 같으니. 그래, 탁월한 사람들이 아니면 가차가 없으신가 보구만.

그—— 그럼요. 장기니 고누니 시니 웅변이니 음악이니 뭐니, 이런 따위의 쓸모없는 짓들에서는 말입니다. 이런 종류의 일에 그럭저럭한 정도라면 무슨 소용이 있겠어요.

나—— 그건 그래, 별 소용이 없겠지. 하지만 천재를 배출하려면, 그런 일에 열중하는 사람들이 많아야겠기에 하는 말이오. 천재는 어중이떠중이들 가운데 하나이니까. 그건 그렇고, 무척 오래간만이오. 얼굴을 보지 않으면 별달리 당신이 생각나는 것은 아니지만, 이렇게 다시 보면 당신은 여전히 재미가 있구만. 어떻게 지냈소?

그—— 당신들이나 나나 다른 모든 사람들이 하는 일을 했지요. 선한 일도 하고 악한 일도 하고 시시껄렁한 일도 하고. 그리고 배가 고팠고, 그래서 먹었고. 그럴 기회가 주어지면 말입니다. 먹고 나면 목이 말랐고, 그래서 가끔 마셨지요. 그러는 동안에 수염이 나더구만. 그래서 수염이 나면 깎았지요.

나—— 잘못하셨군. 당신이 현자가 되는 데 단 하나 부족한 것이 그건데.

11 —— 마리보Marivaux(1688-1763)는 극작가이자 소설가로서 몰리에르식의 전통적 희극을 개혁하여 여성의 연애심리에 대한 섬세한 분석을 위주로 하는 희극들과 평민 사회의 풍속을 정확하게 묘사한 소설들을 남겼지만, 1760년 이후로는, 우아하고 섬세함이 지나쳐 부자연스럽고 가장된 어조를 뜻하는 '마리보다주marivaudage' 라는 말과 함께 낡은 사람으로 취급되었다.

또 한 사람의 극작가 크레비용 2세Crébillon le fils(1707-1777)는 1759년 이후 왕의 검열관으로 임명되어 재능을 낭비하고 있었다.

12 —— 프랑스 아카데미 회원이자 극작가였던 드 비시Claude Henri de Bissy(1721-1810)에 대해, 디드로는 이 인물의 재능이 문학과 장기 양면에 걸쳐 학습과 정석적 방법에 국한되어 있다는 점에 주목한다.

한편 여배우 클레롱Mlle Clairon(1723-1802)에 대해, 디드로는 그의 《배우에 관한 역설*Paradoxe sur le comédien*》에서, 영감이 넘치는 배우의 전형인 라 뒤메닐la Dumesnil(1713-1803)과 대비하여 냉정하고 침착한 배우의 전형으로 소개한다(주 60, 61 참조).

그—— 옳으신 말씀. 크고 주름진 이마, 이글거리는 눈, 우뚝 솟은 코, 넓은 두 뺨, 검고 숱이 많은 눈썹, 쭉 찢어진 입, 치켜 올라간 입술, 네모진 얼굴. 이 널따란 턱에 긴 수염만 덮이면, 청동상이나 대리석상으로 아주 그럴듯하겠지요?

나—— 카이사르나, 마르쿠스 아우렐리우스나 소크라테스와 나란히 서서.

그—— 아니, 그보다는 디오게네스와 프리네[13] 사이에 서는 게 더 낫겠죠. 나는 디오게네스처럼 뻔뻔스럽고, 프리네 같은 여자들의 집에 기꺼이 드나드니까 말이오.

나—— 몸은 여전히 건강하시고?

그—— 예, 대개는 그렇지요. 그러나 오늘은 썩 좋질 못합니다.

나—— 그럴 리가? 보아하니 배는 실레노스[14]의 배요, 얼굴은…

그—— 얼굴은 그 반대편의 볼기짝과도 같다는 말씀이겠죠. 내 존경하는 삼촌을 마르게 만드는 나쁜 체액體液이 그의 사랑스런 조카를 필경 살찌게 만드는 탓입니다.

나—— 그 삼촌 이야기가 나왔으니까 하는 말이지만, 가끔 만나보시오?

그—— 예, 거리에서 지나가는 걸 보죠.

나—— 뭘 좀 베풀어주시진 않고?

그—— 그 사람이 누구에게 뭘 베풀어준다면, 그러는 줄 모르고 그러는 겁니다. 그 나름대로는 철학자인 셈이죠.[15] 자기밖에는 생각하지 않으니까. 세상 나머지는 그 사람한테 한 푼의 가치도 없어요. 자기 딸과 아내는 죽고 싶을 때 죽으면 그만이고. 그 여자들을 위해 조종을 칠 교회당이 12음과 17음을 계속 울려주기만 한다면 말이죠.[16] 그게 그로서는 행복한 일이지요. 그런데 내가 천재들에게서 특별히 받아들이는 것이 있다면 바로 이 점입니다. 그들은 한 가지 일에만 훌륭해요. 그걸 떠나면, 젬병이고. 시민이 되고, 아버지 어머니가 되고, 형제 친척 친구가 된다는 게 무언지도 모르지요. 우리끼리 이야기지만, 모든 점에서 그들을 닮아야 하겠지만, 그 종자가 널리 퍼지기를 바라서는 안 됩니다. 보통 사람들이 필요하지 천재들은 필요 없어요. 암, 전혀 필요가 없고말고요. 그런데 지구의 모습을 바꾸는 것은 바로 그들인데다, 아무리 하찮은 일이

13 —— 프리네Phyrne, 기원전 4세기에 살았던 그리스의 창녀. 거리의 피리 부는 여자로 출발하여 아테네에서 가장 부유하고 유명한 창녀가 되었다. 조각가 프락시텔레스Praxiteles의 정부로 그의 아프로디테 상('크니도스의 아프로디테')의 모델이 되기도 하였다.

14 —— 그리스 신화에서 프리지아의 신이며 디오니소스의 스승인 실레노스Silenus는 납작코에 배불뚝이인 추악한 용모의 늙은 향락객으로 그려진다.

15 —— 계몽철학자들은 그 불편부당한 사고방식과, 인습적 도덕이나 종교적 의례에 대한 거부 등으로 당시의 대중들에게 비사교적이고 냉혹하며, 공공복리를 위해 자기를 희생할 줄 모르는 이기주의자의 전형으로 비칠 수 있었으며, 이 점은 철학자들을 비방하는 몇몇 희극의 주제가 되기도 했다. 철학자들의 행동 양식으로부터 그 사회적·지성사적 문맥을 제거해버리면, 그것은 음악가 장 필리프 라모의 인정머리 없는 태도와 같은 것이 될 수 있다.

16 —— 장 필리프 라모의 '밑음 베이스basse fondamentale' 체계에 대한 야유적인 암시. 라모의 저음부 12·17음 이론은 루소, 달랑베르 등의 비난을 받았지만, 라모는 그의 주장을 굽히지 않았다. 여기서 디드로는 조카 라모의 입을 빌려, 오로지 자신의 체계를 승리로 이끌기 위해 몰두하는 이론가의 고착관념을 풍자하고 있다.

라도, 어리석음이 그렇게 넓고 두터운 판에 야단법석을 떨지 않고 그걸 어떻게 개혁할 수가 있겠어요. 그들이 상상했던 것의 일부는 이루어지고 있지요. 나머지는 예전 그대로고. 그 결과 복음이 두 개라. 그걸 아를르캥의 얼룩덜룩한 옷이라고나 해야지요. 라블레의 글에 나오는 수도사의 지혜가, 자기에게도 편하고 다른 사람들에게도 편하고, 더 바랄 것이 없는 참된 지혜지요 : 잘하건 못하건 자기 할 일을 하라, 항상 수도원장을 칭찬하라, 그러고는 세상이 제멋대로 돌아가도록 내버려두라.[17] 잘되어갈밖에. 많은 사람들이 만족하니까. 내가 역사를 안다면, 이 지상에 악이 찾아온 것은 항상 어떤 천재 탓이라는 걸 선생에게 증명해보일 텐데. 내가 어디 역사를 아나요. 아무것도 아는 것이 없으니까요. 정말이지 나는 언제 뭘 배워본 적도 없고, 또 아무것도 배운 것이 없다고 해서 그 때문에 더 고통스러워해본 적도 없다구요. 언젠가 프랑스 국왕의 대신大臣 노릇을 하는 사람[18]의 식탁에 앉은 적이 있었지요. 재치가 대단한 양반입니다. 아 글쎄, 그 양반이, 민중들에게 거짓말보다 더 유익한 것이 없고, 진실보다 더 해로운 것이 없다는 것을, 하나 더하기 하나는 둘처럼 명확하게 논증을 하지 않았겠소. 어떻게 그걸 증명했는지는 잘 기억이 나지 않지만, 그 다음 이야기는 훤합니다. 천재들이란 구제 불가능한 물건들이며, 만일 어린애가 자연으로부터 이 위험한 선물을 받았노라고 이마에 표지를 달고 태어나면, 질식을 시켜 죽이거나 거지굴에 집어던져도 마땅하다는 겁니다.

나—— 그렇지만 천재를 그토록 싫어하는 사람들이 모두 자기야

말로 천재를 지녔다고 자부하지.

그—— 마음속으로는 그렇게들 생각하고 있겠지만, 감히 그걸 털어놓기야 할라구요.

나—— 그거야 겸손을 떠느라고 그렇고. 당신은 그러니까 그 식탁에서, 천재에 대해 무시무시한 증오를 품어버리셨다?

그—— 돌이킬 수 없을 만큼.

나—— 그러나 당신도 보아하니 한때는 자신이 평범한 사람에 불과하다고 낙담하고 있던데. 찬성하건 반대하건 똑같이 가슴이 아프다면 결코 행복할 수가 없지 않겠소. 태도를 결정하고 그걸 충실히 지켜야지. 당신 말마따나 천재들이 하나같이 기이하다거나, 속담이 말하듯 훌륭한 사람들치고 다소 광기가 없는 사람은 없다는 거야 인정하지만 그래도 역시 그들은 놀랄 만한 사람들이지.[19] 천

17 —— 디드로는 이 '지혜'들을 장난삼아 이따금 거론하곤 했다. 그러나 라블레의 어떤 텍스트에도 이러한 격언들이 문자 그대로 나타나 있는 곳은 없다. 아마도《가르강튀아 *Gargantua*》의 39장과 40장에서 수사 장Jean이 수도승들의 관심사를 풍자적으로 열거하는 내용을 자유롭게 번안한 것이거나, 라블레에 대해 구전되어온 전설일 것으로 추측된다.

18 —— 루이 15세 치하에서 외무성의 국무경과 육해군성 장관을 역임했으며, 능란한 술수와 시니시즘으로 이름이 높았던 슈아죌Étienne François Choiseul(1719-1785)을 말한다. 그는 특히 계몽철학자들의 충성심·애국심의 결여에 분개하여, 행정적 조치보다 더 효과적인 선전 공작을 펴서 철학자들을 매도하고, 반계몽주의적 작가들을 후원하였다.

19 —— 디드로는 실제로, 이런 종류의 '광기'가 천재를 구성하는 데 불가분한 것이라고 여겨 극구 예찬하였다. 천재들의 불행한 성격은 자기 시대 사람들을 불편하게 하지만 미래의 유용성과 인류의 진보가 그 보상으로 주어진다는 것이다. 이 천재-기인의 개념 속에는 디드로의 실용주의와 '로망주의'가 기묘하게 얽혀 있다.

재를 배출하지 못한 시대는 멸시를 받고 말지. 천재들은 자기들과 함께 살았던 국민들에게 영예를 안겨줄 거고. 조만간 그들의 상像이 서고 그들은 인류의 은인으로 추앙을 받아. 당신이 말한 그 고귀하신 대신께는 실례가 될지도 모르겠지만, 거짓말이 일시적으로는 이로울지 모르나 길게 보면 필경 해롭고, 반대로 진실이 그 순간은 해를 끼친다 하더라도 길게 보면 필경 이롭다고 생각해. 그래서 나는 일반적인 오류를 비난하거나, 위대한 진실을 전파하는 천재는 항상 우리들의 숭배를 받아 마땅한 존재라고 결론을 내리고 싶구만. 이 존재가 편견과 법의 희생이 되는 수도 있겠으나, 법도 두 가지지. 한쪽이 절대적 공정과 보편성의 법인 반면에, 다른 한쪽은 사람들이 모두 까막눈이거나 상황이 만부득하지 않은 바에야 승인될 수 없는 괴상망측한 법이란 말이오. 이 괴상망측한 법은 그걸 어긴 죄인에게 치욕을 둘러씌우지만 일시적일 뿐이고. 시간이 가면 재판관들과 국민들이 거꾸로 이 치욕을 뒤집어쓰고는 영 벗어나질 못해요. 소크라테스와 그에게 독약을 먹인 집정관 중에서, 오늘날 불명예스러운 것은 어느 쪽이지?

그—— 소크라테스가 그거 다 헛수고를 했어요! 그래서 그 사람의 죄가 감해졌나요, 사형이 감해졌나요? 그렇다고 불온한 시민이 아니었다고 할 건가요? 악법을 경멸한다는 것이, 결국 좋은 법을 그만큼 경멸하도록 바보들을 부추기지 않았던가요? 어쨌거나 무례하고 유별난 작자가 아니었던가요? 선생은 방금 천재들에게 별로 이롭지 못한 증언을 한 것이나 뭐 다를 것이 없다구요.

나—— 사람하고는, 내 말을 들어보라구. 사회는 악법을 갖지 말아야 할 것이고, 그래서 사회가 좋은 법만을 가진다면, 천재를 학대하는 경우는 결코 없을 것 아닌가. 나는 천재가 불가분하게 악의와 결부되어 있다고도, 악의가 천재와 결부되어 있다고도 말하지 않았어. 재인才人보다는 바보가 악인인 경우가 더 흔할 거요. 천재가 흔히 사귀기 힘들고, 어렵고, 까다롭다고 쳐요. 악인이라고까지 해두지. 거기서 어떤 결론을 끌어내겠어?

그—— 물에 빠뜨려 죽이는 게 마땅하다는.

나—— 이 사람아, 너무 심하구만. 저 뭐야, 당신 삼촌을 예로 들지는 않겠소. 냉혹한 사람이지. 난폭한 사람이고. 인정머리 없고, 인색하고. 못된 아버지, 못된 남편, 못된 삼촌이지. 하지만 그 사람이 천재인지, 자기 예술을 아주 깊은 경지에까지 이르게 했는지, 또 10년 후에도 그의 작품이 문젯거리가 될 것인지는 별로 확실치 않아. 그러나 라신은 어떻소? 그 사람은 분명 천재를 지니고 있었지만 그다지 선량한 사람으로 여겨지지는 않았지. 드 볼테르[20]는 어떻고?

그—— 그렇게 몰아대지 말아요. 난 순리를 밟아 생각하는 사람이니까.

20 —— 디드로가 자기와 같은 계몽철학자이며 《백과전서》의 기고자 가운데 한 사람이었던 볼테르Voltaire(1694-1778)의 이름 앞에 고집스럽게 '드de'를 붙이고 있는 것은 그에 대한 존경심뿐만 아니라 일종의 거리감을 표현하려는 의도인 것 같다. 디드로는 그의 약삭빠른 처신과 협량狹量을 자주 원망하였다.

21 —— 브리아송Antoine-Claude Briasson은 1768년 인쇄소·서적상 위원회 대표로서 르브르통Lebreton, 다비드David, 뒤랑Durant 등과 연합하여 《백과전서》를 간행 중이었다.

나 —— 둘 중에 어느 쪽이 더 낫지? 라신이 브리아송[21]처럼 자기 계산대와 하나가 되거나, 바르비에[22]처럼 자기 잣대와 하나가 되어, 해마다 규칙적으로 자기 아내에게 적자嫡子를 낳게 하고, 좋은 남편, 좋은 아버지, 좋은 삼촌, 좋은 이웃, 정직한 상인이었지만, 그 이상 아무것도 아니었던 것이 더 낫겠소, 아니면 간교하고 음흉하고 야심만만하고 시기심 많고 심술궂었지만 〈앙드로마크〉 〈브리타니쿠스〉 〈이피제니〉 〈페드르〉 〈아탈리〉의 저자였던 것이 낫겠소?

그 —— 라신 자신을 위해서라면, 그거야, 두 사람 중에서 첫 번째였던 것이 더 좋았겠지요.

나 —— 정말 그래. 당신이 생각하는 것보다 훨씬 더 그래.[23]

그 —— 어어! 당신들은 이렇다니까! 우리 같은 사람들이 무언가 괜찮은 이야기를 하면, 그것은 미친 사람들이나 신들린 사람들처럼, 우연히 그렇다는 거지요. 당신네들의 말을 알아듣는 것은 당신네들밖에 없다는 거지요. 그렇다고요, 철학자 선생. 나는 내 말이 무슨 뜻인지 압니다. 그러니까 당신네들이 자기 말이 무슨 뜻인지 아는 것처럼 나도 내 말이 무슨 뜻인지 알고 있다 그겁니다.

나 —— 그래, 됐소. 그런데, 왜 그를 위해설까?

그 —— 그거야 그 아름다운 작품들을 모두 써놓고도 2만 프랑도 벌지 못했기 때문이요, 그가 생드니 가나 생토노레 가의 번듯한 비단장수였거나, 번듯한 식료품 도매상이었거나, 손님 많은 약제사였더라면, 어마어마한 재산을 모았을 것이기 때문이요, 그렇게 한 재산을 모았더라면, 그가 누리지 못할 쾌락이란 없었을 것이기 때문이요, 이따금씩 나같이 가난한 어릿광대놈에게 돈푼이나 집어 주었을 것이고, 나 같은 어릿광대는 그를 웃겨주고, 기회가 닿는 대로 그에게 젊은 계집을 구해다 바쳐 마누라와의 지겨운 잠자리로부터 그의 권태를 달래주었을 것이기 때문이요, 우리 같은 사람들이 그의 집에서 기막힌 식사를 하고, 흐드러지게 노름판을 벌이고, 기막힌 술, 기막힌 커피를 마시고, 야유회를 벌였을 것이기 때문이지요. 보세요, 나는 내 말이 무슨 뜻인지 이렇게 알고 있었잖아요. 웃으시네. 그래도 할 말은 합시다. 그 편이 그 측근들에게 더 좋았을 거라구요.

나—— 그야 물론이지. 다만 그가 그런 부를 정당한 거래로 벌어들

1764년, 법에 저촉되는 내용을 담은 원고의 일부가 무단 삭제된 채 인쇄된 점에 대해, 디드로가 르브르통에게 그 책임을 물었을 때, 브리아송이 중재에 나서 디드로를 진정시키는 데 성공한다. 디드로는《라모의 조카》에서 브리아송에게 르브르통이나 다비드보다는 나은 대접을 하고 있지만, 그 장삿속에 대한 멸시를 은근히 드러내고 있다.

22 —— 바르비에Barbier, 당시 파리의 비단 장수. 견직물 외에도 금은 등 귀금속을 취급하였다. 성공한 상업 부르주아 계급에 대한 디드로의 경멸은 당시의 문학에서 이채로운 것이었다.

23 —— 여기서 암시되는바, 불행과 재능 사이에 존재한다고 여겨지는 필연적인 연관에 대해, 디드로는 그의《1767년의 미술전평》에서 보다 분명한 언급을 하고 있다 : "삶에 시를 만들지 말 일이다. 소설적인 영웅들과 애인들, 위대한 애국자들, 불굴의 벼슬아치들, 종교의 사도들, 철저한 철학자들, 이 모든 희귀하고 거룩한 정신병자들은 삶에 시를 만든다. 거기서 불행이 연유한다. 〔…〕 자연이 스스로 재능을 분배하고는, 그 분배받은 자를 불행에 처한다는 것은 경험적 사실이다. 내 자신은 비난과 시샘을 동시에 면할 수 있는 범용을 예찬해왔으며, 그런데도 왜 아무도 감수성을 버리고 범용해지려 하지 않는지 의문으로 삼아왔다."

여 파렴치하게 사용하지만 않았다면 그렇지. 다만 그 모든 놀랑패들, 그 모든 기생충들, 그 모든 시시한 아첨꾼들, 그 모든 게으름뱅이들, 그 모든 쓸모없는 패덕자들을 자기 집에 얼씬도 못하게 했다면이야. 그리고 제 마누라와 습관적으로 붙어사느라고 신물이 난 남편들을 가지가지로 위로해주는 그 은근짜 사내를, 가게의 점원들에게 몽둥이를 들려 때려죽이기만 했다면이야.

그—— 때려죽인다! 아니, 때려죽인다니요! 치안질서가 제대로 잡힌 도시에서는 어느 누구도 맞아죽지는 않아요. 그것도 점잖은 직업이라구요. 많은 사람들이, 작위를 가진 사람들까지 그 일에 끼어들어 있는 판인데. 게다가 좋은 음식, 좋은 친구들, 좋은 술, 예쁜 여자들, 온갖 쾌락, 가지가지 오락이 아니라면, 도대체 어느 구석에다 돈을 쓰라는 말이오? 큰 재산을 가지고도 이런 즐거움을 하나도 누리지 못한다면 거지가 되는 것보다 더 나을 게 뭐가 있어. 하지만 라신에게로 다시 돌아가보자구요. 그는 자기가 알지 못하는 사람들에게만, 자기가 살지 않았던 시대를 위해서만 착한 사람이었다구요.

나—— 옳아. 그러나 악과 선을 저울질해보라구. 지금부터 천년 뒤엔 그는 눈물을 쏟게 하겠지. 이 지구상의 모든 나라에서 인간들의 찬탄을 받을 것이고. 그는 인정, 연민, 사랑을 불어넣을 것이며, 사람들은 그가 누구였는지, 어느 나라 사람이었는지 물을 것이고, 프랑스를 부러워하겠지. 그 사람 때문에 몇몇 사람이 고통을 당하기는 했지만 그들은 이제 존재하지 않으며, 우리는 그 사람들에게 거의 아무런 관심도 없어요. 그의 악덕도, 그의 결점도 우리에게는 무서울 게 전혀 없고. 그가 자연으로부터 위인다운 천재적 재능과 함께 선인이 가질 만한 미덕을 아울러 받았더라면 그야 물론 더 좋았겠지. 그는 자기 주변에 심어진 나무 몇 그루를 말라죽게 하고, 자기 발치에서 자라던 풀들을 질식시킨 나무나 같아요. 그러나 이 나무는 그 꼭대기를 구름 속까지 뻗쳐올렸고, 그 가지들이 멀리 늘어졌지 않나? 그 당당한 줄기 아래 쉬러 왔던 사람들, 지금 오는 사람들, 앞으로 올 사람들에게 그렇게 그늘을 베푼 것이야. 이 나무에는 또 과일들이 열렸는데 그게 맛이 그만이고 끊임없이 싱싱하다구. 드 볼테르가 뒤클로처럼 상냥하고, 트뤼블레 사제처럼 천진하고, 돌리베 사제처럼 정직하기도 하다면야 더 바랄 것이 없겠지.[24] 하지만 그럴 수 없으니, 진정으로 흥미 있는 측면에서 사태를 바라보기로 하자구. 우리가 어느 공간, 어느 시간에 자리를 잡고 있는가는 잠시 잊어두고, 미래의 여러 세기와 가장 멀리 떨어져 있는 지역과 앞으로 태어나게 될 인민에게로 우리 시야를 넓혀보자구. 우리 인류의 행복을 생각해보잔 말이야. 우리가 그다지 관대한 것은 아니지만, 적어도 자연이 우리보다 더 현명하였다는 점은 너

24 —— 이 칭찬의 어조는 겉으로 보기에는 천진하지만 반어적이다. 아카데미 회원이었던 뒤클로Charles Duclos(1704-1772)는 신랄한 말과 난폭한 행동으로 유명했다.

호인의 풍모를 지녔던 트뤼블레Charles Trublet(1697-1770)는 계몽철학자들의 눈에 우스꽝스러울 정도로 꼼꼼하며 의뭉하고 교활한 사람이었으며, 돌리베d'Olivet(1682-1768) 사제는 타고난 위선자일 뿐이었다.

그렇게 받아들이기로 하자 그거야. 만일 그뢰즈의 머리에 찬물을 끼얹는다면, 아마도 그 허영심만 꺼지는 것이 아니라 그의 재능도 꺼져버리기 십상이야.[25] 드 볼테르를 비평에 덜 민감하도록 만들어놓는다면, 그는 더 이상 메로프[26]의 마음 속으로 내려갈 수 없을 테고, 당신을 더 이상 감동시키지도 않겠지.

그── 허나 자연이 현명한 것만큼 강력하기도 하다면, 왜 그 사람들을 위대하게 만든 것만큼 착하게 만들어놓지 않았을까요?

나── 그러나 그런 식으로 추론을 하다 보면 보편 질서가 허물어지게 되고, 이 세상에 모든 것이 다 훌륭하면 훌륭한 것은 아무것도 없게 되지 않겠어.

그── 그 말이 옳습니다. 중요한 점은 당신과 내가, 우리가 존재한다는 것이고, 우리가 당신이고 나라는 겁니다. 여타의 모든 것은 될 대로 되라지요. 사물의 가장 훌륭한 질서는, 내 소견으론, 내가 거기 들어 있었어야 하는 질서입니다. 내가 거기 없다면 세계 중에 가장 완전한 세계 따위가 다 뭐란 말이오.[27] 나는 내가 존재하고 있지 않는 것보다는 존재하고 있는 것이 더 좋아요. 터무니없는 이론이나 늘어놓으며 자빠져 있더라도.

나── 자기가 자기 존재를 포기하고 있다고 깨닫지 못한다면, 누구든지 당신처럼 생각하지 않을 사람도 없고, 지금의 질서를 비난하지 않는 사람도 없지.

그── 그건 사실입니다.

나── 그러니 사물을 있는 그대로 받아들이기로 해요. 사물이 우리에게 무엇을 치르게 하고 무엇을 얻게 해주는가를 살펴보자구. 그리고 우리가 찬양해야 할지 비난해야 할지 충분히 알지 못하는 것은 다 그대로 놓아두고. 그런 것들은 여러 훌륭한 분들이 상상하는 것처럼 필연이라면 아마도 선한 것도 악한 것도 아니니까.

그—— 당신이 지금 그렇게 엮어대 봐야 그 가운데서 내가 알아듣는 것은 별로 없습니다. 보나 마나 철학이군요. 미리 말해두지만 나는 거기 끼어들지 않겠습니다. 내가 아는 것이라고 해보아야 나는 다른 사람이 되고 싶어한다는 것이 전부입니다. 그러다 어쩌다 천재가 되고 위인이 될 수도 있으니까요. 그래요, 인정해야지요, 무언가가 내게 그렇다고 말을 하고 있어요. 그런 사람들 가운데 누구 하나라도 칭찬받는 소리를 들으면 그 찬사에 은근히 부아가 끓지 않는 적이 없다니까요. 나는 시샘이 많거든요. 그들의 사생활에 무언가 흠잡을 것이 있다는 이야기를 듣게 되면 나는 옳다구나 하고 귀를 기울입니다. 그래야 우리가 가까워지거든요. 내가 보잘것

25 —— 디드로는 화가 그뢰즈Jean-Baptiste Greuze(1725-1805)의 재능을 열렬히 찬양하고, 그의 풍속화를 역사화의 수준으로 치켜세우기까지 했지만, 친구들에게 보내는 편지에서는 그의 허영에 관해서도 언급하고 있다.

26 —— 볼테르의 희곡 〈메로프Mérope〉의 주인공. 여기서 디드로는 물론 라신의 비극 〈앙드로마크Andromaque〉의 모작인 이 작품이 바로 그 때문에, 볼테르의 다른 작품들과는 달리, 어느 정도의 감정적 깊이에 이르렀지만, 이 감정이 '느껴진' 것이라기보다는 비평을 의식하여 '조립된' 것임을 말하고 있는 것이다.

27 —— 라이프니츠Leibnitz와 볼프Wolff의 예정조화설에 대한 암시. 라이프니츠에 의하면 이 세계는 '섭리'에 의해 지배되고 있으며, 따라서 '세계 중에서 가능한 최상의 세계'이다. 볼테르는 이 이론을 그의 소설 《캉디드*Candide*》에서 조롱하고 있다.

없는 놈이라는 게 그만큼 견디기가 쉬워지고요. 나는 속으로 이렇게 말합니다, "너는 분명 《마호메트》를 쓰지 못했을 테고, 모푸 찬양도 못 썼을 테지."[28] 그러니까 나는 내가 보잘것없는 놈이라는 것이 화가 났고, 지금도 그렇지요. 그래, 맞아요, 나는 보잘것없는 놈이고 그래서 화가 납니다. 누가 〈사랑의 인도〉의 서곡을 연주해도, 누가 〈테나론의 깊은 구렁텅이, 밤, 영원한 밤〉[29]을 불러도, "봐라 너는 결코 이런 걸 만들지 못하리라" 이렇게 고통스럽게 혼잣말을 하지 않을 수 없었지요. 그래서 나는 내 삼촌이 부러웠으며, 만일 그가 죽고 나서 아름다운 클라브생곡 몇 편이라도 그의 종이끼우개에 들어 있었다고 친다면, 나는 내 자신으로 남아 있어야 할지, 그 사람 노릇을 해야 할지 갈피를 잡지 못했을 겁니다.

나—— 당신을 슬프게 하는 것이 그것뿐이라면, 너무 고통스러워할 것까지는 없구만.

그—— 아무것도 아니지요. 한순간 그러다 말지요.

(이어서 그는 〈사랑의 인도〉의 서곡과 아리아 〈깊은 구렁텅이〉를 흥얼거리기 시작하더니 이렇게 덧붙였다)

여기에 무언가가 있는데, 그것이 내게 이런 말을 해요 : 라모야, 이 두 곡을 네가 지었으면 좋겠지. 네가 이 두 곡을 지었으면 다른 곡도 두 곡 지었겠지. 이런 곡을 많이 지었더라면, 어디서나 사람들이 네 곡을 연주하고, 네 노래를 부르겠지. 너는 걸어갈 때, 고개를 꼿꼿이 쳐들 것이고, 네가 재능 있는 놈인가를 네 양심에 물어봐도 거리낌이 없겠지. 다른 사람들이 손가락으로 너를 가리키면

서 말할 거야 : 저 사람이 그 흥겨운 가보트들을 만든 사람이야(그러고 나서 그는 가보트를 흥얼거리더니, 깊이 감동한 사람, 기쁨에 빠져 그 때문에 두 눈이 젖은 사람의 표정으로 만족한 듯 손을 부비며, 덧붙였다). 너는 좋은 집(그리고는 두 팔을 벌려 너비를 쟀다), 좋은 침대(그는 그 침대 위에 태평하게 드러누웠다), 좋은 술(입맛을 다시며 맛을 보고), 좋은 마차(그 위에 올라타겠다고 발을 들어올렸다), 예쁜 여자들(벌써 그 유방을 쥐고 쾌감에 젖은 눈으로 바라보았다)을 가지겠지. 날마다 뭇 상놈들이 네게 아첨을 떨러 오겠지(자기를 둘러싸고 그들, 팔리소, 푸앵시네, 프레롱 부자, 라 포르트[30]가 모여 있다고 생각하며, 그들의 말을 듣고, 거드름을 피우고, 그들의 말을 시인하고, 그들에게 미소를 짓고, 그들을 무시하고, 그들을 경멸하고, 그들을 쫓아내고, 그들을 다

28 —— 볼테르가 교황청의 보호 아래 광신을 비난하기 위해 쓴 서사시 《마호메트 *Mahomet*》에 관해, 계몽철학자들은 그의 가장 용기 있는 작품이며, '이성의 승리'라고 찬양했다. 그러나 1771년에 대법관 모푸Maupeou가 루이 15세의 편에 서서 고등법원을 숙청하였을 때, 볼테르는 다른 철학자들처럼 분개하기는커녕, 대법관을 산문과 운문으로 찬양하였다. 볼테르에게는 그 나름의 논리가 있었지만, 아첨에 가까운 그 찬사의 말이 너무 지나쳐 반대파들의 조롱을 면할 수 없었다. 라모는 여기서 디드로를 대신하여 우선 볼테르를 암암리에 비난하고, 이어서 재능이 없는 대신 과오를 저지르지는 않았다고 자신을 위로하는 한편 세상과의 투쟁과 타협 양면에 걸쳐 어느 쪽 재능도 충분히 지니지 못한 자신을 한탄하고 있다.

29 —— 장 필리프 라모의 오페라 〈카스토르와 폴룩스〉의 아리아.

30 —— 이 이야기가 진행될 무렵, 여배우 위스Adélaïde-Louise-Pauline Hus(1734-1805)와 그녀의 정부 베르탱Louis-Auguste Bertin de Blagny의 집에 라모와 함께 기식하던 '동물원'의 인물들이 처음 소개되고 있다(주 57 참조). 이들은 직·간접적으로, 특히 《백과전서》의 간행과 관련하여, 디드로의 원한을 샀던 인물들이다.

시 부르고 하더니, 말을 이었다). 그리하여 너는 이렇게 아침마다 네가 위대한 사람이라는 말을 들을 것이고, 《3세기》[31]의 역사에서 네가 위대한 사람이라는 이야기를 읽을 것이고, 저녁마다 네가 위대한 사람이라고 확신할 것이며, 그리하여 저 위대한 자, 저 조카 라모는 그의 귓속에 감미롭게 수런거리는 찬사를 들으며 잠이 들 것이고, 잠이 들어서도 흐뭇한 얼굴을 할 것이며, 그의 가슴은 부풀어올라, 편안히 높아지고 낮아질 것이며, 위대한 사람처럼 코를 골리라.

(그리고 이렇게 말을 하며, 그는 장의자 위에 조용히 드러누워 두 눈을 감고 자기가 생각하는 그 행복한 잠을 흉내내었다. 이 감미로운 휴식을 잠

《라모의 조카》 전편에 걸쳐서 가장 비열하고 파렴치한 아첨꾼이자 기회주의자로 그려지고 있는 팔리소Charles Palissot de Montenoi(1730-1814)는 상당한 재능을 가졌던 시인이자 예수회파의 악랄하고 음흉한 논객으로, 정치권력과 결탁, 《위대한 철학자들에 관한 짧은 서한들*Petites lettres sur les grands philosophes*》(1757) 등의 논쟁서를 통해 반反《백과전서》 캠페인을 벌이는 한편 계몽철학자들을 이간하였으며, 〈철학자들Les philosophes〉 등의 희곡을 상연하여 디드로와 그의 동료들을 빈정대고 중상하였다.

삼류 극작가였던 푸앵시네Antoine-Henri Poinsinet(1734-1769)는 팔리소의 하수인 노릇을 하며, 〈난쟁이 철학자Le petit philosophe〉를 상연하여 디드로를 희화하였다. 그러나 푸앵시네는 백과전서파에 붙어 팔리소를 배후에서 공격하기도 하였으며, 《라모의 조카》에서는 이 점을 은근히 홍밋거리로 삼고 있다. 푸앵시네는 또한 매우 허영심이 강하고 어리숙한 사람이어서, '어떤 사람의 순진성을 이용하여 그를 골리고 즐거워한다'는 뜻의 프랑스어 동사 'mystifier'가 이 사람 때문에 만들어졌다고 전해지고 있으며, 특히 팔리소와 프레롱이 벌이는 이런 장난에 그가 자주 걸려들어 골탕을 먹었다는 일화가 많다(주 125 참조).

프레롱Elie-Catheline Fréron(1719-1776)은 자신이 주관했던 잡지 《문예연감*Année littéraire*》을 통해 악착스럽게 백과전서파를 공격하였는데, 특히 디드로의 희곡 《사생아*Fils naturel*》가 골도니Carlo Goldoni의 표절이라고 비난하였다. 《문예연감》은 그가 죽고

시 음미하고 나서, 그는 다시 일어나, 하품을 하고, 두 눈을 부비더니, 또 다시 두리번거리며 그 시시한 아첨꾼들을 찾고 있었다.)

나—— 그러니까 행복한 사람은 잠을 자도 남다르게 잔다고 생각하는 게로군?[32]

그—— 그럼요, 생각하다뿐인가요! 그러나 이 가련한 녀석은 저녁에 다락방으로 기어가, 초라한 침대에 처박혀, 이불 밑에 웅크려 들어가고 보면, 가슴은 오그라들고, 숨은 답답하지요. 코고는 소리는 들릴 듯 말 듯한 일종의 한숨소리라고나 할까요. 그런가 하면 어떤 은행가는 자기 아파트를 흔들고 온 거리에 천둥소리를 내는

나서 그의 아들 스타니슬라스 프레롱Stanislas Fréron의 손에 의해 편집될 때에도 디드로에 대한 공격을 멈추지 않았다. 그러나 디드로는 그가 볼테르의 적이며, 팔리소의 친구이면서도 비방자라는 점 때문에 비교적 그에게 좋은 대접을 하고 있다.

이 소설에서 라모에게 우연히 재난을 가져다주게 되는 '꼬마 사제 라 포르트', 즉 들라포르트Josephe Delaporte(1718-1779) 사제는 문학잡지 《문예관찰자*Observateur littéraire*》의 주간이었다. 한때 프레롱의 협력자였던 사제는 그와 싸우고 난 다음 철학자들에게 유리한 의견을 개진하였으며, 1760년경에는 디드로의 측근이 되었지만, 문학계의 이해관계에 민감하게 반응하며 기회주의적인 태도를 버리지 않았다.

31 —— 《프랑스 문학의 3세기*Trois siècles de la littérature fraînçaise*》(1772)는 드 카스트르Sabatier de Castre 사제가 팔리소, 마르탱 사제abbé Martin 등의 협력을 얻어 편찬한 일종의 문학사. 볼테르와 디드로를 비롯한 백과전서파에 혹독한 평가를 내리고 있다. 예를 들어 디드로에 대한 항목은 다음과 같이 시작한다 : "훈계가 학식보다 승하고 학식이 재기보다 승하고 재기가 천분보다 승한 저작자, 부정확한 작가, 불성실한 번역자, 성급한 형이상학자, 위험한 모랄리스트, 서투른 기하학자, 범용한 물리학자, 광적인 철학자, 끝으로 저작은 많지만 좋은 책이라고 말할 수 있는 것은 한 권도 없는 문학자."

32 —— 디드로는 1768년 한 친구에게 보내는 한 편지에서, 자신의 행복한 잠을 장 자크 루소의 불안한 밤과 대비하고 있다.

데 말입니다. 하지만 오늘 내가 비통해하는 것은, 불쌍한 사람처럼, 초라하게 코를 골거나 잠을 잔다는 것이 아닙니다.

나── 아무튼 그것도 슬픈 일이지.

그── 나한테 닥친 일은 그보다 훨씬 슬픈 일이올시다.

나── 도대체 무슨 일인데?

그── 선생은 항상 내게 얼마큼 관심을 가져주곤 했는데, 그래도 이놈이 착한 놈이라서, 마음속으로는 경멸을 해도, 제법 즐거운 구석이 있다고 보았기 때문이겠죠.

나── 그건 그렇지.

그── 그럼 내가 이야기를 하지요.

그는 이야기를 시작하기 전에 깊은 한숨을 내쉬고, 두 손을 이마로 가져갔다. 이어서 평온한 태도로 되돌아가 말을 했다.

선생도 알다시피 나는 무식꾼이고 바보고 미친놈이고 후레자식이고 게으름뱅이입니다. 나 같은 놈을 우리 부르고뉴 사람들은 빌어먹을 놈이니, 불한당이니, 식충이니…

나── 대단한 찬사로구먼!

그── 어느 모로나 사실이 그렇습니다. 빼버릴 말이라곤 하나도 없어요. 이 점에 대해서는 제발 부탁이니, 따지지 좀 마세요. 나보다 더 나를 아는 사람은 없으니까요. 게다가 내가 말을 다 한 것도 아니라구요.

나—— 부아를 건드리고 싶지 않으니 모두 그렇다고 해두지.

그—— 그런데, 나는 내가 바로 그런 성품을 보기 드물 정도로 고루 갖추고 있다고 해서 나를 특별히 돌보아준 사람들과 같이 살고 있었지요.

나—— 그거 이상하구만. 지금까지 나는 사람들이 자기 자신한테는 그런 성품을 숨기거나, 용서하면서도, 다른 사람들의 그런 성품은 경멸하는 것이라고 믿어왔는데.

그—— 자기 성품을 자기 자신한테 숨기다니, 그게 어디 가능합니까? 팔리소가 저 혼자 앉아 자신을 돌아볼 때는, 틀림없이 저를 여러 가지 다른 모양새로 생각할 겁니다. 그치가 자기 한패[33]와 마주 앉으면, 틀림없이 자기들이 둘 다 특출한 불한당이라고 솔직히들 털어놓을 겁니다. 다른 사람들의 그런 성품을 경멸하다니! 나와 같이 산 사람들은 선생보다 공평했어요. 그네들과 같이 있으면, 그 성격이 나한테는 여간 도움이 되는 게 아니었다구요. 무척 편안했지요. 대접도 잘 받았지요. 한순간이라도 내가 없으면 아쉬워했다니까요. 나는 그들의 사랑스러운 라모, 귀여운 라모, 그들의 미치광이, 후레자식, 무식꾼, 게으름뱅이, 먹보, 어릿광대, 바보 라모였지요. 이런 허물없는 애칭들은 하나하나가 내게 미소와 다정한

33 —— 서적상 다비드를 암시하는 것으로 여겨진다. 팔리소와 다비드는 1759년, 슈아죌의 보조금을 받아, 영국에 대한 적대적인 선전지인 《가제트 앙글레즈*Gazettes anglaises*》를 발간할 목적으로 회사를 설립했다. 이 회사는 두 동업자가 서로 배임죄로 맞고소를 한 후, 재정난에 봉착하여 문을 닫았다.

말을 가져다주었고, 내 어깨를 토닥이게 하고, 따귀를 맞게 하고, 발길에 걷어채게 하고, 식탁에서는 내 접시에 맛있는 음식 한 조각이 던져지게 하고, 식탁 밖에서는, 만판으로 굴어도 뒤탈이 없게 했지요. 나야, 어차피 뒤끝이 없는 사람이니까요. 사람들은 나를 가지고, 나와 함께, 내 앞에서, 자기들이 하고 싶은 대로 하고, 나는 그런 일을 기분 나쁘게 생각하지 않아요. 그러고 나면 비 오듯 쏟아지던 그 짭짤한 선물들하며! 나는 정말 돼먹지 못한 놈이야! 몽땅 잃고 말다니! 한 번, 평생에 단 한 번 상식을 가졌던 탓에 몽땅 잃고 말다니! 아! 이런 일이 내게 일어나다니!

나── 도대체 뭐가 문제였는데 그래?

그── 비교할 수도, 생각할 수도, 용서할 수도 없는 어리석음이지요.

나── 무슨 어리석음이 더 있었다는 말이오?

그── 라모여, 라모여, 사람들이 자네를 이렇게밖에 여기지 않았더라는 말인가? 약간의 좋은 취미, 약간의 재치, 약간의 분별을 가졌다는 게 어리석음이었네. 라모여, 내 친구여, 이제 자네는 신이 자네를 만든 그대로, 자네의 보호자들이 바라던 그대로 남아야 한다는 것을 배우겠네. 그걸 잊었으니, 그자들이 자네 어깨를 붙들어 문밖으로 끌어냈지. 그자들이 말하지 않던가, 상놈의 자식, 꺼져, 다시는 얼씬거리지도 말아. 이게 글쎄 지각을, 분별을 가지려고 들어! 꺼져! 그따위 자질은 우리가 가진 것도 남아돈다. 자네는 손가락을 깨물며 떠났네. 먼저 그 망할 놈의 혓바닥부터, 자네 혓바닥부터 깨물었어야 했는데. 그 생각을 못 했으니, 돈 한 푼 없이, 어디에 머리 두어야 할지를 모르고 길바닥을 떠도는 신세가 되었네. 실컷 얻어먹던 자네가 찌꺼기 음식으로 다시 돌아갈 형편일세. 좋은 집에 살더니, 다락방이라도 다시 얻어걸린다면 감지덕지하겠구랴. 편한 자리에 누워 자더니, 드 수비즈 씨네 마부와 마음씨 고운 로베 사이에서 짚더미가 자네를 기다리네.[34] 자네는 이제 예전에 누리던 포근하고 조용한 잠 대신, 한쪽 귀로는 말들의 울음소리와 발 구르는 소리를 듣고, 다른 귀로는 천배나 더 견디기 어려운, 재미없고 껄끄럽고 수다스러운 시구詩句의 소음을 듣겠네. 불행한 자여, 소견머리 없는 자여, 백만 마리 악마에 들린 자여!

나—— 그러나 다시 화해할 방법이 없을까? 당신이 저지른 실수가 그렇게도 용서받을 수 없는 것인가? 내가 당신의 입장이라면, 보호자들을 다시 찾아가보겠구만. 당신은 당신이 생각하는 것 이상으로 그들에게 필요한 사람이야.

그—— 그야, 틀림없이 그 사람들은 지금 내가 없어 웃겨주지를 못하니, 개처럼 따분하겠지요.

나—— 그러니 나라면 그들을 다시 찾아가보겠어. 그들이 내가 없

34 —— 오늘날의 국립 고문서보관소 자리에 소재하던 수비즈관館 hôtel de Soubise은 파리에서 가장 큰 마구간을 가지고 있었으며, 거리의 방랑자들이 이곳에 많이 모여들어 마부들 곁에서 잠자리를 얻곤 했다. 그 단골손님 중의 하나가 로베Pierre-Honoré Robbé de Beauveset(1712-1792)였으며, 그를 만나는 사람들은 매독에 관한 그의 기괴한 자작시 낭송을 참고 들어야 했다. 팔리소가 한 풍자시에서 그를 '마음씨 고운 로베'라고 부른 후, 그는 모든 사람들에게 그 이름으로 통했다.

이 지내다가, 무언가 점잖은 오락에 눈을 돌릴 여유를 주지 않겠어. 무슨 일이 일어날지 누가 알아?

그—— 그런 일이 두려운 것은 아닙니다. 그런 일은 일어나지도 않아요.

나—— 당신이 아무리 대단하다 해도, 다른 사람이 당신 자리를 차지할 수 있어요.

그—— 쉽지는 않겠지요.

나—— 옳은 말이지. 그렇지만 그 수척한 얼굴, 그 겁에 질린 눈, 그 흐트러진 옷깃, 그 헝클어진 머리칼을 하고, 바로 지금 당신이 당하고 있는 정말로 비참한 처지에서, 나라면 찾아가겠어. 그 여신[35]의 발치에 몸을 던지겠어. 얼굴을 땅에 찰싹 붙이고, 결코 일어서지 않고, 낮고 우는 듯한 목소리로 말하겠어 : "용서해주세요, 마님! 용서해주세요! 저는 비열한 놈이요, 치사한 놈입니다. 불행한 한순간에 저지른 일이었습니다. 마님이 아시다시피 상식을 갖는다는 것이 제게 어디 가당한 일입니까. 평생 그따위 것을 갖지 않겠노라고 약속드립니다."

재미있는 것은, 내가 그에게 이 말을 하는 동안, 그가 팬터마임으로 그것을 연출했다는 것이다. 그는 너부죽이 엎드렸다. 땅에 얼굴을 붙였다. 두 손으로 한쪽 실내화 끝을 붙잡는 모양이었다. 그는 울고, 흐느끼고, 말했다. "네네, 저의 여왕이시여, 네네, 약속드리옵니다. 제 살아생전, 제 살아생전에, 그따위 것을 갖지 않겠습니다." 그러더니 갑자기 일어나, 진지하고 신중한 어조로 덧붙였다.

그―― 예, 선생 말씀이 옳습니다. 그게 최상책일 것 같구만요. 그 여잔 친절하지요. 비에야르 씨[36]는 그 여자가 아주 친절하답니다. 나도 그 여자가 친절하다는 걸 모르지는 않아요. 하지만 그렇다고 해서 그 못생긴 것 앞에 굽신거리러 가요! 허구헌 날 입석 관중석의 휘파람소리나 듣는 가련한 엉터리 여배우의 발치에서 자비를 구걸해! 내가, 이 라모가! 어느 누구 앞에서건 무릎 한번 굽혀 본 적 없는 디종의 약제사, 라모 선생의 아들이![37] 내가, 이 라모가 누

35 ―― '코메디 프랑세즈'의 여배우 위스 양을 빈정거려 일컫는 말이다. 위스는 몇 차례의 시도 끝에, 1751년 '코메디 프랑세즈'에 입단하여, 1780년 은퇴 시까지, 계몽철학자들의 뮤즈인 클레롱 양(주 61 참조)과 비극의 주역을 다투었으며, 이 갈등 속에서 철학자들을 공격하는 팔리소의 희극에 자주 출연하였다. 재능의 부족을 관록으로 대신하고 금발과 육덕 있는 몸매에서 나오는 성적 매력으로 청중들의 시선을 끌었던 그녀는 무대 위에서의 연기보다는 사랑의 행각, 낭비벽, 자신의 후원자이자 정부였던 베르탱(주 57 참조)과의 잦은 이별과 재회로 더 유명했다. 베르탱은 징세관으로서의 권력을 이용하여 부하 직원들을 자기 집 주변의 골목에 배치하고, 금석문 아카데미 회원의 자격으로 식객 예술가들과 늙은 학자들을 집안에 끌어들여, 이 바람기 많은 여배우를 감시하게 했다. 그 식객 중의 하나였던 사람이 이 소설의 주인공 라모이다.

36 ―― 비에야르Vieillard라는 인물은 당시 파시Passy 광천소장鑛泉所長의 아들이었으며, 베르탱이 그의 정부와 함께 파시의 별장에서 여름을 보낼 때 위스와 자주 접촉하였다. 1761년 두 사람 사이의 수상한 관계가 발각되어 경찰에까지 고발되었으며, 이 일로 베르탱과 위스는 완전히 갈라서게 된다.

37 ―― 라모의 아버지 클로드 프랑수아 라모Claude-François Rameau는 디종의 오르가니스트였으며, 그도 그의 아들과 거의 비슷한 정신을 가진 건달이었던 것으로 알려져 있다. 당시의 유명인사 가운데 '디종의 약제사'의 아들이었던 사람으로는 극작가 피롱

카르몽텔이 그린 작곡가 장 필리프 라모(그림에는 장 바티스트 라모Jean Baptiste Rameau라고 잘못 적혀 있다). 프랑스 국립도서관.

굽니까! 저 위대한 라모라고 불리는 사람의 조카가 아닙니까! 카르몽텔 씨가 등이 굽고, 연미복 뒷자락에 손을 집어넣고 걸어가는 모습[38]으로 그려놓은 그날 이후, 똑바로 서서 두 손을 허공에 쳐들고 팔레 루아얄을 산보하는 그 사람의 조카가 아닙니까! 클라브생곡을 몇 개나 작곡한 내가! 아무도 연주해주는 사람은 없지만, 필경 후세에 전수되어 연주될 작품을 고른다면 그것들밖에 더 있습니까![39] 내가, 아이구, 내가! 내가 가다니!… 아아니, 선생, 그건 턱도 없는 일이라구요.

(그는 오른손을 가슴에 얹고 덧붙였다) 여기서 무언가 솟구쳐 올라와, 라모야, 그래서는 안 되느니라, 이렇게 말을 하는 것 같습니다. 인간에게는, 무엇으로도 억누를 수 없는 어떤 권위가 딸려 있어야 하느니라. 그런 생각이 고개를 들지만 다 부질없는 소리지요. 그렇지요, 부질없는 소리지요. 하고 싶은 대로 비천하게 굴어도 아무런 괴로움을 느끼지 않는 날도 있으니까요. 그런 날은 1리아르만 받아도 저 귀여운 위스의 엉덩이에 입을 맞출 겁니다.

Alexis Piron(1689-1773)이 있다. 디드로 쪽에서 두 사람의 가족관계에 대해 부주의한, 또는 고의적인 혼동을 일으키고 있는 것이 아닌가 여겨진다.

38 —— 화가이자 건축가였던 카르몽텔L. Carmontelle(1717-1806)이 작곡가 장 필리프 라모를 모델로 그린 채색 초상화 2점이 현재 남아 있으며, 그 가운데 하나가 이 묘사와 일치한다.

39 —— 실제로 조카 라모는 몇 개의 클라브생곡을 작곡하긴 하였지만, 후세에 전수되지는 않았다. 〈작은 대가들Petits maîtres〉 〈볼테르〉 〈세 사람의 라모Trois Rameaux〉를 비롯한 조카 라모의 작품들은 프레롱의 평문에 잠시 언급되었을 뿐이다.

나— 아니, 원, 이 사람아, 그 여자는 희고 예쁘고 젊고 부드럽고 통통하지 않나. 그게 겸손의 서약이라면 자네보다 더 가리는 것이 많은 사람이라도 가끔씩은 겸손해질 만하구만.

그— 그런 말이 아니라구요. 단순히 엉덩이에 입 맞추는 것과 비유적으로 엉덩이에 입 맞추는 것은 다르다구요. 드 라 마르크 부인[40]의 엉덩이에 단순히 입을 맞추기도 하고 비유적으로 입을 맞추기도 하는 저 뚱뚱보 베르지에한테 한번 물어보세요. 그런데 지금은 정말이지, 단순하게나 비유적으로나 어느 쪽으로도 마음이 내키질 않네요.

나— 내가 권하는 방책이 마음에 들지 않는다니, 그럼 거지가 될 용기를 가지셔야지.

그— 등쳐먹고 살 수 있는 호사스런 바보들이 그렇게도 많은데, 거지 노릇을 한다는 게 어디 쉬운 일인가요. 게다가 자신을 멸시해야 하니, 그것도 참을 수 없는 일이고.

나— 그런 감정도 느낄 줄 아시나?

그— 느낄 줄 아시냐고. 혼자 이런 말을 씨불이는 게 한두 번이 아닙니다 : 이게 뭐냐, 라모야, 파리에는 일만 개의 푸짐한 식탁이 있고, 식탁마다 열다섯 벌 내지 스무 벌의 식기가 놓여 있건만, 그 식기들 가운데 너를 위한 식기는 한 벌도 없구나! 오른쪽 왼쪽으로 금돈이 넘쳐흐르는 돈자루들이 널브러졌는데, 네 앞으로는 동전 한 닢 떨어지지 않는구나! 재능도 내세울 것도 없는 일천 명의 삼류 재사들, 매력도 없는 일천 명의 껄렁한 여자들, 일천 명의 하잘것없는 모사꾼들도 그럴듯하게 차려 입었는데, 너는 발가벗고 다닌다는 말이냐? 그래 너는 그 정도로 멍텅구리더냐? 다른 누구처럼 아첨 떨 줄을 모르느냐? 다른 누구처럼 거짓말을 하고, 다짐을 하고, 언제 그랬느냐 잡아떼고, 약속을 하고, 혹은 지키고 혹은 어기고, 그럴 줄을 모른단 말이냐? 다른 누구처럼 네 발로 길 줄을 모르느냐? 다른 누구처럼 마님의 서방질을 거들고 나으리의 연애편지를 전할 줄 모르느냐? 다른 누구처럼 도련님을 부추겨 아가씨에게 말을 걸게 하고, 아가씨에게는 그 말을 듣도록 권할 줄을 모르느냐? 우리네 어느 평민의 딸에게 옷차림이 형편없다고, 아름다운 귀고리를 달고 루주를 조금 칠하고 레이스를 달고 폴란드식 드레스[41]를 입으면 황홀하게 어울릴 것이라고, 그 예쁜 발은 길이나

40 —— 드 라 마르크de la Marck 부인인 마리 안 프랑수아즈 드 노아유Marie-Anne-Françoise de Noailles는 팔리소의 후원자 가운데 한 사람이었다. 팔리소는 그의 《위대한 철학자들에 대한 짧은 편지》를 그녀에게 바쳤다. 특히 드 라 마르크 부인은 철학자들에게 대항하는 가톨릭 옹호자들에게 영감을 불어넣은 여자들 가운데 하나로 여겨졌다(주 127 참조).

베르지에Nicolas-Sylvestre abbé Bergier(1718-1790)는 《신학사전*Dictionnaire théologique*》의 저자. 그는 계몽철학자들의 전략적 집결지 가운데 하나였던 돌바크d'Holbach의 《자연 체계*Système de la Nature*》를 비난하는 《유물론 검토*Examen du matérialisme*》 등을 발간하여, 철학가들에게 믿을 수 없는 사람으로 여겨졌다.

41 —— 가장자리에 털가죽을 댄 호화로운 폴란드 드레스가 당시 프랑스에 유행하게 된 것은 여배우 나바르la Navarre의 의상에서 비롯하였다. 그녀는 자신의 정부이자 폴란드 왕의 사생아였던 드 삭스 원수le maréchal de Saxe와, 폴란드의 공주로 루이 15세의 왕비가 된 마리 레슈친스카Marie Leszczynska에게 존경을 바치기 위해 이 옷을 입었던 것이다.

걸어다니라고 만들어진 것이 아니라고, 젊고 돈 많은 미남 신사가 한 분 계시는데, 옷에 금테를 두르고, 으리으리한 마차에 건장한 하인을 여섯이나 두고 있다고, 아가씨가 지나가는 것을 보시고는 그만 매혹이 되셨다고, 그날 이후 먹고 마실 기운도 잃어버리고, 잠도 안 자고, 이러다 돌아가시고 말겠다고 꼬드길 줄을 모르느냐? — 그렇지만 우리 아버지가. — 아, 그렇지, 아가씨 아버지! 처음에는 화를 좀 내시겠지요. — 그리고 어머니는요? 나한테 얌전한 처녀가 되라고 그렇게도 당부하시고. 정절밖에는 이 세상에 아무것도 없다고 말씀하시는데요. — 아무 의미도 없는 낡은 말이지요. — 그리고 고해신부님은요? — 다시 보지 말지요 뭐. 그렇거나 아가씨가 무슨 변덕이 나서 재미본 이야기를 줄줄이 엮어내려 가겠다고 고집을 부린다면, 설탕과 커피 몇 파운드 값을 내놔야 할 것이고. — 아주 엄격한 사람이라서, 저번에도 〈내 침실로 오려무나〉, 그 노래를 불렀다고 죄 사함을 거절했어요. — 그건 아가씨가 그 신부에게 아무것도 가져다줄 만한 것이 없었기에 그렇고… 그러나 아가씨가 레이스를 달고 나타나봐요. — 아니 내가 레이스를? — 물론이지요. 그것도 온갖 종류의 레이스… 아름다운 다이아몬드 귀고리랑. — 아니 내가 아름다운 다이아몬드 귀고리를? — 그럼요. — 우리 가게에 가끔 장갑을 사러오는 그 후작 부인의 귀고리와 같은 것을요? — 바로 그거지요. 회색 얼룩점이 박힌 말들이 끄는 그 아름다운 마차를 타고, 건장한 하인 둘에, 흑인 소년 하나에, 전령을 앞세우고, 루주를 칠하고, 애교점을 달고, 치마 뒷

자락을 받들게 하고. — 무도회에 가나요? — 무도회… 오페라 극장, 코메디 극장…” 벌써 처녀의 가슴이 기쁨으로 두근거린다. 너는 손가락 사이에 종이를 만지작거리고 있다. — “그게 뭐지요? — 아무것도 아닙니다. — 그렇지 않은 것 같은데요. — 편지 쪽집니다. — 누구에게 보내는 거지요? — 아가씨에게요. 좀 보고 싶다면. — 보고 싶어요. 많이 보고 싶어요. 봅시다…” 처녀가 편지를 읽는다… “한번 만나자고, 그건 안 돼요. — 미사에 가는 길에. — 어머니가 항상 따라다니시는 걸요. 그러나 그분이 좀 아침 일찍 이리 오신다면, 내가 맨 먼저 일어나, 다른 사람들이 일어나기 전에 계산대에 나와 있지요.” — 그가 온다. 여자의 비위를 맞춘다. 어느 날, 황혼녘, 처녀는 사라지고, 나는 2천 에퀴를 받고… 그런데 무어냐, 너는 이런 재능을 가지고도, 빵을 굶어? 창피하지도 않느냐, 불쌍한 놈아? 나는 내 발꿈치에도 따라오지 못하면서 재물이 넘치는 한패거리 건달들을 생각했지요. 나는 거칠거칠한 모직 외투를 입었는데, 놈들은 벨벳에 싸여 있었지요. 황금 손잡이에 까마귀 주둥이를 단 지팡이를 짚고, 손가락에는 아리스토텔레스나 플라톤을 끼었지요.[42] 그렇지만 놈들이 왕년에 무엇이었습니까? 그 가난한 엉터리 악사들이 오늘날에는 대부분 영주 부럽지 않습니다. 그때는 나도 용기가 있었고, 마음이 드높고, 정신이 섬세하고, 모든 것이 가능하다는 느낌이었지요. 그러나 이 행복한 기분은 물

42 —— 이 철학자들의 얼굴을 새긴 카메오이거나, 캐럿에 따라 이런 호칭으로 분류되는 다이아몬드로 여겨진다.

론 오래가질 못했어요. 오늘까지 한 우물을 파보지 못했으니까요. 그거야 어쨌건, 이것이 내가 자주 뇌까리는 독백의 대본이니, 선생이 마음 내키는 대로 어떻게 풀이를 해도 좋습니다. 다만, 나도 자신에 대한 모멸감을 느낄 줄 알고, 하늘이 우리에게 나누어준 재능을 써먹지 못하는 데서 오는 양심의 가책을 나도 느낄 줄 안다고 결론만 내려주신다면 말이오. 고통 중에도 그게 가장 잔혹하지요. 인간으로 태어나지 않은 것보다 더 나을 것이 없는 것 같다구요.

나는 그의 말에 귀를 기울이고 있으면서도, 그가 뚜쟁이와 그에게 유혹 당하는 처녀의 장면을 연출해감에 따라, 나는 상반되는 두 감정에 마음이 흔들려, 웃고 싶은 욕구에 따라야 할지, 분개의 격정에 따라야 할지 알 수 없었다. 나는 고통스러웠다. 스무 번이나, 터져나오는 웃음이 내 분노의 폭발을 막았으며, 스무 번이나, 내 가슴속에서부터 올라오는 분노가 터져나오는 웃음으로 끝이 났다. 이 총명함과 이 저열함, 차례를 바꿔 이토록 올바르고 이토록 그릇된 생각들, 이 전반적인 감정의 퇴폐, 이 완벽한 비열, 이 유례없는 솔직함에 나는 아연해졌다. 그는 내 마음속에서 일어나고 있는 갈등을 알아차렸다. "왜 그러십니까?" 그가 말했다.

나—— 아무것도 아니오.

그—— 당황하고 있구먼요.

나—— 그렇기도 하고.

그—— 아무튼 뭐라고 충고를 하겠소?

나—— 그만 다른 이야기를 하라구. 어이구, 이 몹쓸 인간아, 그렇게 태어난 건가, 그렇게 굴러먹은 건가, 어찌 사람됨이 그렇게 비천할 수가!

그—— 인정합니다. 그렇다고 내 사람됨에 너무 마음 상하실 것은 없고. 선생한테 나를 열어 보여서 선생을 괴롭게 하자는 뜻은 전혀 없었으니까요. 그래도 보호자들의 집에서 얼마간 저축을 한 셈입니다. 이놈한테 아쉬운 것이 털끝만치도 없었으니, 이런저런 재롱을 떨어 준 대가로 그만큼 보답을 받았다고 쳐야 합니다.

그러더니 그는 다시 주먹으로 이마를 두드리고 입술을 깨물고 초점 잃은 두 눈으로 천장을 더듬기 시작하며, 덧붙이기를, "허지만 거래는 끝났습니다. 상당한 재산을 쌓아둔 셈입니다. 시간이 흘러가면 쌓이는 것도 늘 그만큼 많아지니까요."

나—— 잃은 것이 그만큼 많다는 말이구만.

그—— 아니지요, 아니지요, 쌓인 겁니다. 사람들은 순간마다 부자가 되는 셈이지요. 살아야 할 날이 하루가 줄어드는 것이나, 한 에퀴를 더 버는 것이나, 그것이 그것입니다. 중요한 점은, 매일 저녁 편하게 자유롭게 즐겁게 풍성하게 변소에 가는 것이지요. 오 귀중한 인분이여O stercus pretiosum![43] 바로 이거지요, 어떤 처지의 인생이건 인생의 위대한 결론이 바로 이 말 아니겠어요. 마지막 순간에는, 누구나 똑같이 부자지요. 도둑질에 약탈에 사기파산을 저질러 2천7백만 금을 남기는 사뮈엘 베르나르[44]나, 아무것도 남긴 것 없을 라모, 자선병원이 베풀어준 마대에 몸을 감싸고 묻힐 라모나. 죽은 자는 종이 울려도 듣질 못합니다. 백 명의 사제가 그를 위해 목이 쉬도록 외친들 무슨 소용이오. 타오르는 횃불의 긴 행렬이 앞을 서고 뒤를 서도, 그의 혼은 의전장의 곁을 걸어가지 않아요. 대리석 아래서 썩거나 흙 밑에서 썩거나 썩는 것은 언제나 썩는 것입니다. 그의 관을 둘러싸고 붉은 옷 푸른 옷을 입은 아이들[45]이 따르거나, 아무도 따르지 않거나, 그것이 어떻다는 말입니까. 그리고 자 이 손목을 보십시오. 그렇게 억셀 수가 없었지요. 이 열 손가락, 이 모두가 나무 장골掌骨에 박힌 몽둥이들이었지요. 이 힘줄들은 어떻고, 물레바퀴를 돌리는 장선腸線보다 더 단단하고 더 억세고 더 완강한 해묵은 장선이었죠. 그런데 나는 요것들을 이토록 괴롭히고, 이토록 부서뜨리고, 이토록 결딴내고 말았습니다. 너 가지 않을 거야, 빌어먹을, 내가 가라고 하지 않아, 그래, 그래야지.

그는 이렇게 말하면서, 오른손으로 왼손의 손가락과 손목을 붙들고, 위아래로 젖혔다. 손가락 끝이 팔에 닿았으며, 관절이 우두둑거렸다. 나는 그러다 뼈가 탈구되는 것이나 아닐까 겁이 났다.

나── 조심해. 병신이 되겠어.

그── 겁내지 마세요. 이렇게 되어 있습니다. 10년 전부터 나는 이 놈들을 더 혹독하게 훈련을 시켰지요. 싫든 좋든 이 놈들은 거기 길이 들어야 했고, 건반 위에서 자리잡을 줄을 알아야 하고, 현 위에서 뛰놀 줄을 알아야 했지요. 지금도 이렇게 말을 들어요. 그럼요, 말을 듣고말고요.

이와 동시에, 그는 바이올린 연주자의 자세를 잡는다. 그는 로카텔리[46]의 알레그로를 흥얼거리고, 그의 오른팔은 활의 움직임을 흉내내고, 그의 왼손과 손가락은 바이올린의 포지션을 따라 오고가는 양을 한다. 음이 틀리면 중단하고, 현을 조이거나 늦춘다. 손톱으로 현을 튕겨 음이 바른가를 확인하고, 멈추었던 대목에서 곡을 다시 시작한다. 발로 박자를 맞추고, 머리와 발과 손과 팔과 전신을 격렬하게 흔드는 것이, 가끔 교회음악회[47]에서, 페라리나 시아

43 —— 고대의 농학자들이 퇴비로서의 인분의 가치를 말하는 유명한 격언을 의외의 자리에 사용하고 있다.

44 —— 징세관 사뮈엘 베르나르Samuel Bernard(1651-1739). 루이 14세에게까지도 사채를 빌려주었던 그는 임종 시에 3천3백만 리브르를 남겼는데, 그 가운데 2천7백만 리브르는 금화였다.

45 —— 당시 파리에는 각기 붉은 제복과 푸른 제복을 입는 두 고아원이 있었으며, 그 원생들은 자기들 고아원의 운영비를 벌기 위해 호화로운 장례식에 성가대원으로 동원되곤 하였다.

46 —— 베르가모 출신의 바이올린 연주자 겸 작곡자인 로카텔리Pietro Locatelli(1693-1764)는 당시 암스테르담에 정주하며, 교회음악회를 창도하여 명성을 얻고 있었다. 라모가 특히 로카텔리의 곡을 흉내 연주하는 것은 그의 뛰어난 연주 기교를 염두에 두었기 때문일 것이다.

47 —— 18세기 초엽부터 부활절, 성신강림절 등의 종교적인 축제 기간 동안 왕립 음악

브랑[48] 또는 어떤 다른 거장이 경련을 일으키던 모습 그대로다. 그는 내게 똑같은 고통의 모습을 보여주고, 거의 똑같이 비통한 심정을 불러일으킨다. 내게 환희를 그려주겠다고 열심인 사람에게서 고뇌를 본다는 것은 가슴 아픈 일이 아니겠는가. 그가 내게 고문당하는 수형자의 모습을 보여주지 않을 수 없다면, 그와 나 사이에 장막을 쳐 그의 모습을 가려다오. 이렇게 요동치고 소리 지르는 중간에, 지속음이 하나 나타나거나, 활이 한꺼번에 여러 현 위로 천천히 움직이는 그런 아름다운 대목이 하나 나타나면, 얼굴은 황홀한 표정을 짓고, 목소리는 부드러워졌으며, 그는 도취된 듯 자기 목소리에 귀를 기울였다. 화음이 그의 귀와 내 귀에 울리는 것이 확실했다. 이어, 그는 왼손에 들고 있던 악기를 그대로 왼쪽 겨드랑이에 끼고, 활을 든 오른손을 내리고, 내게 말했다. "그래, 어떻습니까?"

나—— 훌륭하구먼.
그—— 괜찮은데요, 내가 보기에도. 울림이 다른 사람들이나 별 차이가 없는데요.

그러고는 곧, 클라브생을 연주하는 음악가처럼 그는 쭈그려 앉았다. "제발 그만두시오. 당신을 위해서도, 나를 위해서도 말이오." 내가 말했다.

그—— 아닙니다, 아닙니다. 내가 선생을 이렇게 붙들고 있는 이상, 들으셔야죠. 까닭도 모르고 던져주는 칭찬이나 듣자고 내가 어디 이러는 줄 아세요. 좀더 자신 있는 말투로 칭찬을 해주시면, 내게 교습생이 하나쯤 생길 겁니다.

나—— 내가 그렇게 유명 짜한 사람도 아니고. 그래봐야 소득 없이 지치기만 할 텐데.

그—— 나는 결코 지치는 사람이 아닙니다.

나는 이 사람이 바이올린으로 소나타를 연주하느라고 온통 땀에 젖어 있는 것만도 안쓰러웠지만, 만류해봐야 소용이 없다는 것을 알고, 그가 하는 대로 내버려두기로 했다. 그는 드디어 클라브생 앞에 앉았다. 두 다리를 구부리고, 천장에서 악보를 읽기라도 하는 것처럼 고개를 치켜든 자세로, 노래하고, 음을 조종하고, 알베르티와 갈루피[49] 둘 중 어느 쪽인지 모를 사람의 곡을 연주했다. 목소리

학교를 중심으로 종교음악 연주회가 정례화되었으며, 여기서는 특히 현악기 독주자들이 두각을 나타내었다.

48 —— 도메니코 페라리Domenico Ferrari와 로도비코 페라리Lodovico Ferrari 형제는 1750년대에 종교음악회에서 각기 바이올린과 첼로를 연주하였다. 피에몽테 출신의 바이올리니스트 시아브랑Chiabran도 그들에 앞서 교회음악회의 뛰어난 연주자였다.

49 —— 볼로냐 출신의 작곡가 주세페 마테오 알베르티Giuseppe-Mateo Alberti에 관해, 디드로는 '항상 새로운' 음악가라고 칭찬을 아끼지 않았다. 디드로에 의하면 그의 음악은, '정확성과 박자만을 요구하는' 바흐 등의 음악과는 달리 '섬세하고 아취 있는 연주를 요청한다.'

베네치아의 작곡가 갈루피Baldassare Galuppi(1706-1785)는, 디드로에 앞서, 1765년부터 1768년까지, 예카테리나 2세의 초청을 받아 상트페테르부르크에 머물며 러시아

는 빨랐으며, 손가락은, 때로는 고음부를 벗어나 저음부로 내려가고, 때로는 반주부를 떠나 고음부로 되돌아가며, 건반 위에서 뛰놀았다. 갖가지 열정이 연이어 그의 얼굴에 나타났다. 사랑, 분노, 쾌락, 고통이 거기에 드러났다. 여린 음과 센 음이 느껴졌다. 그래서 나는 나보다 더 감식안이 있는 사람이면, 템포, 악상, 그의 표정과 그에게서 간간히 흘러나오는 몇 대목의 생생한 노래를 근거로 그 곡을 알아들었으리라고 확신한다. 그러나 괴상했던 것은, 그가 이따금씩 실수를 한 듯 더듬거리다 다시 시작하고, 손가락이 이제 곡을 기억하지 못한다고 성질을 부리곤 한 것이다.

"자, 보라구요", 그는 다시 일어나 두 뺨을 타고 흘러내리는 땀방울을 닦으며 말했다. "우리도 3련전음이나 증5도를 칠 수 있고, 더미넌트의 연결도 문제없어요. 우리 삼촌이 그렇게도 법석을 떨었지만 그 엔하모닉 소절이라는 것도 별 대단한 것이 아닙니다. 우리도 해치울 수 있다구요."

나—— 정말 고생했소, 솜씨가 아주 능란하다는 걸 보여주느라고. 나야 말만 듣고도 당신을 믿지 않을 수 없었는데.

그—— 솜씨가 아주 능란하다고요? 에이 그건 아니고. 내 직업상의 일이라서, 나도 웬만큼은 압니다. 그래도 이 정도면 충분하고 남지요. 어디 이 나라에서 자기가 가르치는 것이 무엇인지 꼭 알 필요가 있나요?[50]

나—— 배우는 것이 무엇인지 알 필요가 없는 것이나 마찬가지지.

그—— 틀림없는 이야기오. 젠장, 한 치도 틀림없다니까. 그런데, 철학자님, 양심에 손을 얹고, 분명히 말씀하세요. 오늘처럼 풍족하지 못했던 시절이 있었지요?

나—— 아직도 별로 풍족한 것은 아니오.

그—— 그래도 이젠 뤽상부르 공원에 가시지는 않으시죠, 여름에… 기억하시지요…

나—— 그 이야기는 그만두자고. 그래, 기억하지.

그—— 플러시 천으로 지은 프록코트를 입고.

나—— 그래, 그래.

그—— 한쪽 옆구리는 털이 빠지고, 소매는 찢어지고, 검은 모직 양말은 종아리를 흰 실로 깁고.

나—— 그래, 그래요. 당신 좋을 대로 모두 그래요.

그—— 그때 그 탄식의 오솔길[51]에서 어떻게 하셨더라?

나—— 몹시 처량한 표정이었지.

그—— 거기서 나오자마자, 포도로 재빨리 걸어가셨지요.

궁정음악가로 활약하였다. 그는 또한 주인공 라모가 선호하는 '오페라 부파'의 창안자 가운데 하나였다.

50 —— 루소는 《고백*Confessions*》에서 음악을 모르면서 음악을 가르쳤다고 시인했으며, 디드로도 이제 수학에 대해 똑같은 고백을 하게 될 판이다.

51 —— 디드로는 젊은 시절 뤽상부르 공원 근처에 살며 자주 그 산책로를 거닐었다. 그곳의 한적한 산책로 가운데 하나였던 '탄식의 오솔길allée des Soupirs'은 연인들이 주로 거니는 길이어서 그런 이름이 붙었다. 라모가 들춰내는 이 오솔길에 대한 추억은 디드로의 빈궁하고 어두웠던 시절과 관련이 있다.

나—— 그랬지.

그—— 수학을 가르치셨지요.

나—— 수학의 수자도 모르면서. 이 말을 하고 싶은 게 아닌가?

그—— 바로 그겁니다.

나—— 나는 다른 사람들을 가르치면서 배웠으며, 좋은 학생들을 몇 명 길러내기도 했지.

그—— 그럴 수도 있겠습니다만, 음악은 기하나 대수하고는 다릅니다. 이제는 대단한 분이 되었고…

나—— 그렇게 대단치는 않고.

그—— 돈푼깨나 쌓아두었으니.

나—— 거의 없지.

그—— 딸에게는 가정교사를 붙이겠지요.

나—— 아직은 아니오. 딸아이의 교육이야 제 어미의 소관이고. 가정에서는 화목한 것이 제일이니까.

그—— 가정의 화목이라고요? 제기랄, 그럴 거면 하인이 되든지 주인이 되든지 양단간에 하난데, 마땅히 주인이 되어야지요. 나도 아내가 있었소만,[52] 하느님 그 여자의 영혼을 거두어주소서! 가끔 여편네가 딱딱거릴라치면, 나는 두 어깨에 힘을 주고 천둥소리를 토해냈지요. 정말 하느님처럼 말을 했습니다, "빛이 있으라", 그러면 빛이 있었지요. 결국 이렇게 4년 세월을 사는 동안, 한쪽이 다른 쪽보다 언성을 높여 말을 한 적은 열 번도 채 안 돼요. 아이가 몇 살입니까?

나―― 갑자기 왜 나이 이야기는?

그―― 아이가 몇 살이지요?

나―― 빌어먹을. 우리 아이나 그 애 나이는 그만두고, 그 애에게 붙여줄 가정교사 이야기나 다시 하자구.

그―― 에이 참. 철학자만큼 고집 센 것이 어디 있을까. 이렇게 애걸복걸 간청을 하노니, 철학자님께 그 따님의 연세가 대저 얼마나 되옵신지 좀 알아볼 길이 없겠나이까.

나―― 여덟 살이라고 해두지 그럼.[53]

그―― 여덟 살이라! 4년 전에 건반 위에 손가락을 올려놨어야 합니다.

나―― 그러나 아마도 그 애의 교육 계획에 그렇게 긴 시간을 소비하면서도 별 소용이 없는 공부를 끼워넣을 생각이 내게 없었던 것 같구먼.

52 ―― 라모는 1757년 재단사의 딸인 위르쉴 니콜 펠릭스 프뤼셰Ursule-Nicole-Félix Fruchet와 결혼하였다. 그때 라모의 나이는 41세였으며, 신부는 24세였다. 그녀는 1761년 초에 죽었다. 라모의 시 〈라메이다Raméida〉에는 그녀를 추모하는 시구가 들어 있다.

> 〔…〕 내게 착한 아내 하나 있었으니,
> 어떤 비난도 범하지 못할 정숙한 처녀,
> 나와 맺은 인연은 고로 그네의 첫 인연이었네.

53 ―― 훗날 드 방될 부인Madame de Vandeul이 되는 마리 앙젤리크 디드로Marie-Angélique Diderot는 1753년 9월에 태어났다. '그'와 '나'의 대화가 1761년 9월부터 1762년 9월 사이의 일임을 시사하는 대목이다. 디드로는 이 딸을 매우 사랑하였다. 디드로가 라모 같은 사람과의 대화에 자기 딸의 이야기를 끼워넣으며 꺼림칙한 느낌을 갖는 것은 당연하다.

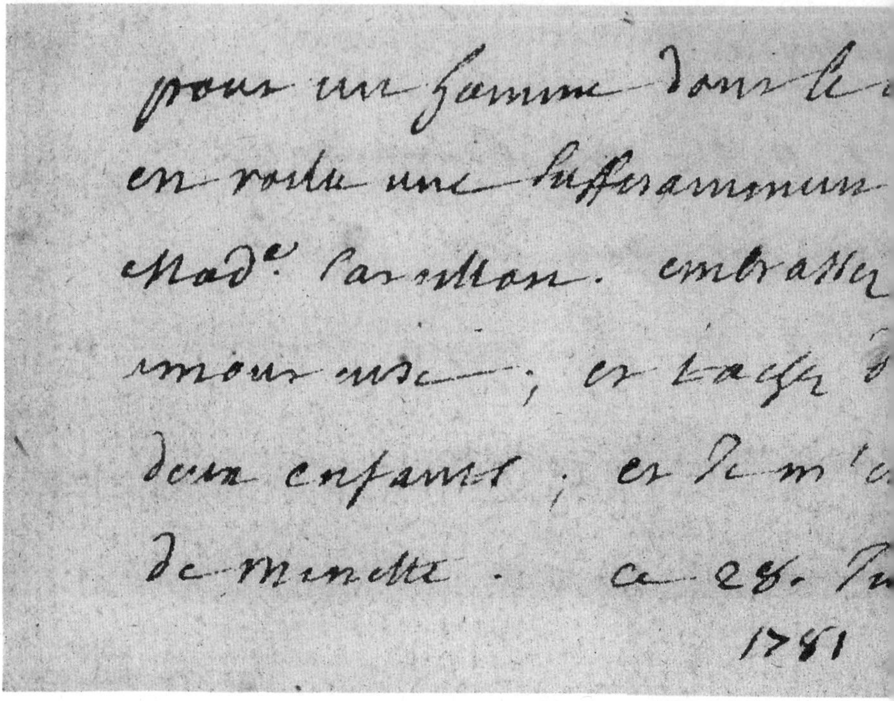

pour un homme dont le

en toute une suffisamment

Mad^e. Carsillon. embrassez

amoureuse ; et baisez

deux enfants ; et de m'

de Minette . ce 28. Ju

1781

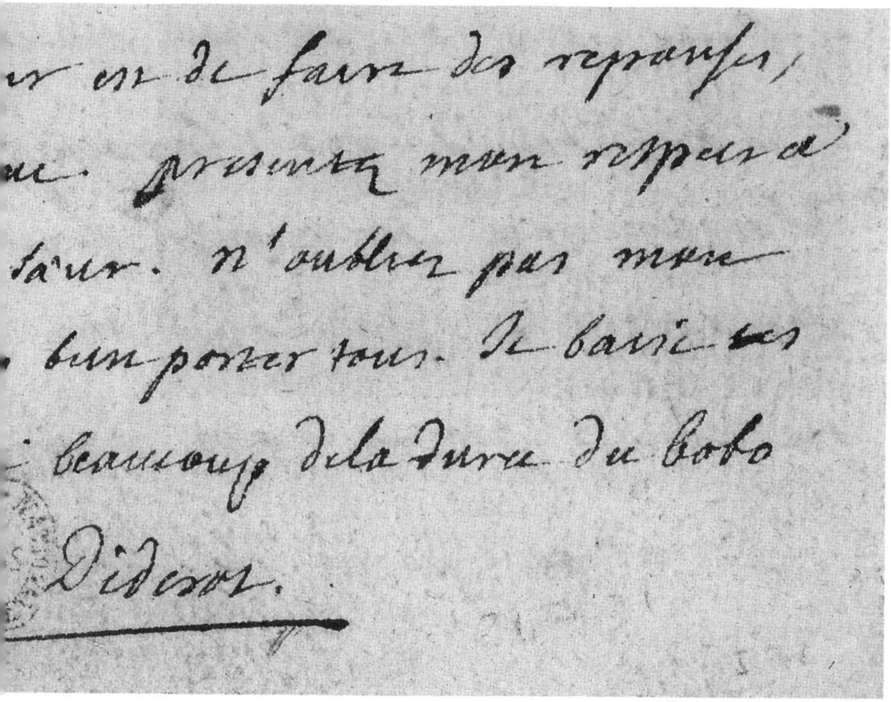

ur est de faire des reproches,
ue. presentez mon respect a
sœur. n'oubliez pas mon
bien porter tous. Je baise tes
beaucoup de la durée du bobo
Diderot.

디드로가 딸 마리 앙젤리크에게 보낸 자필 편지(부분). 프랑스 국립도서관.

그—— 그럼 무얼 가르치십니까?

나—— 가능하다면, 이치를 따져 올바로 생각하는 법을 가르치지. 그건 남자들이라고 해서 고루 가진 것이 아니며, 여자들에게는 더욱 희귀한 것이니까.

그—— 그렇다면 아이가 원하는 대로 헛소리나 지껄이라고 내버려두세요. 아이가 예쁘고, 귀엽고, 애교만 있다면.

나—— 자연이 그 애에게 제대로 친절하지를 못해서 섬세한 육체와 예민한 정신을 주고는, 강한 육체와 청동의 심장을 지녔을 경우와 똑같이 고통스러운 삶을 맞이하게 해놓았으니, 나는 가능하다면 그 애에게 용기를 가지고 그 고통을 견디도록 가르칠 생각이오.

그—— 그렇다면 다른 여자들처럼 울고, 괴로워하고, 아양을 떨고, 신경을 곤두세우도록 내버려두세요. 아이가 예쁘고, 귀엽고, 애교만 있다면. 아니, 무용도 안 가르쳐요?

나—— 인사를 하고, 얌전한 자세를 유지하고, 자신을 선보이고, 걸을 줄 아는 데 필요한 정도만.

그—— 노래도?

나—— 발음을 제대로 하기 위해 필요한 정도만.

그—— 음악도?

나—— 훌륭한 화성학 선생이 있다면, 그 분에게 하루에 두 시간씩, 한두 해 정도 기꺼이 맡기지. 더 이상은 아니고.

그—— 그럼 이런 중요한 것들을 몰아내고 그 자리…

나—— 문법 조금, 우화 조금, 역사 조금, 지리 조금, 약간의 데생과 많은 윤리로 대치하지.

그── 우리 같은 세상에서는 그따위 지식들이 아무짝에도 소용이 없다는 것을 증명하기는 손바닥 뒤집기입니다. 내가 뭐라고 했지, 소용이 없다고, 아마도 위험하다고 해야 할 겁니다. 그렇지만 지금 당장은 한 가지만 물어보겠는데, 그 아이에게 선생이 필요하다면 한두 사람이 아니겠어요?

나── 물론 그렇지.

그── 아니, 그 자리로 다시 왔네. 그래 당신은 그 선생들이 문법, 우화, 역사, 지리, 윤리를 알고 그걸 모두 애한테 가르쳐주길 바란단 말이오? 헛소리 그만하시오, 우리 선생님, 헛소리 그만하시오. 그들이 이런 지식을 가르칠 수 있을 만큼 능통하다면, 그들은 가르치지를 않을 거요.

나── 그건 왜?

그── 그거야 그들이 이걸 배우느라고 생애를 다 보냈을 테니까요. 예술이건 과학이건 그 기초를 완전히 알려면 그 속에 깊이 들어가 있어야 합니다. 교과서가 될 만한 저작은 백전노장들이나 만들 수 있는 게 아닙니까. 초보의 어둠이 밝혀지려면 중간이나 끝에 가야 합니다. 선생의 친구, 달랑베르 씨가 수학의 대장이니, 그분에게 한번 물어보세요. 자신이 수학의 기초를 가르치기에는 너무 훌륭한지 어떤지. 우리 삼촌이 음악 이론을 어렴풋하게나마 알게 된 것도 30, 40년을 실습하고 난 다음이었으니까요.[54]

나── 이런, 미치광이, 지독한 미치광이 같으니라구, (나는 소리 질렀다) 그 변변치도 않은 머릿속에, 어떻게 그런 올바른 생각들이 별별 어처구니없는 생각들과 뒤죽박죽으로 섞여 있을 수가 있어?

그── 어느 놈이 그걸 알겠어요? 그런 생각들이 우연히 뛰어들어가 머무는 거지요. 아무튼, 모든 것을 알기 전에는, 뭐가 좋은지를 전혀 알지 못합니다. 이것이 어디로 가는지, 저것이 어디서 오는지, 이건 어디 놓고, 저건 어디 놓아야 좋을지, 이게 앞에 가야만 하는 건지, 두 번째로 가야 더 나을지 모른다는 말입니다. 방법 없이 잘 가르칠 수 있어요? 그런데 방법은 어디서 나옵니까? 보소, 철학자 양반, 물리학이라는 거 말이요, 그게 백날 천날 가봐야 여전히 보잘것없는 학문일 거라구요. 넓으나 넓은 바다에서 바늘 끝으로 찍어낸 물 한 방울이며, 줄줄이 늘어선 알프스의 봉우리에서 집어낸 흙 한 알갱이일 거라고 봐요. 그리고는 제 현상이 일어나는 이유가 무엇인고 하니? 어쩌고저쩌고… 사실 아주 빈약하고 아주 서툴게 안다는 것은 모르는 것이나 뭐가 다르겠어요. 그런데 반주와 작곡 선생을 할 때, 내가 바로 그 지경이었다는 말입니다. 아니 무슨 생각을 하고 있는 거요?

나── 방금 말한 것들이 모두 확실하다기보다 그럴 듯은 하다고 생각해보고 있소. 허나 그 이야기는 그만둡시다. 반주와 작곡 레슨을 했다고?

그── 예.

나── 그런데 거기 대해 아는 것이 전혀 없었다는 거지?

그── 그렇다니까요, 정말이에요. 바로 그 바람에 나보다 더 형편없는 사람들이 있었다는 말이지요. 자기가 무언가를 안다고 생각하는 사람들 말입니다. 적어도, 나는 어린이들의 판단력도 손도 망치질 않았어요. 나를 거쳐 좋은 선생에게 갈 때, 그 애들은 배운 것이 전혀 없으니, 적어도 잊어버릴 것이 전혀 없으니, 어쨌든 그만큼 돈과 시간을 절약한 셈이 아닙니까.

나—— 어떻게 했는데?

그—— 모두들 하는 대로지요. 나는 도착해 의자에 앉습니다. "에이 날씨가 험하기도 하다! 길거리는 왜 그리 사람을 피곤하게 하는지!" 이런저런 소문들을 늘어놓는 겁니다. "르미에르 양이 새 오페라에서 베스타 여신을 섬기는 숫처녀 역을 하기로 되어 있는데, 이번에 두 번째로 임신을 했답니다.[55] 누가 대역을 하게 될지 아직 모릅니다. 아르누 양이 방금 그 꼬마 백작[56]과 갈라섰다네요.

54 —— 음악가 라모가 그의 《근본 원칙으로만 본 화성론*Traité de l'harmonie réduite à ses principes naturels*》(1722)을 쓰기로 결심한 것은 그의 나이 40세가 되던 해였는데, 이 논문은 사실 그의 음악 이론 체계의 초안에 불과했다.

55 —— 르미에르Marie Jeanne Lemière(1733-1786)는 1750년대에 오페라 극장에 데뷔했으며, 왕족, 가수 등과의 동거·결혼·이혼으로 이어지는, 추문이 없지 않았던, 일련의 관계 속에서 두 딸을 낳았다. 여기서 문제가 되고 있는 작품은 시인 루아Roy가 대본을 쓴 오페라 〈4원소Eléments〉이며, 추문을 일으키고 임신한 몸으로 숫처녀의 상징인 베스타 무녀 역을 맡았다는 점 때문에 그녀는 라모의 말거리가 되고 있다.

56 —— 소피 아르누Madelaine Sopie Arnould(1740-1802)는 오페라 가수로서의 재능뿐만 아니라, 짓궂은 장난과 특히 재기발랄한 어투로 유명했다. 그녀의 입바른 소리에 자주 희생이 되었던 디드로는 자신의 평온치 않은 감정을 라모의 입을 통해 표현하고 있다.

그녀의 정부인 '꼬마 백작', 즉 드 로라게 백작Comte de Lauraguais(1733-1824)은 그

베르탱[57]과 거래를 트고 있다던데. 백작은 그 와중에 드 몽타미 씨의 도자기에 눈을 떴다고 하고.[58] 지난번 아마추어 음악회에서 이탈리아 여자 하나가 노래를 불렀는데 꼭 천사 같았어요. 저 프레빌[59]이라는 친구는 정말 보기 드문 물건입니다. 그 사람이 〈사랑의 메르퀴르〉에 나오는 걸 한번 봐야 해요. 수수께끼 대목은 무얼 주어도 아깝지 않다니까요. 저 불쌍한 뒤메닐이라는 여자는 이제 자기가 무엇을 말하고 있는지, 무엇을 하고 있는지도 모르는 판이고.[60] 자, 아가씨, 책을 가지고 와요." 급할 것 없는 아가씨가 어디에 놓아두었는지 모르는 책을 찾고, 하녀를 부르고, 꾸짖는 동안,

시절 가장 유명하고 가장 소란스러운 인물 중에 하나였다. 그는 과학·연극·시·정치 등 모든 분야에 열중하였으며, 계몽철학자들의 소란스런 논쟁에 자주 끼어들곤 하였다.

57 —— 이 대화 전체에 걸쳐, 팔리소와 더불어 가장 끈질긴 풍자의 대상이 되고 있는 베르탱의 생몰 연대는 알려져 있지 않다(주 35 참조). 그는 징세 청부인을 거쳐, 1742년 왕의 개인 재산의 관리 책임자가 되었다. 그가 금석문 아카데미 회원으로 선출되었을 때는, 그의 박식보다도 10만 리브르의 연금이 더 크게 작용한 것이라는 소문이 나돌았다. 이 영예로운 자리는 그의 이름과 그의 정부의 이름 위스Hus가 결합된 '베르티누스Bertinus'라는 라틴어식 이름을 만들어내게 하였다. 그러나 아카데미에서 그가 쌓은 업적으로 보아, '라모의 조카'가 주장하는 것처럼 그렇게 어리석은 인물은 아니었던 것으로 평가된다. 디드로가 두 대화자를 통해 그를 가혹하게 이야기하는 것은, 베르탱의 '동물원'으로 불리는 그의 측근들 가운데 철학자들에 반대하는 무리들이 많았으며, 그의 자금 지원을 받아 디드로와 그의 친구들을 비난하는 연극들이 상연되었기 때문일 것이다.

58 —— '꼬마 백작' 로라게는, 중국 도자기 유약의 비법을 알아내는 일이 거의 국가적 과제였던 이 시절에, 자기 저택에 실험실을 차리고 화학자들을 끌어들여 그들에게 숙식을 제공하는 대가로 그들의 발명을 자기 이름으로 발표하였다. 그는 1764년 이런 방법으로 얻어낸 유약의 견본을 과학 아카데미에 전시하였다.

성실한 화학자였던 드 몽타미Didier François d'Arclais de Montamy는 너무 양심적이었

나는 계속합니다. "클레롱이라는 여자는 정말 이해할 수가 없다니까요.[61] 요즘 아주 기묘한 결혼 이야기가 떠돕디다. 누구 양이라더라? 그 여자의 결혼 이야긴데, 남자가 첩으로 데리고 살며, 애를 둘인가 셋인가를 벌써 낳았고, 전에도 다른 여러 남자의 첩 노릇을 했다는군요. — 에이 설마, 라모, 어디 그럴 수가 있어요. 허튼 소리를 하시는 거지. — 나는 조금도 허튼 소리를 하지 않아요. 성사가 됐다고까지 이야기들을 하던데요. 드 볼테르가 죽었다는 소문이 나돌고 있습니다.[62] 잘된 거지요. — 아니 잘되기는 뭐가 잘됐어요? — 그 사람이 곧 무언가 엉뚱한 일을 한판 벌일 테니까요. 두

던 나머지 자신의 발명에 대한 발표를 보류하고 있는 동안 로라게에게 자주 추월을 당하곤 했다. 돌바크와 디드로의 친구였던 이 화학자는 1766년 세상을 떠날 때까지도 자신의 연구 결과를 공개하지 않았다. 이를 안타깝게 여긴 디드로가 "연구를 중도에서 멈추고 말겠다"고 비난을 하면, 그는 "그게 어떻단 말인가, 그건 없어지지 않을 것"이라고 대답하곤 했다. 디드로는 이 희망을 저버리지 않기 위해, 드 몽타미의 유고《유약과 도자기 그림을 위한 색채 연구*Traité des couleurs pour la peinture en émail et sur la porcelaine*》를 서둘러 출판하였다.

59 —— 피에르 루이 뒤뷔Pierre-Louis Dubus, 일명 프레빌Préville은 1753년에 코메디 프랑세즈에 데뷔하였던 배우. 특히 한 연극에서 1인 5역 이상의 다중 배역을 맡는 둔갑술 배우로 명성을 얻었으며, 팬터마임에 있어서도 독특한 재질을 보였다. 여기서 화제에 오른 〈사랑의 메르퀴르Mercure galant〉는 몰취미한 관중들을 위한 음란한 연극이었다.

60 —— 프랑수아즈 마르샹Françoise Marchand, 일명 라 뒤메닐la Dumesnil은 1737년에 데뷔하여 1776년 은퇴할 때까지 여왕과 어머니 역을 주로 맡았던 비극 배우. 디드로는 이 여배우에 대해《배우에 관한 역설》에서 라모의 이야기와 다르지 않는 표현을 하고 있다 : "그녀는 자기가 무엇을 읊어야 할지도 모르고 무대에 오르며, 상연 시간의 태반을 자신이 무엇을 말하는지 모르고 있다. 그러나 숭고한 시간이 온다." 그는 이 고르지 않은 연기 속에 그녀의 정열과 재능이 발휘되고 있다고 생각했다(주 12 참조). 그녀는

주일 전에 죽는 것이 그 사람의 버릇입니다." 뭐 더 들어보시겠소? 나는 이집 저집 다녀오면서 들었던 음란한 소리들을 몇 가지 늘어놓습니다. 우리는 모두가 다 소문의 위대한 보따리장수들이니까요. 나는 바보 시늉을 합니다. 사람들은 내게 귀를 기울이고, 웃고, 소리 지릅니다, "언제 봐도 멋쟁이라니까." 그동안에, 안락의자 밑에서 굴러다니다, 강아지나 고양이새끼한테 씹히고 찢긴 아가씨의 책이 마침내 발견됩니다. 아가씨가 클라브생 앞에 앉습니다. 우선 저 혼자 그걸 눌러대고, 이어 내가 어머니에게 칭찬하는 시늉을 하며 다가갑니다. 어머니 왈 : "나쁘지는 않군요. 걔는 하려고만 하면 되는데, 하려고를 하지 않아요. 지껄여대고, 옷치장이나 하고, 뜀박질이나 하고, 뭔지도 모를 일에 시간 버리는 걸 더 좋아하니 말예요. 선생님이 떠나시자마자 책을 덮고 다시 오실 때나 여는 판이에요. 그런데도 한 번도 꾸짖지를 않으시니…" 무언가를 해야만 하므로, 나는 아이의 손을 붙들어 달리 놓아줍니다. 나는 화를 내고, 소리 지릅니다. "솔, 솔, 솔, 아가씨, 솔이에요." 어머니 왈 : "아가씨, 그래 귀도 없어요? 클라브생 곁에도 안 가고, 그 책을 보지도 않는 나도 그게 솔일 것이라고 느낄 수 있어요. 선생님을 끝없이 괴롭혀 드리기만 하니. 선생님의 인내심은 상상할 수도 없어요. 선생님이 하시는 말씀을 하나도 새겨두지 않으니, 전혀 진전이 없고…" 이때 나는 약간 박차를 늦추고, 고개를 저으며 말하지요. "용서하십시오, 마님, 용서하십시오. 아가씨가 하려고만 하면, 연습만 좀 하면, 더 좋아질 수가 있습니다. 그러나 지금도 나쁘지 않아요." 어머니 왈 : "내가 선생님이라면, 똑같은 곡을 1년 내내 시키겠어요. — 호, 그것도 좋지만, 어려운 대목을 모두 다 극복하기 전에는 빠져나오지 못하게 할 겁니다. 그리고 마님이 생각하시는 것처럼 그게 그렇게 오래 걸리지도 않아요." — 어머니 왈 : "라모 선생님, 선생님은 얘 비위를 맞춰주고 있어요. 선생님은 사람이 너무 좋아요. 보세요, 얘는 자기 레슨 중에서 오직 그것만 기억해두었다가 필요할 때면 나한테 고스란히 되풀이할 겁니다." — 시간이 흘러갑니다. 내 학생은 무용 선생에게 배운 대로 인사를 하며 팔을 우아하게 내밀어 내게 수업료를 바칩니다. 나는 그것을 호주머니에 집어넣고, 그동안 어머니는 말합니다 : "아주 좋았어요, 아가씨. 자빌리에[63]가 있었더라면, 칭찬을 했을 거예요." 나는 예의상 잠시 더 지껄이다가 이윽고 사라집니다. 바로 이것이 그 시절 반주

자기가 맡은 '위대한 정열의 혼란 상태'를 자신의 '정신나감'으로 표현한다. 그러나 관중들은 이 얼빠진 연기의 원인을 그녀의 음주벽으로 돌렸다.

61 —— 클레르 이폴리트 드 라튀드Claire Hippolyte de Latude, 일명 클레롱Clairon. 고전 비극과 볼테르의 비극을 훌륭하게 해석하여 침착하게 연기하여 계몽철학자들의 찬사를 받았던 이 여배우(주 12 참조)는 실제로 그 위압적이고 변덕스런 성격 때문에 이해하기 힘든 여자였다고 전해진다.

62 —— 실제로 볼테르가 살아 있는 동안 그가 죽었다는 소문이 세 차례나 나돌았다 : 1753년 말과 1760년 가을 그리고 그가 종교적인 편견 때문에 억울하게 사형을 당한 칼라스가家의 복권 운동을 하고 있던 1762년 봄(주 75 참조). 볼테르는 이 소문들을 매우 즐거워하며, 거기서 자기 운동을 선전할 수 있는 훌륭한 기회와, 자신을 매장하려고 하는 사람들을 골탕 먹일 수 있는 방법을 얻어냈다.

63 —— 왕의 무용 교사의 직함을 지녔던 무용수 자크 자빌리에 레탕Jacques Javillier-Létang.

레슨이라고 불렀던 것이지요.

나—— 그럼 오늘날은 많이 달라졌다는 말이로군.

그—— 젠장맞게, 그렇다고 봐야지요. 나는 도착합니다. 근엄하지요. 서둘러 토시를 벗고 클라브생을 열고 건반을 시험합니다. 줄곧 서두르지요. 잠시라도 기다리게 하면 일 에퀴를 도둑맞기라도 하는 것처럼 소리를 지르는 겁니다. 지금부터 한 시간 후에는 어디 가야 한다, 두 시간 후에는 아무개 공작마님 댁에 가야 한다. 아름다운 후작부인의 만찬이 기다리는 몸이고, 거기서 나오면, 뇌브 데 프티 샹 가街의 드 바크 남작님[64] 댁의 음악회다.

나—— 그렇지만 아무데도 당신을 기다리는 곳은 없지 않소?

그—— 사실 그렇지요.

나—— 그런데 왜 그따위 온갖 자질구레하고 천한 술책을 부리는 거지?

그—— 천하다니! 왜요, 어디 들어봅시다. 내 직업에서는 그런 술책들이야 관습입니다. 세상 사람들이 다 하는 것처럼 나도 한다고 내가 천해지는 것은 전혀 아니라구요. 그런 것들은 내가 꾸며낸 것도 아니고. 게다가 내가 거기 따르지 않는다면 나만 괴상하고 서투른 놈이 될 게 뻔하지요. 말이야 바른 말이지, 사람들이 모두 입에는 담지만 아무도 실천하지 않는 무슨 알지도 못할 도덕의 보편원칙 같은 것을 거기에 어디 적용하려들어 봐요, 흰 것이 검어지고 검은 것이 희어지는 꼴이 되고 말 것을 나도 제법 알고 있다구요. 그러나 철학자 선생, 보편문법이 있는 것처럼 보편적인 양심이 있으며, 그 다음에는 언어마다 예외가 있는데, 그것을 당신 같이 배운 사람들이, 글쎄, 뭐라고 하지요, 저… 아니 뭐라고 하지요… 저…

나—— 특유어법.[65]

그—— 바로 그거지요. 그런데, 직업마다 보편양심에 대한 예외 사항들이 있는데, 나는 그 예외에 직업적 특유어법이라는 이름을 붙이고자 한다 그겁니다.

나—— 알 만하군. 퐁트넬[66]의 문체에는 프랑스어의 관용어법이 우글거리지만, 그는 말을 잘하고 글을 잘 쓰지.

그—— 그리고 제왕, 대신, 징세 청부인, 집정관, 군인, 문인, 변호

64 —— 드 바크de Bacq 또는 드 바그de Bagge 남작은 당시 프로이센 왕의 직함을 지니고 파리에 은퇴해 있던 네덜란드의 귀족이었다. 음악에 대한 열정은 대단했으나 별로 재능이 없었던 이 남작은 젊은이들에게 돈을 주어가며 바이올린을 가르쳤다고 전해진다. 그러나 그가 조직한 교향악단은 파리에서 가장 훌륭한 악단 중의 하나로 평가되었다.

65 —— 원문 'idiotisme'은, 한 언어에 특유한, 따라서 다른 언어로 문자 그대로의 번역이 불가능한 표현법이나 숙어 등을 지칭하는 말로 흔히 '관용어법'이라고 번역된다. 라모는 모든 언어에 적용되는 보편적 언어 법칙과 개개의 국어에 고유한 특수어법의 관계가, 만인에게 적용되는 보편적 윤리와 어떤 집단·직업에서만 용인되는 특수한 관습이나 묵계의 관계와 동일한 것으로 여기고 있다. 따라서 여기서는 이 보편과 특수의 관계를 고려하여 '특유어법'이라는 역어를 선택하였다. 그러나 뒤이어지는 글에서는 문맥에 따라 '특유어법' '관용어법' '관용'이라는 말을 혼용하여 번역하였다.

66 —— 철학자이자 시인이었던 퐁트넬Bernard Le Bouvier de Fontenelle(1657-1757)은 《신탁의 역사*Histoire des oracles*》《세계의 복수성에 대한 대담*Entretiens sur la pluralité des mondes*》 등을 통해 재치 있고 경쾌한 어조로 종교적 신비주의를 분석·비판하고, 자기 시대의 과학적 발견을 탁월하게 대중화시킴으로써 계몽철학의 선구적 업적을 남겼다.

사, 검찰관, 상인, 은행가, 장인匠人, 노래선생, 무용선생 같은 사람들은, 비록 그 행실이 여러모로 보편양심에서 벗어나 도덕적 관용으로 채워져 있다 하더라도, 매우 훌륭한 사람들입니다. 사물 제도가 오래될수록, 관용이 더 많은 거고, 시대가 불행할수록, 관용이 더욱 번성하지요. 인간이 값지면 직업도 그만큼 값지고, 역으로, 결국 직업이 값나가는 만큼 인간도 값이 나갑니다. 그래서 사람들은 가능한 한 직업의 값을 올리는 것이지요.

나── 이야기가 모두 알쏭달쏭하지만, 똑똑히 알아들을 수 있는 것은, 정직하게 영위되는 직업은 거의 없다, 아니 자기 직업에서 정직한 사람은 거의 없다, 그거로군.

그── 그래요. 전혀 없지요. 그러나 그 대신, 자기 가게를 벗어나면 사기꾼은 별로 없습니다. 그러니 흔히 부지런하고 정확하고, 자기들의 의무를 엄격히 수행한다는 사람들, 혹은 결국 같은 이야기지만, 자기 가게에서 아침부터 저녁까지 직업에 열중하고, 그것밖에는 하지 않는다는 사람들, 그런 몇몇 사람들만 없다면 만사가 제법 잘되어 갈 것입니다. 그래서 부자가 되고 존경을 받는 것은 그들뿐이지요.

나── 관용 덕택에.

그── 바로 그겁니다. 내 말을 알아들으셨네. 그런데 거의 모든 직업에 공통되는 관용이 하나 있지요. 어느 나라, 어느 시대를 막론하고, 공통된 어리석음이 있는 만치 공통된 관용이 있을 수밖에요. 모든 직업의 공통된 관용이란 가능한 한 가장 많은 고객을 모아들인다는 것이고, 공통된 어리석음이란 가장 유능한 사람이 곧 가장 많은 고객을 모아들인다고 믿는 것입니다. 바로 이것이 보편 양심에 대한 두 개의 예외인데, 여기 따르지 않을 수 없지요. 일종의 신용인데, 그 자체로서는 아무것도 아니지만, 세론으로는 대단한 겁니다. '훌륭한 명성이 황금 허리띠보다 더 낫다'[67]고들 하지요. 하지만 훌륭한 명성을 가진 사람은 황금 허리띠가 없지요. 게다가 오늘날에는 황금 허리띠를 가진 사람에게 명성이 모자라는 경우는 거의 없더군요. 가능한 한에서는, 평판과 황금 허리띠를 모두 가져야지요. 그래서, 당신이 천한 술수다, 비루한 술책이다 하고 멸시하는 그걸 이용해, 내가 내 값을 올릴 때, 내 목표가 바로 그것이지요. 나는 레슨을 하는데, 그 레슨을 잘한다, 그것은 보편법칙입니다. 나는 하루가 허용해주는 시간 이상으로 해야 할 레슨이 많다고 사람들한테 믿게 만든다, 바로 이것이 관용입니다.

나—— 그런데 레슨은 어때? 잘하는 거요?

그—— 예, 나쁘지는 않아요, 쓸 만하지요. 우리 삼촌의 밑음 베이스가 그 모든 것을 단순하게 만들어놓았거든요. 옛날에 나는 학생에게서 돈을 훔쳤지요, 그래요, 훔친 거지요, 그거야 부정할 수 없

67—— 이 속담은 정숙하거나 사회적으로 정숙하다고 인정된 여자들만이 황금빛 허리띠를 맬 수 있게 했던 옛날의 사치단속령에 기원을 두고 있다. 명성이 그 허리띠를 가져다준다는 것이 본래의 의미지만, 라모는 'ceinture dorée', 즉 '황금빛 허리띠'가 '황금 전대'로 이해될 수도 있다는 점을 염두에 두고, 돈자루가 명성을 가져온다고 주장하려는 것이다.

는 거고. 오늘날에는, 적어도 다른 사람들처럼, 나도 정당하게 돈을 법니다.

나—— 그런데 훔치면서도 가책이 없었나?

그—— 호, 없었지요. '도둑놈이 도둑놈의 돈을 훔치면 악마가 웃는다'고들 합디다. 학생의 부모들이야 긁어모은 재산이 넘쳐흘렀지요. 어떻게 긁어모았는지 누가 압니까? 그 사람들은 궁정인들이고, 징세 청부인들이고, 거상들이고, 은행가들이고, 사업가들입니다. 나는, 그리고 나처럼 그들에게 고용된 다른 여러 사람들도 마찬가지지만, 나는 그들이 긁어모은 돈을 환원하도록 도왔던 것입니다. 자연계에서는 모든 종種들이 서로 잡아먹고, 인간 사회에서는 모든 신분들이 서로 잡아먹습니다. 우리는, 법이 끼어들 것도 없이, 서로가 서로를 응징하는 거지요. 옛날에는 라 데샹이, 오늘날에는 라 기마르가 왕을 대신하여 징세 청부인을 벌하고,[68] 또 징세 청부인을 대신하여 라 데샹을 벌하는 것은 의류업자, 보석상, 실내장식가, 린네르 제조업자, 사기꾼, 하녀, 요리사, 마구 제조업자 같은 사람들이 아니겠어요. 이 판국에서 아무에게도 폐를 끼치지 않고 저만 손해를 보는 놈은 얼간이나 게으름뱅이뿐입니다. 그래 싸지요. 그러니 사람들이 보편양심에 대한 이 예외나, 혹은 이 도덕상의 관용을 놓고 '요술 방망이 놀음'이니 뭐니 하며 떠들어대지만 그거야 아무것도 아니고, 결국 올바로 보는 눈을 갖기만 하면 된다는 것을 아시겠지요.

나—— 당신의 눈이 놀랍구만.

그—— 그리고 또 가난이란 것이 있지요. 창자가 소리를 질러대면, 양심과 명예의 목소리는 아주 기가 죽습니다. 나도 언제 부자가 되면 물론 환원을 해야 할 테니, 식탁으로, 노름으로, 술로, 여자로, 가능한 한 모든 방법을 다 동원해서 환원을 하기로 결심하면 되는 게 아닌가요.

나—— 하지만 당신이 결코 부자가 되지 못할까봐 두렵구만.

그—— 나도 그게 미심쩍어요.

나—— 어쩌다 부자가 된다면, 그때는 무엇을 하시려고?

그—— 모든 벼락부자들이 하는 것처럼 하지요. 나는 이제까지 본 중에서 가장 거만하고 야비한 놈이 되려구요. 그때야말로 놈들이 내게 어떻게 고통을 주었는지 모두 기억해내서, 놈들한테 받았던

68 —— 안 마리 파제스Anne Marie Pagès, 일명 라 데샹la Deschamps(1730-1775?)은 무대에서보다는 화류계에서 짧고도 요란하고 화려한 이력을 만들어냈던 무희. 디드로는, 서른 살이 되기도 전에 '2백만 금' 이상을 흩뿌렸다는 것이 자랑이었던 이 여자를, 쉽게 번 돈을 쉽게 낭비한 사례의 전형으로 인용한 적이 있다. 그녀는 서른이 되는 해에 빚을 갚기 위해 부동산과, 20번 이상이나 설계도를 고쳐서 지은 저택을 팔았다. 급기야는 자기와 관계를 가졌던 남자들의 이야기를 기삿거리로 팔다가, 감옥에 갇힌 후 탈출하여 빈궁 속에서 죽었다.

마리 마들렌 모렐Marie Madeleine Morelle, 일명 라 기마르la Guimard(1743-1816)는 라 데샹의 뒤를 이어 그녀와 같은 생애를 살고 거의 같은 운명을 밟는다. 그녀는 1770년대에 객석이 5백 개나 되는 극장을 포함한 저택을 짓고 10여 년 동안 화려한 축제를 베풀었다. 늙고 재산을 탕진하자, 그녀는 이 저택을 걸고 복권을 팔았다. 쥘 자냉Jules Janin(1804-1874)은 이 일화를 소재로 《라모의 조카》의 속편을 구상하는데, 거기서 라모는 당첨 복권을 뽑았으나 탈취당하고 만다. 라 기마르의 눈부신 자태는 프라고나르의 그림 속에 남아 있다.

치욕을 고스란히 되돌려줄 텝니다. 명령하기를 좋아하니 명령을 할 겁니다. 찬사 듣기를 좋아하니 놈들의 찬사를 들을 거구요. 빌모리앵의 건달패들[69]을 모두 고용해서, 사람들이 나한테 했듯이, 그놈들에게 말을 할 텝니다 : "자, 이 상놈들아, 나를 즐겁게 하여라", 그러면 놈들은 나를 즐겁게 할 테고, "정직한 사람들을 모두 찢어발겨라", 그러면 정직한 사람들을 찢어발길 테고. 정직한 사람들이 아직도 남아 있는지는 모르지만. 그리고는 계집들을 불러들이고, 술에 취해서 서로 너나들이를 하고, 주흥이 도도하여, 험담을 해대고, 온갖 허물과 악덕을 다 들추어내는 거지요. 얼마나 기분이 좋을까. 드 볼테르는 재능이 없는 놈이고, 항상 우쭐대고 거들먹거리는 뷔퐁은 과장된 연설꾼에 불과하고, 몽테스키외는 재치꾼에 지나지 않는다는 걸 증명하고 말지요. 달랑베르는 그 잘난 수학 속에 가두어놓고,[70] 우리를 시샘하여 경멸하는 당신 같은 사람들, 겸손으로 오만의 외투를 삼고, 가난한 나머지 어쩔 수 없이 청빈을 내세우는 그 모든 조무래기 카토[71]들을 혼쭐이 나게 다룰 겁니다. 그리고 음악? 음악은 바로 그때 하는 거지요.

나── 당신이 재산을 그렇게 의젓하게 쓰겠다니, 이렇게 거지 노릇이나 하는 게 얼마나 큰 손실인지를 알겠구먼. 인류에게는 마냥 명예롭고, 당신네 시민들에게는 마냥 유용하고, 당신에게는 마냥 영광되게 사실 판인데.

그── 아니 나를 놀리는 거요 뭐요. 철학자 선생, 당신은 지금 누구한테 덤벼들고 있는지를 모르고 있구먼. 내가 이래 봬도 지금 이

순간 여항과 궁정에서 가장 중요한 인사들을 대표하고 있다는 걸 짐작도 못 하는구먼. 신분이야 어떻건 부자들은, 내가 당신에게 털어놓은 것과 똑같은 소리를 자신에게 뇌까려본 적이 있는지 없는지는 모르겠소만, 사실 말이지, 내가 그들의 입장이라면 한번 살아보겠다는 그 삶을 바로 그들이 지금 살고 있다구요. 정말 당신네들은 항상 이렇다니까. 당신네들은 똑같은 행복이 누구에게나 다 맞는 것이라고 생각하죠.[72] 얼마나 괴이한 망상이야! 당신네들의 행복이란 황당무계한 기질을 우선 가지라는 건데 우리에게는 그런

69 —— 부레Etienne-Michel Bouret(1710-1777, 주 87 참조)의 사위이며, 거만한 태도로 악명이 높았던 총괄 징세 청부인 필리프 드 빌모리앵Philippe de Villemorien의 측근들. 디드로가 여기서 그의 이름을 변조하여 만든 형용사 'vilmorien'은 또한 '천하다'는 뜻의 'vil'과 '건달'을 뜻하는 'vaurien'의 결합이기도 하다.

70 —— 볼테르, 뷔퐁Georges Buffon(1707-1788), 몽테스키외, 달랑베르d'Alembert(1717-1783)는 주지하다시피 프랑스의 계몽철학을 대표하는 인물들이다. 1760년대에도 볼테르는 자신의 사상을 문학 작품을 통해 전파하는 한편, 불공정한 재판으로 희생된 사람들을 복권시키기 위해 활약 중이었고, 몽테스키외는 1755년에 죽었지만 그가 지성계에 미치는 영향은 여전히 막대했다.

박물학자 뷔퐁은 방대한 저서 《박물지*Histoire naturelle*》를 통해 과학적 지식을 경험과 관찰에 기초시키려고 열망하였으며, 아카데미의 취임 연설 《문체론*Discours sur le style*》으로 과학과 문예의 결합을 최초로 시도하였다.

《백과전서》의 '서문'을 쓴 수학자 달랑베르는 1758년 당국의 압력으로 그 감수책임직을 사직했지만, 수학과 물리학 관련 항목에 대한 기고를 계속했다.

71 —— 로마의 정치가였던 카토Marcus Porcius Cato(기원전 234-149)는 사치의 퇴치를 주장하고, 희랍의 풍속과 문화가 로마의 전통적인 미덕을 약화시킨다고 판단하여 이를 공격하였다.

72 —— 디드로 자신도 동일한 행복이 만인을 위해 마련되어 있다고 주장한 적은 없다.

게 없어 놔서. 특이한 영혼이니, 독특한 취미니 하는 게 그런 거지. 당신들은 이 괴상한 것을 미덕이라는 이름으로 장식하고, 그걸 철학이라고 부르더구먼. 허나 미덕이니 철학이니 하는 것이 모든 사람에게 다 어울리는 겁니까? 그따위 것이야 가질 수 있는 사람이나 가지는 거지, 간직할 수 있는 사람들이나 간직하는 거고. 현인과 철학자의 세계를 어디 상상해보라구요. 끔찍할 정도로 한심하리라고 생각되지 않습니까? 자, 철학 만세, 솔로몬의 지혜 만세 : 좋은 술을 마시고, 맛있는 요리를 마음껏 즐기고, 예쁜 여자들을 깔고 뒹굴며, 푹신한 침대에서 쉬어라. 이 밖에, 나머지는 헛된 일일 뿐이로다.[73]

나—— 뭐라구! 그럼 자기 조국을 지키는 것은?

그—— 헛일이지요. 더 이상 조국 같은 것은 없습니다. 북극에서 남극까지 내 눈에는 압제자들과 노예들이 보일 뿐입니다.

나—— 친구를 돕는 것은?

그—— 헛일이지요. 친구를 가진 사람이 어디 있나요? 친구가 있다손 치면, 친구를 배신자로 만들어야 합니까? 자세히 살펴보면, 도움을 베풀고 나서 거두어들이는 것이란 거의 언제나 그것뿐이란 걸 아실 텐데. 감사하는 마음이란 일종의 짐이고, 짐은 모두 벗어 던져지게 마련이니까요.

나—— 사회적으로 지위를 차지하고 그 의무를 이행하는 것은?

그—— 헛일이지요. 지위를 차지하는 것도 다 부자가 되기 위해선데, 부자이기만 하다면, 지위가 있건 없건 무슨 상관이겠어요? 자기 의무를 수행한다, 그래서 결국 어디에 이릅니까? 질시나 받고, 분쟁에나 휩쓸리고, 박해나 받는 것이 아닌가요. 그런다고 출세를 합니까? 비위를 맞추고, 네미랄, 그래 비위를 맞추고, 높은 사람들을 찾아뵙고, 속내를 살피고, 그들의 엉뚱한 노름에 끼어들어 악덕을 돕고, 불의를 찬양하고, 이게 바로 비결이 아닌가요.

나── 자기 아이들의 교육을 살피는 것은?

그── 헛일이지요. 그건 가정교사나 할 일입니다.

나── 그렇지만 그 가정교사가 자네의 원칙에 물들어서 자기 의무를 소홀히 한다면, 그때는 누가 벌을 받게 되나?

그── 맹세코, 나는 아닐 것입니다. 그러나 아마도 어느 날인가는, 내 딸의 남편이나, 내 아들의 아내가 벌을 받겠지요.

그는 반대로 "누구에게나 그 자신의 특별한 행복이 있다"(《행복의 신전*Temple du Bonheur*》)고 단언했다.

73── 이 지혜는 구약 성서의 〈전도서〉의 몇몇 금언들을, 해학적인 성직자들의 관례에 따라, 전후 문맥을 잘라버린 채 익살스럽게 해석한 것이다.

"멋지게 잘 사는 것은 하늘 아래서 수고한 보람으로 먹고 마시고 즐기는 일〔…〕"(5:18).

"네 몫의 음식을 먹으며 즐기고 술을 마시며 기뻐하여라. 이런 일은 하느님께서 본래부터 좋게 보아주시는 일이다"(9:7).

"하늘 아래 허락받은 덧없는 인생을 애인과 함께 끝날까지 즐기며 살도록 하여라"(9:9).

디드로는 이 격언들을 때로는 진지하고 고통스럽게 ─"오 우리네 사상의 헛됨이여! 영광과 작업의 빈약함이여! 우리네 시각의 협소함이여! 마시고 먹고 사랑하고 자는 것밖에는 확실한 것이 전혀 없구나"(《달랑베르의 꿈*Rêve de d' Alembert*》)─받아들이기도 하지만, 때로는 이 '지혜'에 따른 인간들의 자포자기를 방어할 목적으로 언급하기도 한다.

나—— 하지만 아들과 딸이 모두 방탕과 악덕에 빠진다면?

그—— 그야 그들의 팔자지요.

나—— 그들이 명예를 잃으면?

그—— 무슨 짓을 하건, 부자이기만 하면, 명예를 잃을 수는 없지요.

나—— 그들이 망한다면?

그—— 그야 딱한 일이고.

나—— 아내나 자식들, 하인들의 행실을 감독하지 않을 작정이라면, 자네 일도 망치기 십상이겠구먼.

그—— 미안한 말씀입니다만, 돈을 얻어내기가 항상 쉽지는 않을 테니, 미리 알아서들 처신하는 게 신중한 일이지요.

나—— 부인을 위해 마음 쓰는 일도 별로 없겠고?

그—— 거북한 말씀입니다만, 전혀요. 내 생각으로는, 자신의 사랑하는 반쪽에게 할 수 있는 가장 좋은 처신이란 그 반쪽에게 알맞은 일을 해주는 거지요. 선생이 보기에는 어떻습니까, 각자 자기에게 알맞은 일을 하고 있으면 사회가 무척 즐거울 게 아닙니까?[74]

나—— 왜 아니겠어? 내겐 아침나절이 흐뭇할 때만큼 저녁이 아름다운 적은 없다네.

그—— 나도 역시 그래요.

나—— 사교계 사람들이 재미를 찾는 데에 그렇게 까다롭게 구는 것도, 할 일이 끔찍이도 없기 때문이지.

그—— 그렇게 봐선 안 됩니다. 그 사람들, 하는 일이 많다구요.

나—— 전혀 진력이 날 줄을 모르니, 전혀 쉬지를 못하는 거라구.

그—— 그렇게 봐선 안 됩니다. 그 사람들은 끊임없이 녹초가 되어 있다구요.

나—— 그 사람들에게는 쾌락도 언제나 일 중의 하나지 욕망이 아니니까.

그—— 다행이지요. 욕망이란 언제나 고통인데요.

나—— 그들은 진이란 진은 다 빼지. 정신은 흐리멍덩하고, 권태에 사로잡혀 있지. 풍요에 짓눌려 끙끙거리고는 그들에게서 생명을 빼앗는 사람이 있다면, 그들에게 좋은 일을 한 셈일 거야. 그들이 행복에 대해 아는 것이라곤 가장 빨리 녹슬어버리는 부분밖에는 없으니까. 나는 육체적 쾌락을 무시하지 않아요. 나도 입이 있으니, 진진한 요리나 맛있는 술이 들어가면 입이 즐겁지. 나도 감정이 있고, 눈이 있으니, 예쁜 여자를 보면 좋지. 그 단단하고 둥근 가슴을 손으로 느끼고 싶고, 그 입술을 내 입술로 누르고 싶고, 그 여자의 두 눈에서 관능을 길어올리고 싶고, 그래서 그 팔에 안겨 정신을 잃고 싶고 말이야. 이따금씩은 친구들과 함께 질탕하게 잔치를 벌이면, 약간은 소란스럽기도 하지만, 싫지는 않아요. 그러나 솔직히 털어놓는다면, 그보다 이루 말할 수도 없이 훨씬 더 즐거운 일들이 있지. 불행한 사람을 돕고, 까다로운 작업을 마무리짓고,

74 —— 디드로는 그의 《첫 번째 풍자*Satire Ier*》에서 "각자 자기 일에 전념하는 사회는 복이 있을지어다"라고 한 바 있다. 이때 '자기 일'은 물론 직분과 전문적 능력을 뜻하는 것이겠지만, 라모는 다른 사람에 대한 무관심과 쾌락만을 염두에 두고 이 말을 사용하고 있다.

유익한 충고를 하고, 기분 좋게 독서를 하고, 진심으로 아끼는 남자나 여자와 함께 산보를 하고, 자식들을 가르치며 얼마큼 시간을 보내고, 훌륭한 글을 한 쪽 쓰고, 직무를 수행하고, 사랑하는 여자에게 무언가 정답고 포근한 이야기를 하여 내 목에 팔을 감게 한 그런 일들 말이야. 내가 알고 있는 선행이 하나 있는데, 그 일을 한 게 나라면 가진 것을 다 주어도 아깝지 않겠다 싶어. 《마호메트》는 훌륭한 작품이지만, 그보다도 칼라스가의 명예를 회복시킨 것이 나였더라면 더 좋겠어.[75] 내가 아는 어떤 사람이 카르타헤나에서 타향살이를 하고 있었지.[76] 집안의 작은 아들이었는데, 그 사람의 나라에서는 장남에게 모든 재산을 물려주는 것이 관습이라더구만. 카르타헤나에서 그는 응석받이였던 자기 형이 아버지와 어머니로부터 가진 것을 모두 긁어내 너무나도 방만하게 탕진한 다음 그들을 성 밖으로 쫓아냈으며, 그 착한 늙은이들이 시골의 작은 도시에서 찢어지게 가난하게 살며 괴로워하고 있다는 사실을 알게 된다네. 부모에게 가혹한 대접을 받고 먼 나라로 돈을 벌러 떠나온 이 막내가 그때 어떻게 하는지 아는가? 부모에게 도움을 보내지. 서둘러 자기 사업을 정리하지. 부자가 되어 돌아오는 거야. 아버지와 어머니를 옛날에 살던 집으로 모셔오고, 누이들을 결혼시키지. 자, 라모 군, 그 사람은 이 기간을 자기 생애에서 가장 행복한 시절이라고 생각했다네. 내게 그 이야기를 하며 두 눈에 눈물이 가득하더군. 나도 자네에게 그 이야기를 하노라니 가슴이 기쁨으로 엉클어지고, 즐거운 나머지 말을 잇지 못하겠구먼.

그—— 당신네들은 정말 이상한 양반들이라니까!

나—— 자네들은 정말 한심한 족속들이야. 인간이 운명을 딛고 올라섰으며, 비록 한두 개라도 이와 같은 선행을 지붕으로 삼으면 불행할래야 불행할 수 없다는 점을 이해하지 못하겠다니.

그—— 그거 참 나 같은 사람은 친해지기가 힘든 종류의 행복이로군요. 그런 행복을 만나기란 드문 일이니까요. 아니 그러니까 선생 이야기대로라면, 정직한 사람이 되어야겠군요?

나—— 행복하려면? 당연한 이야기지.

그—— 허지만 나는 정직하면서도 행복하지 못한 사람들과, 행복하지만 정직하지 못한 사람들을 셀 수도 없이 많이 알고 있는데요.

나—— 자네에겐 그렇게 보이는 거지.

그—— 그리고, 내가 저녁 먹을 곳이 어딘지를 알지 못하게 된 것도

75 —— 툴루즈의 개신교도인 장 칼라스Jean Calas는 가톨릭으로 개종하려는 자기 아들을 교살했다는 혐의로, 증거와 심리가 불충분할뿐더러 맹목적인 열정으로 왜곡된 재판을 거쳐, 1762년 수레바퀴형에 처해졌다. 볼테르는 툴루즈 주민들과 관련 재판관들의 광신을 고발하며, 온갖 노력을 기울인 끝에, 1765년 3월 칼라스가의 명예를 회복시켰다. 그는 이 과정에서 사상의 자유를 옹호하고 '톨레랑스'를 내세우는 소책자《신앙 자유론*Traité sur la Tolérance*》을 쓰게 된다. 디드로는 애인 소피 볼랑에게 보내는 편지에서 볼테르의 활약에 매우 감동하고 있다 : "이 사람은 넋과 감수성이 있으며, 불의를 참지 못하며, 미덕의 매력을 느끼고 있는 것이 틀림없습니다. 〔…〕 무슨 그리스도가 있다면 볼테르는 구원을 받을 것이라고 나는 장담합니다."

76 —— 이 실화의 주인공은 후프Hoop 영감이라고 불렸던, 스코틀랜드 출신의 늙은 외과의사이며, 디드로를 중심으로 돌바크의 그랑발 성에 모이던 철학자들 가운데 가장 이채로운 인물로 꼽혔다.

한순간 상식을 약간 지녔고, 좀 솔직했기 때문이 아니란 말인가요?

나── 아, 아니지. 항상 그렇지를 못했기 때문이지. 굴종에서 헤어날 수 있는 생활수단을 먼저 마련해야 한다고 일찍 깨닫지 못한 탓이지.

그── 헤어났는지 어쨌는지는 몰라도, 내가 마련한 수단은 적어도 가장 편한 수단입니다.

나── 거기다 가장 불확실하고, 가장 부정직한 수단이고.

그── 그러나 나 같은 게으름뱅이, 바보, 건달의 성격에 가장 적합한 수단이죠.

나── 옳은 말이구먼.

그── 악덕은 내 천성에 맞고, 일하지 않고 얻어서, 노력하지 않고 간직할 수 있으며, 내 나라의 풍속과 일치하고, 나를 보호해주는 사람들의 입맛에 맞습니다. 아침부터 저녁까지 비난이나 늘어놓아 그들을 거북하게 하는 미덕보다는 악덕이 그들의 자질구레한 사적 요구에 더 가깝지요. 이 악덕으로 내 행복을 만들 수 있는 마당에, 내가 무슨 지옥에 떨어진 영혼처럼 자신을 괴롭혀, 불알을 훑어내고 내 아닌 다른 사람이 되려 한다거나, 내게는 생소한 성격을 지니려 한다면 그거야말로 아주 이상한 일일 겁니다. 매우 존경할 만한 품성이, 그래 따지기 싫으니, 있다고 해두지요. 하지만 내가 그런 것을 얻고 실천하려면 많은 희생을 치러야 할 텐데, 그래봤자 나한테는 아무 소용이 없을 겁니다. 아마도, 나 같은 거지들이 목숨을 걸고 있는 부자들의 끊임없는 야유나 불러들일 것이니,

소용이 없다기보다 손해나 입겠지요. 사람들은 미덕을 찬양하지만, 그러나 미워하고 피하지요. 미덕은 모든 것을 추워 떨게 하는데, 이 세상에서는 발이 따뜻해야 합니다. 그뿐인가요, 미덕은 영락없이 기분을 상하게 할 거라구요. 글쎄 신앙심 깊은 사람들이 그렇게도 무정하고, 그렇게도 화를 잘 내고, 그렇게도 무뚝뚝한 것을 어디 한두 번 보셨어요? 그건 그 사람들이 자기들의 본성에 맞지 않은 과업을 짊어진 탓이 아니겠어요. 그들은 고통을 당하고 있는데, 누구든 자기가 고통을 당하면 다른 사람들을 고통스럽게 하는 법이지요. 그런 것은 내가 바라는 바도, 내 보호자들이 바라는 바도 아니고. 나는 명랑하고 다루기 쉽고 재미있고 우스꽝스럽고 익살스러워야 합니다. 미덕은 존경을 받게 마련인데, 존경은 불편하고. 미덕은 찬양을 받게 마련인데, 찬양은 재미가 없고. 나는 권태로워하는 사람들과 관계하고 있으며, 그들을 웃겨야 합니다. 그런데 웃기는 것은 어처구니없는 짓과 바보짓입니다. 따라서 나는 어처구니없고 바보스러워야 합니다. 내가 그렇게 타고나지를 못했을 때는, 그렇게 보이도록 하는 게 첩경이지요. 다행히 나는 위선자가 될 필요는 없어요. 가지가지 위선자들이 벌써 많으니까요. 자기 자신까지도 속이는 사람들은 빼놓고도 말입니다. 저 드 라 모를리에르[77]라는 기사 녀석을 보라구요. 귀 위로 모자 챙을 말아올리

77 —— 드 라 모를리에르Jacques Rochette de la Morlière(1719-1785)는 18세기 중엽 파리의 극장가를 떠돌던 불량배. 잠시 근위기병대와 관계했던 전력을 빙자하여 깃털 모자에 장검을 지니고 다녔다. 한때 극작에도 손을 댔지만 흥행에 완전히 실패한 이후, 야바위

고, 허공에 머리를 치켜들어 지나가는 사람을 어깨 너머로 흘겨보며, 허벅지에 긴 칼을 절거덕거리고, 칼이 없는 사람이면 언제라도 모욕할 태세를 하고, 아무라도 만나면 싸움을 걸 것처럼 보이지만, 실제로 그 녀석 하는 짓은 어떤가요? 자기가 용기 있는 사람이라고 믿기 위해 별짓을 다 하지만, 그러나 겁쟁이라구요. 코끝을 한 번만 튕겨보세요. 유순하게 받아들일 겁니다. 그놈의 목소리를 낮추게 하고 싶으면 이쪽에서 목소리를 높이세요. 지팡이를 휘둘러 보이거나, 엉덩이에 발길을 들이대면, 자기가 겁쟁이인 것을 알고 깜짝 놀라서, 그걸 누구한테 들었는지, 어디서 알았는지 당신에게 물을 겁니다. 저 자신도 방금 전까지는 겁쟁이인 줄을 몰랐으니까요. 용감한 척하는 원숭이 놀음에 오랫동안 버릇이 붙다 보니 저도 그렇게 깜박했던 거지요. 잔뜩 허세를 부리던 나머지 자신이 뭐나 되는 듯이 믿게 되었다는 말입니다. 또 있지요. 고행을 합네, 감옥을 찾아갑네, 자선모임이라는 모임에는 다 참석하고, 눈을 내리깔고 걸어가며, 남자라고는 언감생심 바로 바라보지도 않을 것이며, 자기 성욕의 유혹에 빠질세라 끊임없이 경계하는 그런 여자는 어떻고요? 아무리 그런다고 가슴이 타오르고, 한숨이 새어나오고, 육욕이 불붙는 것을 막을 수 있겠어요? 욕망이 그 여자를 괴롭히질 않겠으며, 그 여자의 머리에 밤낮으로 《샤르트뢰의 문지기 수도사》, 아레티노의 《체위》[78]에서 본 장면들이 새록새록 떠오르질 않겠습니까? 그러면 그 여자가 어떻게 되는지 아세요? 그 여자의 하녀가 속옷 바람으로 일어나 숨넘어가는 주인마님을 살리러 뛰어갈 때 무슨 생각을 할까요? 쥐스틴이여, 다시 잠자리로 돌아가시지. 당신네 마나님이 열에 들떠 부르는 사람은 당신이 아니라오. 그런데 어느 날 그 정다운 라모가 재물과 여자와 진수성찬과 무위도식에 경멸을 표하고, 제가 무슨 카토라고 엄격한 척 으스댄다면, 그래 뭐가 되겠습니까? 위선자지요. 라모는 지금 그대로의 라모, 부유한 강도들과 어울리는 행복한 강도여야 합니다. 미덕을 허세부리는 인간, 아니 정말 미덕 있는 인간이라고 해도 그렇지, 그런 인간이 되어, 외롭게, 기껏해야 거지들과 어울려 빵껍질이나 씹어야겠어요? 그러니 딱 부러지게 말해서, 당신의 지락至樂도, 당신 같은 몇몇 환상가들의 행복도 나에게는 달가울 것이 없다 그거지요.

나—— 이 사람, 보아하니 그것이 무언지도 모르고 있으며, 그걸

꾼·공갈배 등으로 이력을 쌓았는데, 특히 극장의 박수부대나 난동패의 두목 노릇을 했다. 이해 당사자로부터 돈을 받는 대가로, 연극이 초연되는 날, 패거리들을 불러모아 작품을 망쳐놓는 것이 그의 일이었다. 철학자들도 그에게 도움을 청하는 일이 적지 않았으며, 특히 팔리소의 반계몽주의 희극들이 상연될 때는 그를 불러 야유를 퍼붓게 했다. 그러나 그와 사이가 좋지 않았던 계몽철학자들의 뮤즈 클레롱은 코메디 프랑세즈에 그의 접근을 막으려고 애썼으며, 디드로도 그의 〈사생아〉가 흥행에 실패한 것을 그의 탓으로 돌렸다.

78 —— 18세기 중엽 이후 여러 차례 간행된 《샤르트뢰의 문지기 수도사, 동 B***의 자전적인 이야기*Histoire de dom B***, portier de Chartreux, écrite par lui-même*》는 변호사 드 라투슈Gervaise de Latouche가 쓴 것으로 여겨지는 가공의 자전 소설이다. 수녀들의 감추어진 성생활을 그린 이 소설에 드 케뤼스de Cayrus 백작이 유난히도 음탕한 삽화를 그려 넣었다.

이탈리아의 작가 아레티노Pietro Aretino(1492-1556)의 《체위*Postures*》는 아니발 카라슈Annival Carrache(1560-1609)가 그린 삽화와 더불어 춘화의 고전이 되어 있다.

알도록 만들어져 있는 것도 아니로구만.

그—— 잘됐지요, 제기랄! 잘되고말고. 알아보았자 굶어죽을 것이고, 심심해 죽을 것이고, 아마도 후회나 우라지게 할 텐데요.

나—— 정 그렇다면, 자네에게 해주어야 할 충고는 한 가지뿐이구만. 그렇게 경망스럽게 굴다 쫓겨난 그 집으로 어서 빨리 돌아가라 그거야.

그—— 그러고는 문자 그대로의 의미에서는 반대하지 않으시며, 비유적 의미에서는 나한테 좀 역겨운 그 짓[79]을 하라구요?

나—— 내 의견은 그래.

그—— 그깟 은유적인 입 맞추기야 지금은 마음이 내키지 않아도, 날이 바뀌면 꼭 그렇지만도 않을 테니 무시해버리면 그만이고.

나—— 그것 참 이상한 소리네!

그—— 이상할 게 뭐가 있어요. 나 같은 놈이야 천하게 놀 준비가 되어 있지만, 그러라고 강요를 받는 것은 싫거든요. 내가 내 품위의 높은 자리에서 밑바닥으로 굴러 떨어진다고 해서 나쁠 것은 없으나… 아니 지금 웃으시는 거요?

나—— 그래, 자네의 품위라니 우습구만.

그—— 누구라도 그 나름대로는 품위가 있는 거라구요. 나야 내 품위를 잊어도 그만이지요. 그러나 내 뜻에 따라서이지, 다른 사람의 명령에 따라서가 아닙니다. 누가 나더러, 기어라 하고 말할 수 있으며, 내가 기어야 할 의무가 어디 있습니까? 그건 벌레의 몸짓이지요. 내 몸짓이기도 하고. 우리를 가만히 놔두면, 우리는 그 몸짓을 서로 따라합니다. 그러나 누가 우리 꼬리를 밟으면 우리는 발딱 일어선다구요. 누가 내 꼬리를 밟으면 나는 발딱 일어설 겁니다. 그리고 선생은 내가 이야기하고 있는 그 난장판 같은 집구석을 상상도 못합니다. 음울하고 무뚝뚝하며, 울화증에 사로잡혀 실내 가운에 두 겹 세 겹 싸여 있는 인물, 자신은 자기 마음에 들고, 모든 것이 다 못마땅하다는 인물을 상상해보시라구요. 백 가지 다른 방법으로 육체와 정신의 뼈마디를 뽑아내 재주를 부려도 그 사람을 웃길까 말까 하지요. 익살스럽게 찡그린 내 얼굴과 그보다 더 익살스럽게 찡그린 내 판단력을 냉랭한 눈으로 빤히 바라보고 있는 겁니다. 우리끼리니까 하는 이야깁니다만, 저 노엘 신부,[80] 찡그린 얼굴로 이름난 그 천한 베네딕트파 신부도, 비록 궁정에서 성공을 거두었다지만, 나한테 비교하면, 나나 그 사람을 추켜세우자는 것이 아니라, 나무로 만든 어릿광대일 따름입니다. 저 프티트 메종[81]의 극치에 도달하려고 나를 학대해봐야 아무 소용이 없어요. 저 양

79—— 다시 말해서 "저 키 작은 위스의 엉덩이에 입을" 맞추는 일.

80 —— 노엘Noël은 광학기계를 만들던 베네딕트파의 사제. 그는 1750년 자기식으로 만든 현미경을 왕 앞에서 선보여 4백 루이에 팔고, 왕세자용 망원경을 주문받았다. 그 후 파리에 광학 연구소를 차렸던 이 신부는, 어떤 기록에 의하면, 착하고 지극히 단순한 사람이었다. 약간은 돌팔이의 낌새가 없지도 않은 이 물리학자에 대해 디드로가 앙심을 갖게 된 것은, 그가 《백과전서》에 기고를 거부한 점에도 원인이 있는 것으로 풀이된다.

81 —— 파리에서 가장 오래된 정신병원으로, 환자들을 '프티트 메종petites maisons', 즉 '작은 집'에 격리 수용했던 나환자 병원을 전용하여 사용한 데서 이런 이름이 붙었다. 디드로의 시대에 이 프티트 메종이라는 말은 광인 내지는 광인 집단을 비유하는 말로 흔히 사용되었다.

반이 웃을까, 웃지 않을까? 사지를 비틀어 한참 곡예를 하면서도 나는 이 생각을 떨쳐버릴 수가 없는데, 선생도 아시겠지만 이런 불안이 얼마나 재능을 망치는 것입니까. 우리 우울증 환자는 나이트캡을 눈언저리까지 눌러쓰고 고개를 뒤로 젖히고 있는 모습이 꼭 움직이지 않는 도자기 꼭두각시 같다니까요. 그 꼭두각시의 턱에 줄을 매달고, 그 줄을 그 안락의자 밑으로 늘어뜨려놓았다고나 할까. 그 줄이 당겨지기를 기다리는데, 전혀 당겨지지를 않아요. 아니 어쩌다 턱이 열린다면, 그것은 비통한 한마디, 나 따위는 아랑곳도 없었으며, 내 모든 원숭이 놀음이 실패했다는 것을 알려주는 그 한마디를 내뱉기 위해서지요. 이 한마디는 아마도 한 나흘 전쯤 내가 그에게 던졌던 것 같은 어떤 질문에 대한 대답입니다. 그 말을 하고 나면, 목젖 용수철이 풀리고, 턱이 다시 닫히고…

이어서 그는 자기 주인의 흉내를 내기 시작했다. 그는 의자에 앉아 머리를 고정시키고, 모자를 눈까풀까지 눌러쓰고, 두 눈을 반쯤 감고, 두 팔을 흔들거리고, 꼭두각시처럼 턱을 움직여 말을 했다 : "맞아, 당신이 옳아, 마드무아젤. 거기를 좀 날씬하게 해야 해요."

그 물건은 결정을 내리니까요, 그 물건은 언제나, 그것도 돌이킬 수 없이 결정을 내리니까요. 저녁에, 아침에, 화장실에서, 점심 식탁에서, 카페에서, 극장에서, 저녁 식탁에서, 침대에서, 말하기 무엇하지만, 자기 정부의 품에서도 그럴 겁니다. 마지막 두 군데서 내리는 결정이야 내가 들을 수는 없지요. 그러나 다른 결정들만 가지고도 넌더리가 납니다. 불길하고, 음침하고, 운명처럼 단호하고,[82] 그 물건이 바로 우리 주인이라니까요.

맞은편에는, 얼치기 숙녀가 앉아 중요한 역할을 합니다. 그 여자에게 예쁘다고 말하지 않을 것도 없지요. 비록 얼굴 여기저기 오배자가 몇 개 돋았고, 부비용 부인[83]의 볼륨을 뒤쫓아가고 있긴 하지만, 아직은 예쁘니까요. 나는 살을 좋아합니다. 살이 아름다울 때는요. 하오나 지나친 것은 역시 지나친 것이요, 운동은 질료의 본질이라![84] 첨가Item, 그 여자는 거위보다 더 심술궂고, 더 오만하고, 더 멍청합니다. 첨가, 그 여자는 재치가 있고 싶어합니다. 첨가, 그 여자에게는 누구 못지않은 재치가 있다고 내가 믿고 있다는 것을 그 여자에게 납득시켜야 합니다. 첨가, 그 물건은 아무것도 아는 것이 없

82 —— 라모의 처지에서 베르탱은 사실상 그의 운명을 의인화한 것이나 같다. 그러나 이 운명에 대한 비유를 달리 설명할 수도 있다. 스카롱Paul Scarron(1610-1660)의 《희극 소설*Roman comique*》의 주인공은 '데스탱Destin', 즉 '운명'이라는 이름을 지니고 있는데, 그도 베르탱처럼 과묵하다.

83 —— 상기 《희극 소설》의 또 다른 등장인물. 소설은 이 여자를 이렇게 소개한다 : "부비용 부인은 프랑스에서, 비록 가장 짧긴 하지만, 가장 뚱뚱한 여자 중의 하나였다. 그녀는 육체를 구성하는 데 들어가는 무겁거나 단단한 다른 물질을 빼놓고, 살만 가지고도 대략 평균 쳐서 3천 파운드가 나간다고 누군가 단언하는 소리를 들었다."

84 —— 디드로 철학의 기본 원리 중의 하나가 의외의 자리에 장난스럽게 등장하고 있다. 디드로는 그의 《질료와 운동에 관한 철학적 원리*Principes philosophiques sur la matière et le mouvement*》에서, "질료는 운동과 휴식에 무관하였다"고 가정하는 철학자들에 반대하여, "운동은 질료에 본질적"이라고 주장한다.

는데, 그 물건도 역시 결정을 내립니다. 첨가, 이 결정들을 손짓 발짓으로 찬양해야 하며, 즐거워 날뛰어야 하며, 감탄으로 얼어붙어야 합니다 : "그것 참 아름답고, 미묘하고, 적절한 말씀이고, 예민하게 보셨으며, 독특하게 느끼셨습니다. 여자분들은 어디서 그런 능력을 얻어내는지요? 연구를 하지 않고도, 오직 직관의 힘으로, 오직 자연의 빛으로 그렇겠지요. 기적에 속합니다." 덧붙여서, "경험, 연구, 성찰, 교육이 그래도 어느 정도는 도움이 된다는 이야기를 누가 좀 해주었으면 좋겠어요." 그리고, 이런 바보 같은 소리를 몇 마디 더 늘어놓고, 기쁨으로 울어야 하지요. 하루에도 열 번씩, 한쪽 무릎을 앞으로 굽히고, 다른 쪽 다리를 뒤로 빼고, 허리를 굽혀야 합니다. 여신을 향해 두 팔을 내밀고, 그 눈에서 욕망을 읽어내고, 그 입술에 매달려, 명령을 기다리다가, 번개처럼 내달려야 합니다. 누가 이런 일을 맡겠다고 기어들겠어요? 일주일에 두세 번 창자의 고통을 달랠 것을 거기서 찾는 가련한 놈이 아니라면 말이오. 팔리소, 프레롱, 푸앵시네 피붙이들, 바퀼라르[85] 같은 다른 녀석들, 제법 가진 것이 있고, 그래서 고픈 배의 꾸르륵 소리를 들먹여 그 천한 짓을 변명할 수 없는 인간들에 대해서는 어떻게 생각해야 할까요?

나 —— 자네가 그렇게 까다로운 사람이라고는 전혀 생각하지 못했는데.

그 —— 까다로운 건 아닙니다. 처음에는 다른 사람들이 하는 것을 보고, 곧 그 사람들처럼 했지요. 좀더 잘하기도 하고. 더 잘할 수밖에 없는 것이 나는 더 솔직하게 뻔뻔스럽고, 더 훌륭한 코미디언이며, 더 굶주렸고, 더 훌륭한 허파를 가졌으니까요. 나는 확실히 저 이름 높은 스텐토르[86]의 직계후손이 분명합니다.

그는 자기 폐의 힘을 내게 정확히 알려주기 위해, 카페의 유리창이 흔들리고, 장기 두는 사람들의 주의를 잠시 흩뜨릴 정도로, 격렬하게 기침을 하기 시작했다.

나—— 그렇지만 그런 재능을 어디에 쓰는 거지?

그—— 짐작이 안 가세요?

나—— 안 가는데. 나는 좀 답답한 사람이라서.

그—— 말싸움이 벌어졌는데 어느 쪽이 이길지 불확실한 경우를 한번 가정해보세요. 나는 일어나지요, 우레 같은 목소리를 뽐내며 말합니다. "그건 아씨가 말씀하신 대로야. 바로 그런 걸 가리켜 판

85 —— 바퀼라르François-Thomas de Baculard d' Arnaud(1718-1805)는 디드로의 가장 오랜 친지 중의 한 사람이다. 바퀼라르가 '볼테르의 제자'이며 외설스런 무용극을 발표했다는 죄목으로 바스티유를 드나들던 1740년대에는 그들은 매우 사이가 좋았다. 이 건달 예술가는 최루물의 드라마와 감상적인 소설을 쓰고, 후원금을 얻기 위해 프로이센의 프리드리히 2세에게 아첨을 하여 어느 정도의 재산을 모았지만 무절제한 생활로 많은 빚을 진 것으로 알려져 있다. 이 낭비벽이 심한 사나이에 대해 '제법 가진 것'이 있다고 이야기하는 것은 일종의 익살이다. 디드로는 그가 볼테르의 패거리라는 점 외에도, 《백과전서》에 반대하는 문학 서클에 발을 들여놓고 있다는 점 때문에 감정이 상하게 된 것이다.

86 —— 호메로스의 《일리아드》에서, 50명의 전사를 합해 놓은 것보다 더 큰 소리를 지르는 '청동 목소리'의 사나이로 소개되는 인물.

단을 내린다고 하는 거야. 우리 모든 재사才士님들 어디 한번 덤벼 들어 보시지 그래. 표현이란 저절로 우러나오는 법이라구." 그렇다고 항상 똑같은 투로 칭찬을 늘어놓아서는 안 되지요. 단조롭기도 하고, 낯간지럽기도 하고, 따분하기도 할 테니까. 판단력이 있고 창의력이 풍부해야 그 단계를 벗어납니다. 결정적인 장조長調를 준비하여 들이대고, 기회와 순간을 포착할 줄 알아야 하지요. 이를테면, 의견이 팽팽히 맞서고, 언쟁이 최고도로 격렬해질 때, 이제 아무도 다른 사람의 말을 듣지 않고, 모든 사람이 동시에 말을 할 때는, 한옆으로, 그러니까 싸움판에서 가장 멀리 떨어진 아파트 구석으로 물러나, 오랫동안 침묵을 지켜 폭발력을 준비한 다음, 갑자기 무슨 대포알처럼, 싸움꾼들 한가운데에 떨어져야 합니다. 그러나 내가 놀라운 재간을 보이는 것은 그와 전혀 다른 쪽에서지요. 나는 몇 가지 정겨운 어조를 지니고 있고 거기에 미소를 곁들이고, 끝없이 다양한 얼굴로 동감한다는 표정을 짓습니다. 여기서는 코, 입, 두 눈, 이마가 한몫을 하지요. 나는 허리가 유연하며, 등뼈를 비틀고, 어깨를 치켜올리거나 내리고, 손가락을 펼치고, 머리를 기울이고, 두 눈을 지그시 감고, 마치 하늘에서 내려오는 천사의 거룩한 목소리를 들었다는 듯이, 멍청해지는 방법을 알고 있습니다. 바로 그게 사람들을 우쭐하게 만들지요. 이 마지막 태도가 얼마나 큰 힘을 지녔는질 선생이 제대로 이해하실지 모르겠네. 그걸 고안한 것은 내가 아니지만, 그걸 수행하는 데는 나를 능가하는 사람이 없었다구요. 보세요, 보시라구요.

나—— 정말 탁월하네.

그—— 좀 허영기가 들어 있는 여자의 머리로 여기 걸려들지 않을 재간이 있겠어요?

나—— 없지. 자네야말로 다른 사람들을 바보로 만들고, 자신을 천하게 만드는 재능을 더할 수 없이 멀리 발전시킨 사람이라고 인정하지 않을 수 없구먼.

그—— 그치들이 모조리 덤벼들어봐야 아무 소용이 없어요. 거기까지는 절대로 못 갑니다. 그중에서 가장 낫다는 팔리소만 하더라도 훌륭한 학생 이상은 결코 아닐 거구만요. 그러나, 이 놀음이 처음에는 재미있고, 도취된 자들의 어리석음을 마음속으로 비웃으며 제법 즐거움을 맛보기도 하지만, 그것도 길어지다 보면 짜릿한 맛이 없어요. 그래서 이것저것 여러 가지를 발굴하고 난 다음은 어쩔 수 없는 되풀이지요. 재치와 기술도 한계가 있으니까요. 앞으로 나갈수록 이력이 깊어지는 것은 신이나 몇몇 희귀한 천재들뿐입니다. 필시 부레가 그 가운데 하납니다.[87] 나한테, 그래요 다른 누구

87 —— 부레는 18세기의 전형적인 징세 청부인. 원래 비천한 집안 출신이었지만, 식품기업가의 딸과 결혼하여, 그 후광으로 왕가의 재무 총감독관을 거쳐, 1743년 이후, 징세 청부인이 된 그는 그 권한을 남용하여 밀과 소금을 매점함으로써 거대한 재산을 모았다. 게다가 재무장관이자 국새상서인 마쇼Machault의 비호로 우편국 총지배인과 징세 청부 사무청의 인사국장 등의 요직에 앉을 수 있었다. 그는 광적으로 건물을 짓고 자신의 여러 저택을 조각품으로 가득 채우는 등, 벼락부자의 온갖 행태를 내보여 그 시대 사람들의 많은 반감을 샀다. 그의 세 사위도 모두 총괄 징세 청부인이었으며, 그중 두 사람, 빌모리앵과 몽소주도 역시 《라모의 조카》에 언급되고 있다(주 69, 100 참조). 1759년 3월, 그는 크루아퐁텐의 자기 소유지로 왕을 맞아들여 《진정한 행복의 책*Livre*

도 아닌 나한테, 가장 탁월한 착상을 불러일으킬 만한 술수들이 바로 그 사람에게서 흘러나오는 판입니다. 그 작은 개, 그 '지복의 책', 베르사유 길목에 늘어선 그 횃불들을 생각하면 나는 몸 둘 바를 모르고 주눅이 들고 말아요.[88] 그 때문에 일에 의욕을 잃어버릴 지경이라니까요.

나── 작은 개라니 그건 또 무슨 이야기지?

그── 아니 어디 갔다 오셨소? 왜 이러시오. 국새상서國璽尙書가 작은 개 한 마리를 보고 좋아하자, 이 희대의 인물이 그 개에게 자기를 멀리하고 그 상서를 따르게 하려고 어떻게 재간을 부렸는지 정말 모르신단 말씀이오?

나── 모른다니까, 솔직히 말해서.

그── 그거 잘됐군요. 인간이 생각해낸 가장 멋진 것 가운데 하나지요. 온 유럽이 감탄했고, 궁정의 조신들치고 거기 질투를 느끼지 않은 사람이 하나도 없었으니까요. 선생도 총기聰氣가 모자라진 않

du vrai Bonheur》을 바쳤는데, 이 무렵이 그의 전성기였다. 이후 투기에 실패하여 재산을 모두 날려버린 그는 많은 빚을 안고 죽었다. 그의 깨끗지 못한 축재 과정, 벼락부자의 반지성적인 태도, 갖가지 반계몽주의적 음모를 장려하기 위한 그의 금전적 지원 등, 디드로가 그에게 원한을 가질 이유는 많다.

88 ── 라모가 자기 시대의 가장 훌륭한 아첨술로 극찬하는 '작은 개'의 사건에 대해 그 시대의 한 시평가는 다음과 같은 글을 남기고 있다 : "드 마쇼 씨가 매우 사랑하는 강아지를 잃어버렸다. 부레 경은 그와 똑 닮은 개 한 마리를 찾게 해서, 그것이 발견되자 자기 집으로 데려온다. 그는 큰 인형을 하나 만들게 하고, 거기다 재무장관이 국새상서의 자격으로 항상 입고 있는 법의를 걸치게 한다. 그는 이 개가 그 인형에 재롱을 부리고, 인사를 올린 다음에만 음식을 먹도록 길을 들인다. 그는 개가 충분히 훈련이 되었다

은 분이니, 그 사람의 입장에 섰다면 일을 어떻게 처리했을지 어디 궁리해봅시다. 부레의 개가 부레를 아주 좋아하였다는 점을 계산에 넣으시고. 상서의 괴상한 옷차림이 이 작은 짐승에게 공포감을 주었다는 점도 계산에 넣으시고. 이 어려운 점들을 극복하는 데에 일주일의 여유밖에 없었다는 점도 계산에 넣으시고. 문제의 모든 조건을 알아야 그 해답이 얼마나 우수한지 제대로 깨달을 수 있지요. 어디 그럼?

나── 글쎄, 솔직히 말해서, 이런 일에서 나 같은 사람이야 가장 쉬운 문제에도 쩔쩔매겠지.

그── 들어보시라구요. (그는 스스럼없이 구는 사람이라서, 내 어깨를 가볍게 두드리며 말했다) 들어보시고 탄복이나 하시라구요. 그는 국새상서와 닮은 가면 하나를 만들지요. 하인을 시켜 치렁한 법의를 빌리고요. 얼굴에 그 가면을 쓰고, 그 법의를 걸칩니다. 개를 불러, 쓰다듬고, 빵을 줍니다. 그리고는 갑자기 의상을 바꾸고, 이제

고 판단되자, 개를 데리고 가는데, 이 짐승은 드 마쇼 씨를 보자마자 그의 목까지 깡충 뛰어오르는지라, 장관은 그것이 자기 개라고 믿었다. 이처럼 세심하고 이처럼 희한한 일을 집요하게 할 수 있는 사람이라면 권세가들에게 인정을 받는 것이 얼마나 당연한 일인가를 알 수 있다." 라모 또는 디드로는 이 이야기의 골격을 더욱 흥미진진하게 바꿔 놓고 있다.

라모가 '지복의 책'이라고 부르는 《진정한 행복의 책》은 손으로 쓴 50장짜리 공책인데, 그 각 페이지는 "전하가 부레의 집에 납시었다"라는 문장과 그 날짜를 적어 넣을 빈칸이 있을 뿐이었다. 1759년 4월 30일, 왕이 드디어 그의 소유지를 방문하던 날, 부레는 크루아퐁텐에서부터 베르사유에 이르는 길 위에, 20미터마다 '횃불'을 든 하인과 농부들을 세워 왕의 행찻길을 밝히게 하였다.

상서가 아닙니다. 그는 다시 부레가 되어 개를 부르고 매질합니다. 아침부터 저녁까지 이렇게 훈련을 계속하면 2, 3일도 못 가서, 개는 총괄 징세 청부인 부레를 피하고, 국새상서 부레에게로 달아날 줄을 알게 됩니다. 하지만 내가 너무 친절하군요. 당신은 자기 곁에서 일어나고 있는 기적들을 배울 자격도 없는 문외한인데.

나── 그렇더라도, 부탁이네, 그 책이니, 횃불이니 하는 것은 무엇이지?

그── 안 되지요, 안 되지요. 그런 것들이야 길거리의 포석들한테 물어도 가르쳐줄 테니까,[89] 우리가 어쩌다 자리를 같이했는데 이 우연한 기회를 이용해서, 나밖에는 아무도 모르는 것을 물으시지요.

나── 그 말이 옳구먼.

그── 법의와 가발을, 가발을 빠뜨렸군, 국새상서의 법의와 가발을 빌리다니! 상서를 닮은 가면을 만들다니! 무엇보다도 그 가면을 생각하면 내가 어지럽다니까요. 그러니 그 인간이 최고로 존경을 받는 거지요. 그러니 수만 금을 소유하는 거지요. 성 루이 십자훈장을 받고도 빵 한 조각이 없는 사람들이 있잖소. 그러니 왜 등골이 부서질 위험을 무릅쓰고 성 루이 십자훈장을 쫓아갈 것이며,[90] 왜 아무 위험이 없이도 보상이 부족하지 않은 자리를 기웃거리지 않겠어요? 큰 자리로 간다는 게 바로 그런 거지요. 이런 본보기들은 보고 나면 기가 죽는다니까요. 자신이 불쌍해지고, 주니가 납니다. 가면! 가면! 그런 가면을 얻을 수만 있다면 손가락이라도 하나 자르겠구만.

나—— 아니, 멋진 술수에 그렇게도 열을 올리고, 그만큼 재주가 풍부한데도, 아직 발명해낸 것이 없다는 말인가?

그—— 천만의 말씀. 예를 들어, 방금 전에 말한 것처럼 등뼈로 감탄하는 자세가 있고. 시기하는 사람들이야 어쩌면 이의를 제기할 수도 있겠으나, 나는 그것을 내 발명이라고 여깁니다. 이전에도 물론 그걸 써먹었던 사람이 없는 것은 아닙니다만, 어리석은 자를 감탄하는 척하면서 음흉하게 비웃으려면 이 자세가 얼마나 편리한지를 알아차린 사람이 누굽니까? 또 젊은 처녀를 꾀어내는 백여 가지 방법이 있지요. 곁에 있는 어미가 전혀 눈치를 못 채게, 심지어는 인사까지 해가면서 말입니다. 나는 이 직업에 들어서자마자, 연애편지를 슬그머니 들이미는 온갖 평범한 방법들을 비웃었지요. 저쪽에서 먼저 빼앗아가게 하는 열 가지 방법이 있고, 이 방법들 가운데는 새로운 것이 있다고 감히 자부합니다. 나는 특히 소심한 젊은애를 부추기는 재능이 있어요. 그래서 재치도 볼품도 없는 젊은애들 몇이 그 덕분에 성공했다니까요. 이걸 글로 써놓으면, 내게 상당한 재주가 있다고들 인정할 텐데 말입니다.

89—— 복음서의 한 구절을 적절한 자리에 익살스럽게 옮겨놓고 있다 : "내 너희에게 말하노니 그들이 입을 다물면 돌들이 소리지를 것이다" (누가복음, 19:20).

90—— 성 루이 훈장은 공적을 세웠거나 10년 이상 복무한 장교들에게 연금을 지급하기 위해, 17세기 말, 루이 14세에 의해 창안되었다. 그러나 이 연금은 일반 기병의 경우 2백 리브르에서 시작하여 8백 리브르를 넘지 않았다. 백전 노병들의 곤궁한 생활은 몽테스키외의 《페르시아인의 편지*Lettres persanes*》 이후 풍자작가들의 단골 주제가 되어왔다.

나—— 정말 희대의 인물로 여겨지지 않겠어?

그—— 의심하지 않습니다.

나—— 내가 자네라면, 그런 이야기들을 재빨리 종이 위에 쏟아붓겠구만. 그것들이 사라져버린다면 애석한 일이 아니겠어.

그—— 사실 그렇지요. 그러나 내가 방법이니 교범이니 하는 것들을 얼마나 하찮게 여기는지 모르시는 말씀이지.[91] 교과서가 필요한 자는 결코 멀리 가질 못합니다. 천재들은 적게 읽고 많이 실천하며, 스스로 이루어지는 법이 아닙니까. 카이사르, 튀렌, 보방, 드 탕생 후작부인, 그 동생 추기경과 추기경의 비서 트뤼블레 사제를 보자구요.[92] 게다가 부레는 어떻고요? 누가 부레에게 가르침을 베풀었습니까? 아무도 아니지요. 이런 희귀한 사람들을 길러내는 것은 자연입니다. 개와 가면의 이야기가 어딘가에 씌어 있다

91 —— 디드로도 역시 라모와 마찬가지로 방법과 규범을 별로 중요하게 여기지 않는다. 그는 소피 볼랑에게 보내는 한 편지에서, 방법이란 "문사들의 현학적 취미"에 불과하다고 혐오하는 친구 그림Friedrich Melchior von Grimm의 견해를 소개하고 있다 : "정리할 줄밖에 모르는 자들은 쉬는 것이 그만큼 잘하는 일이며, 정리된 것에 의해서만 배울 수 있는 자들은 무식한 채로 있는 것이 그만큼 잘하는 일일 것이다."

92 —— 라모는 진정한 재능을 지닌 인물들과 수상쩍은 재능을 지닌 인물들을 함께 열거하고 있다.

튀렌 자작le vicomte de Turenne(1611-1675)은 대귀족 출신으로 프랑스 대원수大元帥의 직함을 가졌던 군사 전문가. 30년 전쟁에서 혁혁한 공을 세웠다.

보방Sébastien le Prestre de Vauban(1633-1707)도 역시 프랑스의 원수, 군사와 축성 전문가로 많은 활약을 했다. 그는 많은 공격 전술을 개발하였으며, 그 방법을 이용하여 여러 공성 전투에서 승리를 거두었다.

고 생각하세요?

나—— 그러나 헛되이 버리는 시간에, — 위장이 비어 고통스럽거나, 위장이 너무 가득 찬 나머지 피곤해서 잠이 오지 않을 때…

그—— 생각해보지요. 자질구레한 것들을 실행하느니 큼직한 것들을 쓰는 게 더 낫긴 하지요. 그러면 정신이 드높아지고, 상상력이 뜨거워지고, 타오르고, 드넓어지겠지요. 저 귀여운 위스 곁에 붙어 앉아, 저 어리석은 관중이 당주빌[93]의 그 따위 아양에 고집스럽게 퍼붓는 박수갈채에 깜작 놀라며 상상력이 쭈그러드는 것보다야 낫지요. 연기는 평범하기 짝이 없고, 무대 위에서 허리를 거의 둘로 접다시피 하고 걷고, 자기와 대화를 나누는 녀석의 눈을 끊임없이 바라보는 척, 연기를 감추는 척하며, 섬세함을 보인답시고 절로 얼굴을 찡그리고, 우아하게 보인답시고 종종걸음을 치는 것이 당주빌이

드 탕생Alexandrine de Guérin de Tencin(1682-1749) 후작부인은 수학자 달랑베르의 어머니다. 문인이기도 했던 그녀는 살롱을 열어 그 시대의 다양한 문사들을 끌어들이고, 그들에게 막강한 영향력을 행사했던 것으로 유명하다. 그녀는 진정으로 재능이 넘쳤으며, 화려하고 온갖 소문이 무성했던 그 이력 자체가 시니시즘의 걸작이라는 평가를 받는다. 그녀의 동생 드 탕생Pierre Guérin de Tencin(1680-1758) 추기경도 그녀 못지않게 복잡한 감정과 재능을 지녔던 것으로 알려져 있다.

튀르블레 사제(주 24 참조)는, 라모의 계산으로는, 꼼꼼하고 근면한 노력으로 문학계를 공략한다는 점에서 공성 전술가 보방의 축소판이다.

93 —— 마리 안 보토Marie Anne Botot, 일명 당주빌Dangeville(1714-1796)은 16세에 국립극장에 등단하여 30여 년 동안 실감 있고 섬세한 연기로 주로 하녀 역을 맡아 인기를 모았던 여배우. 그녀는 작은 키와 갈색 피부의 용모에서부터 규모 있는 생활과 영악한 정신에 이르기까지 모든 면에서 위스와 대조적이었다. 디드로는 그녀를 매우 높이 평가

라는 여자 아닙니까. 저 과장이나 떠는 클레롱에게 갈채를 보낼 때도 그래요. 말도 못 하게 여위어 빠진 것이, 젠체하고, 우쭐거리고, 힘이 들어간 여자 말입니다.[94] 저 멍청한 입석 관객들은 장내가 떠나갈 듯이 박수를 쳐대며, 우리가 매력덩어리인 것을 깨닫지 못한다니까요.[95] 사실 매력덩어리가 조금 뚱뚱해지긴 했지요. 그러나 무슨 상관입니까? 가장 아름다운 피부, 가장 아름다운 눈, 가장 예쁜 입이 있어요. 실상 깊은 맛이야 별로 없고, 거동도 날렵한 것은 아니지만, 사람들이 말하는 것처럼 그렇게 서투른 것도 아니라구요. 반면에, 감정으로 말하자면 어느 누구에게도 양보할 수가 없지요.

나── 어떻게 그런 말을 할 수가 있나? 빈정거리는 건가, 진실인가?

그── 불행한 것은 그 빌어먹을 놈의 감정이 고스란히 안에만 처박혀 있지 어렴풋이나마 밖으로 새어나올 줄을 모른다는 겁니다. 그러나 당신에게 말을 하고 있는 나는 알아요, 그 여자에게 그게 있다는 걸 익히 알지요. 꼭 그것이 아닐지는 몰라도, 그거나 다름없는 어떤 게 있어요. 화가 치밀었을 때, 우리가 어떻게 하인들을 대하고, 하녀들이 어떻게 따귀를 맞고, 우리에게 바쳐야 할 존경에 한 치라도 어긋남이 있는 날이면, 어떻게 '임시 국부'[96]에 발길질을 해대는지를 보아야 한다구요. 말하자면 작은 악마지요. 온통 감정과 위엄과… 자 이래도, 갈피가 잡히지 않습니까?

나── 진심으로 하는 말인지 헐뜯는 소리인지 분간이 안 간다고 말할 수밖에 없구먼. 나는 어리숙한 사람이라서. 제발 나를 좀더 솔직하게 대해주었으면 좋겠네. 자네의 그 기술은 그만 접어두고.

그—— 그거야 우리가 저 귀여운 위스 앞에서 당주빌과 클레롱을 씹어대는 수작들이지요. 당신이 알아차릴 만한 말들을 몇 마디 여기저기 섞어놓았는데. 선생이 나를 건달로 여기는 것은 좋습니다만, 바보로 보아서는 안 됩니다. 그리고 이렇게 억지소리를 진지하게 잔뜩 늘어놓을 수 있는 놈은 바보 아니면 사랑을 잃은 녀석뿐입니다.

나—— 하지만 어떻게 그런 억지를 부릴 배짱이 생기지?

그—— 단번에는 안 되지요. 그러나 조금씩 조금씩, 그렇게 되는

하였다.

94 —— 디드로는 클레롱을 찬양하지만 그녀의 연기에 감정의 깊이와 자연스러움이 부족하다는 점을 결코 부인하지 않는다. 라모의 이 가혹한 형용사들은, 디드로가 그의 《배우에 관한 역설》에서 이 깡마른 여자의 인위적이고 계산된 연기에 대해 칭찬하는 말을 거꾸로 뒤집어놓은 것에 다름 아니다.

95 —— '우리'는 변호인이나 대변인 등이 그 의뢰인을 지칭하는 말. 그러나 물론 라모는 이 대명사로, 억지 쓰는 변호사의 흉내를 내어 꼼짝할 수 없이 위스를 야유한다. 게다가 여기서 말하는 내용은 실제로 일어났던 일이다. 1762년 〈에섹스 백작Comte d' Essex〉을 무대에 올리게 되었을 때, 클레롱이 그 주요 배역의 하나를 희망했으나, 위스가 그 배역에 대한 우선권을 고집하여, 클레롱은 60여 행의 대사밖에 없는 단역에 머물러야 했다. 그러나 입석 관객들은 그녀가 등장할 때마다 거듭 박수갈채를 보내고, 위스에게는 야유를 퍼부었다.

96 —— 여기서 '임시 국부'라고 번역한 원문의 'Parties Casuelles'은, 당시 매관賣官되던 사법직이나 재정직의 관리들을 대상으로 그 직책에 승진 등의 변화가 있을 때, 국가가 거두어들이던 임시·부정기세, 또는 그 징수를 맡은 관청을 말한다. 위스의 정부 베르탱은 이 관청의 수납국장을 역임했다. 그러나 라모는 이 사실들을 염두에 두고 말장난을 하고 있다. 즉, 'parties'는 '음부·국부'를 지칭하기도 하는데, '임시 국부'라는 말은 위스의 정부가 자주 바뀌었음을 암시하겠다. 라모는 뒤에서 베르탱과 위스의 잠자리를

거지요. 재능의 보급자는 위장이라Ingenii largitor venter.[97]

나—— 지독한 배고픔에 쫓겨야만 하겠구먼.

그—— 그렇게 말할 수도 있고. 그러나 이런 억지소리들이 선생에게는 너무 심하다 싶을지 모르나, 듣는 사람들은 그런 소리로 바람을 잡는 우리보다도 더 예사롭게 듣는다는 것을 아셔야지요.

나—— 그 집에 누구 하나라도 자네와 의견을 같이할 만큼 배짱 있는 사람이 있나?

그—— 누구 하나라니? 거기 모인 패거리들의 한결같은 의견이자 발언인데.

나—— 당신네 패거리들은 지독한 건달들이 아니면 보나마나 지독한 바보들이겠구만.

그—— 바보들이라? 바보라고는 단 하나가 있을 뿐이라고 내 단언하지요. 자기를 속여달라고 우리를 영접하는 그 사람 말입니다.

나—— 하지만 어떻게 그런 터무니없는 수작에 속아넘어가지? 어떻게 해도 당주빌과 클레롱의 재능이 더 뛰어나다고 판결이 나는데.

그—— 달콤한 거짓말은 통째로 삼키고, 입에 쓴 진실은 한 방울 한 방울 마시는 법이 아닌가요. 게다가 우리의 표정이 또 얼마나 절절하고, 얼마나 진실해 보이는데요!

나—— 그러나 자네는 그 기술의 원칙을 한 번쯤은 필시 위반했을 것이며, 이 쓰라리고 아픈 진실들이 얼마큼씩은 자네도 모르는 사이에 새어나오지 않을 리 없지. 왜냐하면 자네가 그런 가련하고 비열하고 천하고 구역질나는 역할을 맡고 있는데도 불구하고, 자네의 본바탕에는 섬세한 정신이 숨어 있다고 믿어지거든.

그—— 내가요, 전혀 아닙니다. 내 본바탕이 무엇인지 내가 안다면 벼락을 맞지. 대체로, 내 정신은 공처럼 둥글고, 성격은 버들가지처럼 유연합니다. 나는 조금이라도 정직하고 싶은 마음이 있으면 결코 거짓말을 하지 않으며, 조금이라도 거짓말이 좋다 싶으면 결코 진실을 말하지 않습니다. 나는 무엇이든지 내 머리에 떠오르는 대로 말을 하지요. 온당한 말이면 물론 좋고, 터무니없는 억지소리가 되더라도 개의치 않고. 내 스스럼없는 말투를 한껏 이용하는 거지요. 나는 내 평생 말을 하기 전에도, 말을 하면서도, 말을 한 후에도 생각을 해본 적이 없는 놈입니다. 따라서 나는 어느 누구에게도 상처를 주지 않아요.

나—— 하지만 자네를 먹여주고, 자네에게 그렇게도 여러 가지 친절을 베풀어준 그 정직한 사람들에게 그런 일을 저질렀지 않은가.

그—— 어쩌겠습니까? 불행한 사고지요. 살다 보면 그런 나쁜 순간이 있다구요. 계속되는 행복이란 없으니까요. 나는 너무 편안했고, 그게 오래갈 수는 없었지요. 선생도 알다시피, 우리 동아리는 가장 수가 많고 인선人選도 가장 훌륭합니다. 자선학교라고나 할까

외설스럽게 이야기할 때에도 이 말을 사용한다.

97 —— 고대 로마의 시인 페르시우스Aulus Persius Flaccus(서기 34-62)의 한 풍자시에 이와 거의 동일한 시구가 있다 : "누가 앵무새에게 '안녕'이라고 말할 능력을 주며, 누가 까치들에게 우리들의 말을 부지런히 되풀이하도록 가르치는가? 그건 기예의 스승이요 재능의 보급자 위장이라."

요, 고대의 무료숙박소를 다시 부활시킨 거지요. 떨거지 신세가 되는 시인들을 우리는 모조리 주워모읍니다. 〈자라〉[98] 이후의 팔리소, 〈거짓 관대장자寬大長者〉 이후의 브레,[99] 혹평 받는 모든 음악가들, 아무도 읽지 않는 모든 작가들, 휘파람 소리를 듣는 모든 여배우들, 야유를 듣는 모든 배우들, 한마디로 체면은 남아 있는 가난뱅이 떼거리들, 어쭙잖은 기생충들을 데려다놨지요. 영예롭게도 내가 그 선두를 차지하고, 겁쟁이 부대의 용감한 대장 노릇을 하고 있습니다. 그들이 오면 맨 먼저 먹으라고 권하는 것도 나요, 그들을 위해 마실 것을 부탁하는 것도 나지요. 그렇게도 미미한 존재들이니까요! 누더기를 걸치고 어디에 머리를 두어야 할지 모르는, 그러나 얼굴만은 반반한 몇몇 젊은이들, 주인을 얼러대어 잠재우고, 그 뒤를 이어 주인마님에게서 이삭을 주우려 드는 또 다른 몇몇 악당들. 우리는 겉으로야 쾌활하지요. 그러나 마음속 깊은 곳에는 모두가 울분과 채울 길 없는 갈망이 있습니다. 이리떼들도 이보다 더 배고프지는 않지요. 호랑이들이라 해도 이보다 더 잔혹하지는 않지요. 우리는 대지가 오랫동안 눈에 덮였을 때의 이리들처럼 아귀아귀 집어삼키며, 성공을 거두는 것은 어느 것이나 호랑이들처럼 찢어발기는 판입니다. 가끔은 저 소란스런 베르탱과 몽소주와 빌모리앵이 어울려 드는데,[100] 그 동물원[101]에 아름다운 소리가 울리는 것은 이때라구요. 음산하고, 괴팍하고, 심술궂고, 노기에 찬 짐승들을 이렇게도 많이 한꺼번에 본 적은 없지요. 들리는 소리라고는 뷔퐁, 뒤클로, 몽테스키외, 루소, 볼테르, 달랑베르, 디드로라는 이름들뿐인데, 거기에 어떤 수식어가 붙는지는 하느님밖에 모릅니다. 우리들만큼 바보가 아니고서야 재치 있는 사람은 아무도 없을 거요.[102] 바로 여기서 〈철학자들〉이라는 희극의 줄거리, 서적 행상인의 장면이 꾸며졌는데, 〈여자 손아귀에 들어간 신학〉을 본따 그 장면을 꾸며 바친 게 바로 내가 아니겠소.[103] 당신이라고 해서 다른 사람들보다 더 남아나는 것은 아니라구요.

나—— 그거 다행이구만. 어쩌면 내가 받을 자격이 있는 이상으로 내게 영예를 안겨주는 셈이구만. 유능하고 정직한 사람들을 도나캐나 나쁘게 말하는 자들이 나를 좋게 말하고 싶어한다면, 내가 창

98 —— 팔리소의 첫 희곡 〈자레스Zarès〉를 의도적으로 왜곡해서 이렇게-'Zara'- 부르고 있다. 원래 〈사르다나팔〉이라는 제목을 가졌던 이 희곡은, 권력자들의 비호를 받아 1750년 코메디 프랑세즈에 접수되었지만, 불만을 품은 배우들이 연습을 거부하고 그 전체를 제목부터 고쳐 쓰도록 촉구한 결과, 〈자레스〉가 되었다.

99 —— 실패를 거듭했던 재능 없는 극작가 브레Antoine Bret(1717-1792)의 〈거짓 관대장자Faux Généreux〉는 지루한 훈계조의 연극으로 알려져 있다. 브레는 그 밖에도 계몽철학에 적대적이었던 신문에 많은 기고를 했다.

100 —— 총괄 징세 청부인 부레와 역시 같은 직책을 가졌던 그의 두 사위 빌모리앵(주 69 참조)과 몽소주는 팔리소의 연극 〈철학자들〉의 성공을 위해 자금 지원으로부터 시작하여 온갖 후원을 다하였다. '소란스런'이라는 말은 이 연극을 칭찬하는 그들의 장광설과도 관련된다.

101 —— 이 '동물원ménagerie'이라는 표현은 권세가들에게 매수된 문학회를 지칭하기 위해 드 탕생 부인에 의해 처음 사용되었다. 라모는 이 말을 문자 그대로 사용함으로써 그 동물적 잔혹성을 부각시키고 있다.

102 —— "우리와 우리 친구들밖에 재치 있는 사람은 아무도 없을 것입니다"(몰리에르, 〈유식한 여인들Les Femmes savantes〉, 제3막 2장).

103 —— 디드로는 팔리소가 표절을 하고 있다고 은근히 비난하고 있다. 〈여자 손아귀

피스러울 일이지.

그—— 우리는 머릿수가 많은데, 누구나 자기 몫은 해야 합니다. 큰 짐승들을 희생시키고 나면, 나머지 짐승들을 제단에 올리는 거지요.

나—— 살기 위해 학문과 미덕을 모욕하다니, 그것 참 값비싼 빵이로군.

그—— 벌써 말씀 드렸듯이 우리는 보잘것없는 사람들입니다. 세상 사람들을 모두 헐뜯어대지만 누구도 화나게 하지는 않아요. 우리는 가끔 저 둔패기 돌리베 신부, 뚱보 르 블랑 신부,[104] 위선자 바퇴[105]를 끌어들이지요. 그 뚱보 신부는 식사를 하기 전에만 심술궂더라구요. 커피를 들고 나면, 안락의자에 떨어져, 두 발을 난로 선반에 걸치고 잠이 드는데, 꼭 횃대 위에 앉은 늙은 앵무새 같다니

에 들어간 얀센파의 신학Théologie Janséniste tombée en Quenouille〉은 부르장Bourgeant 신부의 5막 산문 희곡으로, 한 서적 행상인이 등장하여 얀센파의 최신 저작들을 풍자적으로 열거하는 장면을 담고 있다. 마찬가지로 팔리소의 〈철학자들〉에서도 행상인이 등장하여, 계몽철학자들 중에서도 특히 디드로의 작품, 〈입싼 보석Bijoux indiscrets〉, 〈귀머거리 서한Lettres sur les Sourds〉, 〈가장Père de Famille〉 등을 상품이라고 늘어놓고 익살스러운 시구로 매도한다.

104 —— 베르나르 르 블랑Bernard Le Blanc(1707-1781) 사제는 퐁파두르 부인의 비호 아래 왕의 건축사료 편찬관으로 봉직했다. 권력자들 앞에서는 비굴하면서도, 자기 동료 문인들에게는—라모가 정확히 이야기하고 있는 것처럼, 특히 만찬 전에 그 특유의 요설을 떨며—거만하고 잔인하게 굴었다. 그는 디종의 한 간수의 아들이었는데, 이 사실은 그에게 모욕을 당한 '마음씨 고운 로베'에 의해 널리 광고되고, 팔리소와 그의 도당들의 풍자시에 의해 실제 이상의 내용으로 과장된 나머지, 번번이 그의 아카데미 입회의 길을 막는 원인이 되었다. 그는 끝내 아카데미 회원이 되지 못했다.

까요. 소란이 격렬해지면, 하품을 하고, 두 팔로 기지개를 켜고, 눈을 부비고는, 한다는 소리가, "아니 뭐요, 무슨 이야기요? — 피롱이 볼테르보다 더 재치가 있는지 어떤지를 따지는 거요.[106] — 분명히 합시다. 재치를 이야기하는 거지요? 취미의 문제가 아니겠지요? 취미라면, 그 피롱이라는 사람은 전혀 감이 없으니까. — 전혀 감이 없다구요? — 없지." — 이제 바야흐로 우리는 취미에 대한 장광설에 휩쓸리는 판입니다. 이때 주인이 자기 말을 들어보라고 손짓을 하지요. 무엇보다도 취미를 뽐내는 사람이니까요. 취미란, 그가 하는 말입니다, "이 취미란 것은…" 과연, 그것이 어떤 것이란 말이었는지 모르겠군요. 모르는 것은 그 사람도 마찬가지고.

우리는 때때로 마음씨 고운 로베를 데려옵니다. 그 음담패설로, 자신이 목격했다는 그 얀센파 광신도들의 기적으로,[107] 그리고 정

105 —— 샤를 바퇴Charles Batteux(1713-1773) 사제. 디드로는 그를 미학자로서 높이 평가하였지만, 그는 철학자들의 적대자들과 자주 어울렸으며, 특히 볼테르를 원수로 삼았다. 이 때문에 그의 평화롭고 온건한 기질이 디드로에게는 위선으로 보일 수밖에 없었다.

106 —— 이 논쟁은 18세기에 매우 일반적인 화제의 하나였으며, 두 당사자가 이를 부추기기도 하였다. 알렉시 피롱Alexis Piron(1684-1773)은 볼테르와는 달리 파리에 거주하였고, 그 쾌활한 성격, 즉발적인 아이러니, 자유로운 정신 등 여러 가지 유리한 점을 지니고 있었지만, 이 재능을 진지한 목적에 이용하기보다 재담과 기발한 언동에 낭비하며, 태평하고 게으른 삶을 영위한 나머지 작가로서보다는 해학가로서의 명성을 얻었을 뿐이다.

107 —— 18세기에, 얀센파의 광신도들convulsionnaires은 그 종파의 뛰어난 지도자였던 부제副祭 파리스François de Pâris가 사망한 뒤, 기적이 일어났다고 알려진 그의 무덤에서 집단 히스테리에 사로잡혀 발작을 일으키곤 하였다.

통한 주제로 쓴 시 몇 절로 듬뿍 상을 차리는 겁니다.[108] 나는 그놈의 시가 싫지만, 그의 낭송을 듣는 것은 좋아요. 꼭 귀신들린 사람 같다니까요. 모두가 그를 둘러싸고 소리를 지릅니다. "시인이라 불리는 자가 여기 있도다." 우리끼리 이야깁니다만, 이 시라는 게 온갖 혼란스런 소리로 엮여진 시끌벅적일 뿐이죠. 바벨탑의 주민들이 떠들어대는 지저귐 소리가 꼭 그 모양일 거라구요.

또한 아무개 얼간이 하나가 찾아드는데, 모습은 맥빠진 바보 같지만, 악마처럼 재치가 있고 늙은 원숭이보다 더 영악합니다. 조롱과 비웃음을 사기에 알맞은 그런 얼굴이지요. 그러나 하느님께옵서, 낯가죽을 보고 사람을 판단하는 인간들, 재치 있는 사람이면서 바보처럼 보이기가 재기발랄한 용모 아래 바보를 숨기기만큼 쉽다는 것을 거울 속의 제 모습을 보고 깨달았어야 할 인간들을 교정하기 위해 만든 얼굴이란 말입니다. 누구나 흔히 저지르는 비열한 짓거리 하나를 든다면, 다른 사람들을 즐겁게 하기 위해 어수룩한 사람을 제물로 바치는 짓 아닙니까. 그래서 어김없이 이 사람을 집적대게 마련이지요. 우리가 신참자들 앞에 파놓는 함정이 바로 그것인데, 거기 빠지지 않는 사람을 거의 한 사람도 보지 못했어요.

인물과 기질에 관한 이 광객狂客의 정확한 고찰에 나는 시시로 놀랐으며, 그 이야기를 그에게 해주었다.

그가 대답하기를, "그거야 못된 친구들과 방탕한 생활을 적절히 활용하기 때문입니다. 편견의 상실은 순진성의 상실을 벌충하거든요. 악인들의 세계에서는, 악덕이 가면을 벗고 나타나기 때문에, 악인들을 식별하는 법을 배우게 마련이라 그거죠. 게다가 약간은 읽은 것도 있고."

나── 자네가 읽은 것이 있다고?

그── 테오프라스토스, 라 브뤼에르,[109] 그리고 몰리에르를 끊임없이 읽었고, 읽고 있으며, 되풀이해서 읽지요.

나── 훌륭한 책들이구먼.

그── 흔히 생각하는 것보다 훨씬 더 훌륭하지요. 그러나 이 책들을 읽을 줄 아는 사람이 누굽니까?

나── 모든 사람들이지. 그 지력의 정도에 따라서.

그── 거의 아무도 없어요. 거기서 구하는 게 뭔지 어디 말해 보시겠소?

나── 재미와 교훈이지.

108 ── 로베의 시 〈매독La vérole〉에 대해 피롱은, 이 시인처럼 자신의 주제로 가득 차 있는 저자를 본 적이 없다고 야유했다. 또한 로베가 "지옥의 고통에 대해" 글을 쓰겠다고 했을 때, 팔리소는, 그 책으로 만인에게 공포를 불러일으키기 위해서는 그 표지에 저자의 얼굴을 그리면 충분하다고 면박을 주었다.

109 ── 테오프라스토스Theophrastos(기원전 372-287)는 플라톤과 아리스토텔레스를 뒤이은 고대 그리스의 소요학파逍遙學派 철학자.

라 브뤼에르La Bruyère(1645-1696)는 이 고대 철학자의 저서에서 착상을 얻어 그의 《성격론*Caractères*》을 썼으며, 자기 시대의 악을 고발하고 그 개인들의 행태를 정밀하게 묘사하여 시대를 초월한 인간형으로 제시하였다.

그── 그러나 어떤 교훈인데요? 그게 요점이라구요.

나── 자신의 의무에 대한 자각, 미덕에 대한 사랑, 악덕에 대한 증오.

그── 나는 말입니다, 해야 할 것은 무엇인지, 말하지 말아야 할 것이 무엇인지를 거기서 모두 챙깁니다. 그래서 나는 〈수전노〉를 읽을 때, 이렇게 다짐했지요. 수전노가 되고 싶으면, 수전노가 되어라. 그러나 수전노처럼 말하지 않도록 주의하라. 〈타르튀프〉[110]를 읽을 때는, 이렇게 다짐했고요. 위선자가 되고 싶으면, 위선자가 되어라. 그러나 위선자처럼 말하지 말라. 네게 이로운 악덕을 소중히 간직해라. 그러나 너를 웃음거리로 만들 말투와 기색을 내비치지 말아라. 그런 말투, 그런 기색을 피하려면, 악덕이 무언지를 알아야 할 게 아니겠어요. 그런데 이 저자들이 그걸 아주 탁월하게 그려놓았단 말입니다. 나는 나이며 어디까지나 있는 그대로의 나입니다만, 행동과 말은 적절하게 알아서 한다 그겁니다. 나는 모랄리스트들을 비웃는 그런 사람들이 아니라구요. 특히 모랄을 실천에 옮긴 사람들에게는, 써먹을 만한 것이 많더란 말이지요. 악덕은 이따금씩만 사람을 해치지만, 악덕을 겉에 드러낸 성격은 아침부터 저녁까지 사람을 해쳐요. 아마도 무뢰한의 허울을 쓰는 것보다는 실제로 무뢰한인 편이 더 나을 거요. 본성이 무뢰한인 사람은 이따금씩만 사람을 모욕하지요. 허울이 무뢰한인 사람은 항상 모욕한단 말입니다. 그런데, 나 같은 독자가 나 하나뿐이라고는 생각하지 마세요. 거기서 내게 달리 더 나은 게 있다면, 다른 사람들이 대부분 본능적으로 그렇게 하는 것을 나는 체계적으로, 정확한 사고로, 합리적이고 진실한 시각으로 한다는 것뿐이라구요. 이 때문에 그들은 책을 읽어도 내가 훌륭해지는 만큼 훌륭해지질 못하는 거고, 그들은 본의 아니게도 여전히 웃음거리가 되고 있는 반면에 나는 웃음거리가 되고 싶을 때만 웃음거리가 되는 거고, 그러니 내가 그들을 제치고 멀찌감치 앞에 나가 있는 거지요. 어느 경우에는 조롱거리가 되지 않도록 나를 가르쳐주는 바로 그 기술이 다른 경우에는 멋들어지게 조롱거리가 되도록 나를 가르치기도 하니까요. 나는 이때 다른 사람들이 말했던 것, 내가 읽은 것을 모두 생각해내서, 거기에 내 본바탕으로부터, 이런 종류의 일에서라면 놀라울 정도로 기름진 내 본바탕으로부터 솟아나오는 것들을 모조리 덧붙이는 겁니다.

나―― 나한테 그런 비밀을 밝혀주길 잘했네. 그렇지 않았더라면 자네를 모순 덩어리라고 여길 뻔했는데.

그―― 전혀 그렇지 않아요. 조롱을 피해야 할 때가 한 번이라면, 다행히도, 조롱을 둘러써야 할 때가 백 번이나 되니까요. 높은 사람들 곁에서는 바보 노릇보다 더 좋은 노릇이 없지요. 오랫동안 광대라는 직함으로 왕을 섬긴 광대는 있었지만, 어느 시대에도 현자

110 ―― 〈수전노Avare〉 〈타르튀프Tartuffe〉는 모두 몰리에르Molière(1622-1673)의 희극. 라모가 몰리에르나 라 브뤼에르의 작품에 관심을 갖는 것은 자연에 거역하는 과도한 정념은 악이라는 그 주제보다도, 그 악을 어리석게도 겉에 드러낼 때 조롱의 대상이 된다는 점이다.

라는 직함으로 왕을 섬긴 현자는 없었잖아요. 나는 베르탱과 다른 여러 사람의 광대이며, 이 순간에는 아마 선생의 광대겠지요. 아니 어쩌면 선생이 내 광대일지도 모르고. 현자라면 결코 광대를 두지는 않을 겁니다. 그러니 광대를 둔 사람은 현자가 아니며, 현자가 아니면 광대이고, 제가 왕이라 해도, 영락없이 제 광대의 광대지요. 게다가, 풍속과 같이 변덕스러운 것을 문제로 삼게 되면, 절대적으로, 본질적으로, 보편적으로 진실이거나 허위인 것은 없다는 걸 잊지 마세요. 다만 이해관계에 따라, 착해야 하거나 악해야 하고, 현자가 되어야 하거나 광대가 되어야 하고, 점잖아야 하거나 우스꽝스러워야 하고, 정직해야 하거나 부덕해야 한다는 것이야 있겠지만 말입니다. 미덕이 우연히도 재물에 이르는 길이었더라면, 나는 도덕이 높은 인간이 되었거나, 또는 누구 못지않게 미덕을 가장하였을 거라구요. 사람들이 내가 우스꽝스럽기를 바랐기에 나는 나를 그렇게 했을 뿐이고, 부덕하기로 말하면 자연이 혼자서 그 대가를 치러주더군요. 내가 부덕하다고 하는 것은, 선생들이 쓰시는 말로 그렇다는 겁니다. 우리가 서로 따지기라도 하게 되면, 내가 미덕이라고 부르는 것을 선생들은 악덕이라고 부르고, 내가 악덕이라고 부르는 것을 미덕이라고 부를 수도 있을 테니까요.

우리는 또, 오페라 코미크 극장의 전속작가들, 그 남녀 배우들, 그리고 더 자주 그들의 연출가 코르비, 모에트… 등등 모사謀士들과 뛰어난 인재들을 모조리 끌어들인다구요![111]

또 위대한 문학비평가들을 잊었구만. 《선구자》《소벽보小壁報》

《문예연감》《문예관찰자》《주간 비평가》, 모두 기자 나부랭이들의 패거리로서.[112]

나——《문예연감》《문예관찰자》라. 그럴 리가 없는데. 그들은 서로 으르렁대잖나.

그——사실입니다. 그러나 배식통 앞에서는 모든 거지들이 손을 잡지요. 그 빌어먹을《문예관찰자》. 악마한테나 물려갈 것이지, 그 놈이랑, 그놈의 신문 쪼가리랑. 바로 그 개 같은 꼬마 신부, 인색하고 꼴사나운 그 고리대금업자 놈이 내게 떨어진 이 재난의 원인이라구요.[113] 그자가 어제 처음으로 우리의 지평선에 떠올랐어요. 우리들이 모두 자기 소굴에서 기어나오는 그 시간에, 저녁식사 시간

111——이 찬사에도 역시 조롱과 야유가 담겨 있다. 코르비Nicolas Corby와 모에트Pierre Moette는 1757년부터 오페라 코미크Opéra-Comique를 운영하였으나 실패하고 1762년에 파리의 이탈리아 극장과 합병함으로써 겨우 파산을 면하였다.

112——당시 정기 간행물들은 거의 모두가《백과전서》편집자들에게 적대적이었다.

《선구자*Avant-Coureur*》는 1758년부터 1774년까지 발간되던 주간지.

《소벽보*Petites Affiches*》는 18세기 후반기에 발행된 일련의 격주간지들을 묶어 부르는 이름이며, 그것들은 모두 매우 격렬한 어조로 반백과전서 운동을 펼쳤다.

엘리 프레롱에 의해 1749년에 창간된 주간지《문예연감》은 계몽철학자들의 가장 강력한 적이었지만, 그의 아들 스타니슬라스 프레롱이 편집을 맡은 후 급격히 질이 떨어졌다(주 30 참조).

《문예관찰자》는 프레롱과 반목한 들라포르트 사제에 의해 1758년에 창간되어 3년 동안《문예연감》과 극심한 경쟁을 벌였다(주 30 참조).

《주간 검열자*Censeur hebdomadaire*》는 디드로와 그의 동료들에게 극심한 반감을 가졌던 정치 평론가들에 의해 1760-61년 한 해 동안 발간된 주간지.

113——《문예관찰자》의 주간인 '꼬마 신부' 들라포르트는 실제로 재능과 행운이 부족한 대신 매우 근면하고 인색하였으며, 출판사·인쇄업·고리대금 등으로 치부를 하였다.

에 도착했어요. 날이 궂기라도 하면, 24수[114]짜리 동전 한 닢만 호주머니에 담고 있어도 우리 가운데서는 행복한 놈이랍니다. 그런 자는, 척추까지 진흙탕이 되고 골수까지 비에 젖은 몰골로 아침에 도착하여, 같은 몰골로 저녁에 집에 돌아가는 자기 동료를 비웃었죠. 몇 달 전에는, 한 친구가, 그치가 누구였는지 생각이 안 납니다만, 우리 문간에 터를 잡은 사부아 사람과 대판 싸움을 벌였지요. 그들은 당좌계정을 열고 있었더랍니다.[115] 채권자는 결산을 요구하고, 채무자는 자금 사정이 좋지 않았지요. 식사가 준비됩니다. 그 신부를 주빈으로 대접하여, 식탁 머리에 앉힙니다. 내가 들어가다 보니 그가 눈에 띄는 거예요. 내가 왈, "아니, 신부, 당신이 주빈 노릇을 하는 거요? 그것 참 오늘이야 매우 잘된 일이오. 그러나 내일은 한 접시 아래로 내려가고, 모레 또 한 접시 아래로 내려가고, 이렇게 접시에서 접시를 건너, 오른쪽으로든 왼쪽으로든, 당신 오기 전에 내가 한 번, 내 다음에 프레롱이 한 번, 프레롱 다음에 도라[116]가 한 번, 도라 다음에 팔리소가 한 번 차지했던 그 자리에서, 당신처럼 가난하고 어쭙잖은 놈팽이인 내 곁에, 두 불알 사이에 자지 하나 우뚝 서듯 항상 자리잡고 앉아 있는 qui siedo sempre come un maestoso cazzo fra duoi coglioni 내 옆자리까지 내려와 붙박이게 될 것이오." 신부가, 사람 좋고 모든 것을 선의로만 해석하는 작자라서, 웃기 시작합니다. 아씨도 내 올바른 관찰과 정확한 비유에 감복해 웃기 시작합니다. 신부의 오른쪽 왼쪽에 자리 잡은 사람들, 그 작자 때문에 한 급씩 아래로 물러난 사람들이 모두 웃기 시작합니다. 모든 사람들이 웃는 거예요. 어르신네만 빼고요. 어르신네는 화를 내고, 나를 나무라는데, 우리끼리만이었더라면 아무 의미도 없었을 말이었지요. "라모 자네는 정말 무례한 사람이야. — 잘 알고 있습니다. 그러라는 조건으로 저를 받아주시는 것 아닙니까. — 상놈 같으니. — 다른 사람들이나 마찬가지로요. — 거지 같은 자식. — 그렇지 않다면 내가 여기 있겠습니까? — 자네를 쫓아내야겠구먼. — 식사만 끝나면 제 발로 갈 겁니다. — 그러길 바라네." — 식사를 했지요. 나는 한 입도 남기지 않고 다 먹었지요. 더할 것도 덜할 것도 없을 것 같았고, 가스테르 나으리[117]로 말하면, 그분한테는 내가 한 번도 토라져본 적이 없는지라, 잘 먹고, 넉넉히 마시고 난 다음, 나는 마음을 다지고 떠날 결심을 했지요. 그렇게 많은 사람들 앞에서 말을 내뱉었으니 그걸 지키는 수밖에 없잖습니까. 나는 지팡이와 모자를 있지도 않은 곳에서 찾으며, 시간을 질질 끌며 서성거렸지요. 그러면서 주인이 또다시 욕설을 퍼부어대고, 누군가가 끼어들고, 서로 화를 내다 망단해서 마침내 화해하게 되기를 기다렸던 거지

114 —— 삯마차의 공정 요금으로, 당시의 기준으로는 제법 큰 돈이었다.

115 —— 당시 사부아 사람들은 파리에서 여러 가지 잡일에 종사했는데, 구두닦기도 그 가운데 하나였다. 당좌계정을 열고 있다는 것은 외상으로 구두를 닦았다는 말이 된다.

116 —— 도라Claude-Joshep Dorat(1734-1780)는 계몽철학자들을 공격함으로써 명성을 얻으려고 애썼던 3류 시인. 거만하고 자기도취가 심했던 것으로 알려져 있다.

117 —— '위胃'를 뜻하는 그리스어 'Gaster'에 '영주'라는 뜻의 'messer'를 붙여 고유명사로 사용한 것은 라블레가 처음이며, 그의 《팡타그뤼엘》 제4권에서는 이 '가스테르 나으리'가 한 왕국을 다스리고 있다.

요. 나는 돌고 또 돌았습니다. 나로서야 마음에 맺힌 것이 전혀 없었으니까요. 그런데도 주인은, 호메로스의 아폴론이 그리스 군대에 화살을 퍼부을 때보다 더 우울하고 더 어두운 얼굴에,[118] 나이트캡을 보통 때보다 한 번 더 눌러쓰고, 주먹으로 턱을 받치고, 가로로 세로로 왔다갔다 하는 게 아닙니까. 아씨가 내 곁으로 다가오더구만요. — "하지만 아씨, 무슨 특별한 일이라도 있었습니까? 오늘이라고 해서 내가 별달랐다는 말입니까? — 그놈을 내보내라고. — 나가지요. 어르신을 거역한 적은 없으니까. — 미안해요. 신부님은 주빈이어서… — 신부를 주빈으로 모시고, 거기다 나를 맞아들이고, 나 밖에도 또 나 같은 비렁뱅이들을 이렇게도 많이 받아들였으니, 바로 어르신이 자신에게 어긋나는 일을 한 거라구요. — 자, 라모, 신부님께 용서를 빌어야지. — 그 사람의 용서 따위는 필요 없어요… — 자, 어서, 그럼 모든 게 다 누그러질 테니…" — 내 손을 붙잡아 나를 신부의 안락의자 쪽으로 끌고 가는 겁니다. 나는 두 팔을 벌리고 신부를 감탄해 마지않는다는 듯이 바라보는 거고. 그럴 수밖에 없는 것이, 그래 어느 놈이 그 신부에게 용서를 빈 적이 있다는 말입니까? "신부", 내가 말을 했지요, "신부, 일이 모두 우습게 됐구려. 사실 그렇지 않소?…" 그러고 나서 내가 웃기 시작하고, 신부도 역시 웃고. 자 이래서 한쪽에서는 용서를 얻어냈지요. 그러나 또 한쪽에 손을 대야 하는데, 그 쪽에 해야 할 말은 형편이 전혀 다를 수밖에 없었지요. 글쎄 내가 뭐라고 변명을 둘러댔는지 이젠 전혀 기억도 없어요… "어르신, 여기 그 광대가 대령했습니다. — 그 녀석이 나를 괴롭힌 게 하루 이틀이야? 그놈 이야기는 더 이상 듣고 싶지도 않아. — 그자도 죄송하게 여기고 있습니다. — 그렇습니다, 저는 매우 죄송하게 여기고 있습니다. — 이 사람 다시는 그런 일이 없을 겁니다. — 다음번 상놈을."[119] 나는 갈피를 잡을 수가 없었지요. 공교롭게도 그날이 주인의 심기가 불편한 날이었는지. 그런 날은 아씨조차 그 곁에 얼씬거리기가 두렵고, 벨벳 장갑이 아니면 그를 건드리기도 어려워하지요. 어쩌면 내 말을 잘못 알아들었는지, 아니면 내가 말을 잘못한 것인지. 일이 전 같지 않게 더 고약하게 돌아갔어요. 떠그랄, 내가 어떤 놈인 줄 몰랐나? 내가 애들이나 똑같고, 어쩌다 보면 내 속에 있는 것들이 모두 걷잡을 수 없이 쏟아질 때가 있다는 걸 몰랐나? 거기에다, 말이 좀 어떨지 모르지만, 나에게는 단 한순간도 휴식이 없었던 것 같다는 생각이 듭니다. 강철로 만든 꼭두각시라고 하더라도 아침부터 저녁까지 저녁부터 아침까지 줄을 잡아당기다 보면 망가지고 말 거라구요. 나는 그들을 따분하지 않게 해야 합니다. 그게 조건이니까요. 그러나 가끔은 내 자신도 즐길 때가 있어야지요. 한참 그 소란을 떨던 중에, 내 머릿속에 불길한 생각, 건방진 생각, 나를 오

118 —— 《일리아드》, 제1장 4절 : 아폴론은 "노여움에 가득 차 어둠과도 같은 모습으로 다가왔다." 이 구절 역시 비록 갈피가 없지만 풍부하고 잡다한 라모의 지식을 말해 준다.

119 —— 라모는 "들라포르트 신부 같은 다음번 상놈을 만나기 전까지는 그런 일이 없을 것"이라고 말하려는데, 문장을 끝맺을 시간도 없이 쫓겨난 것이다. 이 일련의 대화는 '라모—베르탱—위스—라모—위스—라모'의 순으로 이어지고 있다.

만불손하게 만드는 생각이 한 가닥 스쳐 지나가더라구요. 이 사람들은 내가 없으면 못 살 것이다, 나는 필수 인물이다, 이런 생각 말입니다.

나—— 그렇지, 그 사람들에게는 자네가 아주 필요하겠지. 그러나 자네에게는 그 사람들이 그 이상으로 필요할 것 같구먼 그래. 자네는 그만큼 좋은 집을 다시 찾고 싶어도 그럴 수 없겠지만, 그 사람들이야 광대가 하나 부족하면 백 명이라도 다시 찾을 수 있을 게 아닌가.

그—— 나 같은 광대를 백 명이나! 철학자 선생님, 광대는 그렇게 흔한 게 아닙니다. 아 물론 맥빠진 광대들이야 더러 있지요. 재능을 발휘하거나 미덕을 실천하기보다 바보 노릇이 더 어렵거든요. 내 분야에서는 내가 아주 드문 사람입니다. 그럼요, 정말 드물고 말구요. 내가 없는 지금, 그 사람들은 무엇을 하고 있을 것 같아요? 개처럼 따분해하고 있다구요. 나는 엉뚱한 것들이 끝없이 솟아나오는 자루란 말입니다. 내게는 순간순간마다 재담이 있었고, 그 하나하나가 눈물이 나올 정도로 그 사람들을 웃겼으니까요. 나는 그 사람들에게 프티트 메종 전체를 옮겨다 놓은 것이나 같았다구요.

나—— 또한 자네에게는 식탁, 침대, 옷, 저고리와 바지, 구두, 거기다 달마다 금돈이 있었지.

그—— 좋은 쪽이라면 그거고, 혜택이라면 그거지요. 그러나 내 임무에 대해서는 한 말씀도 안 하시는구만. 우선, 새로운 희곡이 있다는 소문이 돌면, 어느 때가 됐든지, 파리의 모든 다락방을 뒤져,

그 저자를 찾아내야 합니다. 애걸복걸하여 그 작품을 읽고, 내가 아는 어떤 사람이라면 훌륭하게 해낼 만한 배역이 하나 있다고 교묘하게 암시를 해야 하고. — "아는 사람이라니 누구 말씀입니까? — 누구냐고요? 질문 한번 잘하셨소! 우아함과 고상함과 세련 그 자체지요. — 당주빌 양 말씀인가요? 혹시 그 여자를 아시는가요? — 예, 조금요. 그러나 그 여자가 아닙니다. — 그렇다면 누구지요?" 나는 목소리를 낮춰 이름을 말하지요. "그 여자요! 예, 그분이요." 나는 좀 부끄러워하며 이름을 되풀이하지요. 나도 가끔은 수치를 느낄 때가 있으니까요. 그리고 그 이름이 되풀이되고 나면, 시인의 얼굴이 어떻게 시무룩해지고, 또 어떤 때는, 내가 얼마나 비웃음거리가 되는지 볼 만했지요. 그렇지만 싫어하건 말건 그 양반을 만찬에 모셔와야 했고, 그 양반은 말려들까 두려워, 거북스러워하며, 공손히 거절을 하고. 이 흥정에 성공하지 못하면 내가 어떻게 대접받았는지 그런 구경거리가 없었다구요. 나는 형편없는 얼간이고 먹충이고 우둔하기 짝이 없는 놈이고, 아무짝에도 쓸모없는 놈, 물 한 잔을 내주는 것도 아까운 놈이라는 거지요. 연극이 상연되는 날에는 훨씬 더 고역이었지요. 누가 무슨 소리를 하건 어쨌든 판단이 올바른 관중들이 야유를 퍼부어대도 그 한가운데로 뻔뻔스럽게 걸어들어가, 나 혼자 박수를 쳐대야 하고, 시선을 내게로 끌어모아서, 때로는 우리 여배우에게 날아갈 휘파람 소리를 내 쪽으로 돌려야 하고, 수군거리는 소리를 들어야 했죠. "저 자식은 저 여배우를 끼고 자는 녀석의 하인인데 지금 가장을 한 거야. 저 악당놈이 어디 입을 다물겠어?…" 사람들은 왜 이런 꼴이 되는질 모르지요. 어리석기 때문이라고 생각하지만, 거기에는 모든 짓이 다 용서될 만한 동기가 있다구요.

나—— 위법 행위까지도.

그—— 하지만 끝내는 사람들이 나를 알아보고 말을 합니다 : "아! 라모로구만." 내가 부릴 수 있는 수단이란 내 고독한 박수가 조롱거리로 떨어지지 않도록 몇 마디 반어적인 말을 내뱉는 것이었고, 그러면 사람들은 내 박수를 거꾸로 해석하더라구요. 한 덩어리가 되어 있는 관중과 이처럼 대담하게 맞서려면 당연히 큰 이익이 따라야 할 것이고, 이런 고역들은 그 하나하나가 모두 푼돈으로 팔리기엔 아깝다는 점을 인정해주셔야지요.

나—— 왜 박수부대를 동원하지 않았지?

그—— 그런 일도 있었고, 이삭도 제법 주웠지요. 그 고문실拷問室에 들어가기 전에, 먼저 바람을 잡아야 할 빛나는 대목들을 암기해야 합니다. 내가 그 대목들을 잊어버리거나 박수부대들이 내 신호를 잘못 이해하는 날이면, 돌아와서 대판 야단이 나곤 했지요. 그 난리가 어느 정도인지는 상상도 못 할 거요. 그리고 또 집안에는 내가 돌보아야 할 개떼들이 있다구요. 사실인즉슨 그 일을 어리석게도 내가 자진해서 떠맡은 겁니다. 내가 관리부장의 직책을 맡은 고양이들이 있고. 미쿠가 친절하게도 그 발톱으로 내 소맷자락이나 손등을 찢어주기라도 하면, 나는 너무나 행복했지요. 크리케트는 설사를 하기가 일쑤요, 그 배를 쓰다듬는 것은 이 사람이옵고.

옛날에 아씨는 짜증을 냈는데, 오늘날에는 신경질입니다. 또 한 가지 가벼운 신체적 불편[120]은 그만두고라도 말이오. 내 앞에서는 그걸 거북하게 여기지도 않아요. 그거야 뭐 어떻습니까. 나는 속박을 하고 살 생각은 한 번도 없었으니까요. 어디선가 읽은 이야긴데, 대왕이라고 이름 붙은 어느 왕은 가끔 자기 정부情婦의 변기[121] 등받이에 기대 서 있곤 했다던데. 가까운 사람들과는 편하게 지내야 하는 법이고, 그즈음 나는 누구보다도 그렇게 살았지요. 나는 흉허물 없이 대하기와 편하게 지내기의 전도자라 그 말씀입니다. 나는 거기서 몸소 시범을 보였는데 기분 나쁘게 여기는 사람은 없더라구요. 내 자신을 제멋대로 놓아두면 그만이었지요. 조금 전에 주인을 대충 묘사했었지요. 아씨는 몸이 무거워지기 시작합니다. 사람들이 그걸 두고 해대는 이야기를 들어보셔야 하는데.

나—— 자네도 그 사람들 속에 들어 있지 않나?

그—— 왜 아니어야 합니까?

120 —— 물론 월경에 대한 간접적 표현이지만, 여기서는 이 완곡어법이 은밀한 일의 뒤치다꺼리를 외간 남자에게 부탁하는 위스의 무람없는 태도와 대비되어 일종의 빈정거림이 된다.

121 —— 변기를 뜻하는 'chaise percée'를 문자 그대로 옮기면 '구멍 뚫린 의자'가 된다. 그러나 몇몇 주석자들은 루이 14세와 그의 정부 맹트농de Maintenon 부인 간에 문제가 되었던 것은 '구멍 뚫린 의자'가 아니라 '가마chaise porteurs'라고 말한다. 생시몽의 《회고록》에는 루이 14세가 행찻길에 맹트농 부인의 가마를 도보로 뒤따르다가 멈춰 쉴 때면 그 문간에 기대 서 있곤 하는 것을 보고 조신들이 분개하였다는 기록이 있다. '대왕'의 변기는 오독에서 비롯된 전설인 것 같다.

나—— 자기 은인들을 웃음거리로 삼는 짓이 아무래도 온당하다고는 할 수 없으니까.

그—— 하지만 은혜를 빌미로, 자기가 후원하는 사람을 비열하게 만드는 짓은 그보다 훨씬 더 나쁜 게 아니고요?

나—— 하지만 그 후원을 받는 쪽에서 제 스스로 비열해지지만 않는다면, 후원자에게 그런 빌미 잡힐 일은 전혀 없을 것 같은데.

그—— 그러나 그 거룩한 인사들이 자기들 스스로 웃음거리가 되지만 않는다면, 그걸 이야깃거리로 삼을 사람은 없을 거라구요. 게다가 그 인간들이 채신머리 없이 아무하고나 놀아나다가 배반을 당하고 망신살이 뻗친다고 해서, 그게 어디 내 잘못인가요? 우리 같은 사람들과 같이 살기로 작정할 때는, 상식이 없지 않은 바에야, 어느 만큼이건 음흉한 장난을 각오해야지요. 우리를 거두어들일 때, 우리가 어떤 놈들인지, 잇속이나 밝히는 비열하고 위험한 놈들인지를 모르겠습니까? 우리를 안다면, 탓할 것이 없어요. 그쪽에서는 우리한테 잘해주기로, 우리는 조만간에 잘해주는 그만큼을 악으로 갚기로 묵계가 되어 있는 셈이지요. 이런 계약은 인간과 원숭이나 앵무새 사이에도 적용되지 않습니까? 브룅[122]은 자기 식객이고 친구인 팔리소가 자기를 비방하는 노래를 지었다고 고래고래 소리를 지릅니다. 팔리소는 그 노래를 짓게 되어 있었고, 그러니 잘못한 것은 브룅이지요. 푸앵시네는 팔리소가 브룅을 비방하는 노래를 자기가 지어놓고 그 책임을 저한테 떠넘겼다고 고래고래 소리를 지릅니다. 팔리소는 브룅을 비방하는 노래를 자기가 지어놓고 푸앵시네에게 그 책임을 떠넘기게 되어 있었고, 그러니 잘못한 것은 푸앵시네지요. 꼬마 신부 레는 자기 친구 팔리소를 자기 정부에게 소개해주었더니 그 녀석이 자기 정부를 가로챈 것을 가지고 고래고래 소리를 지릅니다. 팔리소를 자기 정부 집으로 끌어들이지 말든가, 여자를 잃을 각오를 하든가 했어야죠. 팔리소는 자기가 할 일을 한 것이고, 그러니 잘못한 것은 레 신부지요. 서적상 다비드[123]는 자기 동업자 팔리소가 자기 아내와 같이 잤거나 자려고 했던 것을 가지고 고래고래 소리를 지르고, 서적상 다비드의 아내는 팔리소가 자기와 같이 잤다고 믿고 싶어하는 사람들에게 팔리소가 그렇게 믿게 만든 것을 가지고 고래고래 소리를 지릅니다. 팔리소가 서적상의 아내와 잤는지 안 잤는지는 판정하기 어렵지요. 여자는 있었던 일을 부정하게 되어 있고, 팔리소는 없었던 일을 믿게 할 수 있었으니까요. 어찌 되었건, 팔리소는 자기 역할을 했고, 그러니 잘못한 것은 다비드와 그의 아내지요. 엘베시우스도 그렇지요, 팔리소를 놓고, 편찮은 몸을 치료하고 먹고 입으라고 자기가 빌려준 돈을 아직 갚지도 않은 주제에, 자기를 부정직한 사

122 —— 경멸조로 축약된 이 브룅Brun이라는 이름은, 프레롱에 반대하여 격렬한 논쟁을 벌였으며, 주간지 《문예세평*Renomée littéraire*》를 편집하기도 했던 르 브룅 팽다르Le Brun-Pindare(1729-1807)와 르 브룅 드 그랑빌Etienne Le Brun de Granville(1738-1765) 형제를 지칭하는 것으로 여겨진다. 문제의 노래에 대해서는 확인할 길이 없지만, 팔리소나 볼테르는 자기들이 쓴 독기 서린 글에 대한 책임을 다른 사람들에게 교묘하게 전가하곤 했다. 이러한 수법은 그 시대의 풍속이기도 하다.

123 —— 주 21, 33 참조.

람으로 무대 위에 옮겨놓았다고 고래고래 소리를 질러대다니.[124] 온갖 오욕으로 더럽혀진 인간한테 다른 행실을 기대해야 했더란 말입니까? 그저 재미삼아서 자기 친구를 개종시키고,[125] 자기 동업자들의 재산을 탈취하고, 신앙도 법도 감정도 없는데다, 할 일 못할 일 가리지 않고per fas et nefas 재물을 추구하고, 자기가 저지른 악행으로 자기가 살아온 날을 계산하며, 저 자신까지도 가장 위험한 악당으로 무대 위에 올려놓는, 과거에도 그 첫 번째 예가 없고 미래에도 그 두 번째 예가 없을 철면피한 짓을 저지르는 인간한테 말입니다.[126] 아니지요. 잘못한 것은 팔리소가 아니라 엘베시우스지요. 촌뜨기 젊은이를 베르사유의 동물원으로 데려갔는데, 녀석이 어리석은 소견으로 호랑이나 표범 우리의 창살에 손을 들이밀어, 그 젊은이의 팔이 맹수의 아가리에 잘려나간다면, 어느 쪽이 잘못인가요? 이 모든 것이 그 묵계 속에 적혀 있다 그겁니다. 그것을 모르

124 —— 유물론·감각론을 내세웠던 철학자 엘베시우스Claude Andrien Helvétius(1715-1772)는《백과전서》의 기고자 가운데 한 사람이다. 한편으로 징세 청부인이기도 했던 그는 신진 작가들을 조직적으로 후원하였다. 그러나 관대하였지만, 조심성을 결하기도 했던 이 후원은 그에게 자주 환멸을 안겨주었다. 그의 후원을 받았던 팔리소와 사바티에 드 카스트르Sabatier de Castres는 서로 다른 쪽이 엘베시우스를 배반하였다고 주장하였다. 라모가 묘사하는 것처럼, '동물원'의 동물들 서로가 서로를 찢어발기는 양상이 여기서도 나타나고 있다.

125 —— 팔리소는 어리숙한 푸앵시네를 속여(주 30 참조), 그가 가톨릭에서 개신교로 개종을 한다는 조건으로 프로이센의 황제가 그에게 왕자의 교육을 맡기고 싶어한다고 믿게 하였다. 그가 개종 의사를 밝히자, 이번에는 종교재판소의 경찰이 그를 체포하러 나섰다고 믿게 한다. 푸앵시네는 여장을 하고 한 동굴에 숨어 지내던 중, 어느 밀교의

거나 잊어버린 자에게는 정말 안된 일이지요. 내가 이 보편적이고 신성한 계약을 빌려 변호를 하면 무죄가 될 사람들이 한둘이 아닐 거라구요. 인간들은, 정작 우둔하다고 비난을 해야 할 것은 자신인데도, 그 사람들에게만 악하다고 비난을 퍼부어대니. 그렇소, 뚱뚱보 백작부인이시여,[127] 잘못한 것은 당신입니다. 당신네들 사이에서 떨거지라고 부르는 작자들을 당신은 주변에 끌어모아들이고, 그 떨거지들이 당신에게 비열한 짓을 저지르고, 저지르도록 부추겨, 결국 당신이 점잖은 사람들의 원성을 사게 된 판이니 말이오. 점잖은 사람들은 자기들이 할 일을 하는 법이고, 떨거지들도 역시 마찬가지고, 그러니 당신이 그들을 맞아들이는 게 잘못입니다. 만일 베르티누스[128]가 자기 정부와 오순도순 평화롭게 살았더라면, 만일 그 인간들의 성품이 정직하여 점잖은 사람들과 사귀었고, 재주 있는 사람들과 사회에 널리 덕망 있는 인사들을 자기들 주위에

철학자에게서 사람을 보이지 않게 하는 효력을 지녔다는 포마드를 사서 바르고, 그 효력을 확신한 나머지 여러 가지 우행을 저질렀다는 이야기가 전해진다.

126 —— 악랄하고, 지적이었지만 심약한 면이 없지 않았으며, 적들로부터 많은 공격을 받았던 팔리소는 자기 생존을 위해서, 비록 타인들에게 증오를 받더라도 그 타인들을 필요로 했다. 그는 자전적인 희곡 〈위험한 사나이Homme dangeureux〉나 회고록 《문학에 대한 회상*Mémoires sur la littérature*》에서 자신을 악당으로 소개하고 있는데, 이 점도 같은 맥락에서 이해된다.

127 —— 팔리소의 후원자 가운데 하나였던 드 라 마르크 부인을 말한다(주 40 참조). 배은망덕한 팔리소는 그의 희극 〈철학자들〉에서 '엉터리 철학자들'을 자기 살롱에 불러모은 탓에 그들에게 속아 크게 망신을 당하는 어수룩한 여류 철학자 시달리즈를 등장시키고는, 그녀가 바로 드 라 마르크 부인임을 암시한다.

불러들였더라면, 만일 그들이 조용하게 물러앉아 함께 살며 서로 사랑하고 사랑을 이야기하며 즐겁게 지내다가 가끔 틈을 내어 안온하고 정선된 작은 모임을 위해 여흥의 시간을 마련하였더라면, 좋은 이야기건 나쁜 이야기건 어느 누가 그 사람들을 들먹거렸겠소? 그런데 그 사람들이 무슨 일을 당했습니까? 당할 만한 일을 당한 거라구요. 그렇게 경망하게 놀다가 벌을 받은 것이고, 우리는 바로 하늘의 섭리가 오늘날 베르탱 가족을 심판하라고 태초에 예정해놓은 사람들이란 말입니다. 또 우리 후손들 가운데 꼭 우리 같은 놈들을 예정해서 미래의 몽송주와 미래의 베르탱을 심판하도록 해놓았고요. 그러나 우리가 그 어리석은 자들에게 섭리의 의로운 명령을 집행하는 동안, 선생은 있는 그대로 우리들을 그려내어서, 우리에게 그 의로운 명령을 집행하고 있지요. 만일 우리가 수치스러운 행습을 가지고 대중의 명망을 얻으려 든다면, 선생이 우리를 어떻게 생각하시겠습니까? 정신 나간 녀석들이라고 하겠죠. 그럼 악종으로 태어난 인간들, 비열하고 천한 왈짜들한테서 점잖은 행실을 기대하는 사람들은 그래 현명하다는 말인가요? 이 세상에는 누구든지 제게 합당한 몫이 있다구요. 검찰총장이 둘 있는 셈인데, 하나는 우리 문간에 대기하고 있다가 사회에 반하는 범법을 처벌합니다. 자연이 다른 하나구요.[129] 자연은 법칙에 벗어나는 모든 악덕에 대한 재판권을 쥐고 있습니다. 선생이 여자들과 방만하게 놀아난다고 해봐요. 선생은 수종증 환자가 될 겁니다. 선생이 방탕한 생활을 한다면, 선생은 폐병쟁이가 될 거구요. 선생이 악당들에게 문을 열어주고, 그 사람들과 함께 산다고 치면, 선생은 배신을 당하고, 비웃음거리가 되고, 멸시를 받겠죠. 가장 빠른 길은 이 공정한 심판을 감내하는 것이고, 자기 자신에게 그래도 싸다고 말하고, 고개를 끄덕이며 자기 행실을 고치든가 아니면 그대로, 그러나 앞에서 말한 계약 조건을 감수하며, 그대로 살든가 하는 것이지요.

나── 옳은 말이야.

그── 그것도 그렇지만, 그 험담 가운데 내가 지어낸 것은 하나도 없다구요. 나는 그저 보따리장수 노릇을 한 거지요. 며칠 전, 새벽 다섯시쯤에 미친 듯이 떠들어대는 소리를 들었다고들 합디다. 하인들의 방에 종이라는 종은 다 울렸지요. 숨이 막힌 한 사나이가 말을 제대로 잇지도 못 하고 어렴풋이 비명을 지르는 겁니다. "나 살려라, 나, 아이고 숨이 막힌다, 아이고 죽겠다." 우리 뚱뚱이가, 그럴 때는 다 그런 거지만, 정신이 완전히 나가 무엇이 어떻게 돌아가는지 분간을 못 하고, 계속 운동을 해대는 판인데, 두 손으로 몸을 떠받치고, 2, 3백 파운드는 실히 되는 무게를 한껏 들어올렸다가 그 임시 국부[130]에 내리 떨어뜨리고 있더랍니다. 미친 듯한 쾌

128── 베르탱의 라틴어식 이름, 또는 베르탱과 위스를 합성한 이름(주 57 참조).

129── 디드로는《라모의 조카》를 쓰기 전에, 한 미발간의 단장에서 이와 동일한 논지를 전개하고 있다 : "자연의 재판소와 법률의 재판소라고 하는 두 재판소가 있다. 하나는 인간이 자기와 같은 인간들에게 범한 죄를 관할하고, 다른 하나는 인간이 자신에게 저지른 죄를 관할한다. 법률은 범죄를 벌하고, 자연은 악덕을 벌한다. 법률은 살인자에게 교수대를 보여주고, 자연은 무절제한 사람에게 수종증이나 폐병을 보여준다."

락으로 속력이 붙을 대로 붙어 가지고. 주인을 거기서 빼내느라고 몹시 애를 먹었지요. 무슨 염병할 생각으로 작은 망치가 그 무거운 모루 밑에 깔렸는지 원.

나── 이런 못된 사람 같으니. 다른 이야기를 하자구. 우리가 이야기를 시작하면서부터 이때까지 입술에 걸려 있는 질문이 하나 있는데.

그── 아니 왜 그렇게 오랫동안 거기다 걸어두고 있습니까?

나── 주제넘은 이야기가 될까봐 두려워서.

그── 방금 선생한테 그런 이야기까지 다 까발려놓았는데, 이제 내가 무엇을 비밀로 할 수 있다는 말인지 모르겠네요.

나── 자네는 내가 자네의 성격에 대해 내가 품고 있는 판단을 의심치 않겠지?

그── 전혀. 나는 선생의 눈에 아주 야비하고 아주 멸시를 받을 놈, 가끔은 내 눈에도 그렇습니다. 하긴 좀처럼 그런 일이 없지만. 나는 내 못된 짓을 자책하기보다는 흐뭇하게 여길 때가 더 많답니다. 선생은 언제나 멸시만 하는 쪽이구요.

나── 사실 그래. 그런데 왜 나한테 그 치부를 모두 드러내놓는 거지?

그── 그거야 우선은 선생이 그 상당 부분을 알고 있기 때문이고, 또 그 나머지를 고백한다고 해서 내가 잃는 것보다는 얻는 것이 더 많다고 보았기 때문이고.

나── 어째서 그런지, 어디?

그—— 어떤 분야에든 들어갔다 하면 숭고한 경지에 이르러야 하는데, 특히 악이 그렇다구요. 조무래기 소매치기한테는 침을 뱉지만, 위대한 범죄자에게는 뭐랄까 존경 같은 것을 바치지 않을 수 없거든요. 그 용기가 놀랍고. 그 잔학함이 우리를 떨게 하고. 성격의 일관성[131]은 어디서나 높이 평가되는 법이라서요.

나—— 하지만 그 존경할 만한 성격의 일관성이 자네에게는 아직 없어. 자네의 원칙이라는 것들이 때때로 흔들리고 있다고 여겨지거든. 그 악의를 자연으로부터 타고난 것인지, 아니면 학습으로 얻은 것인지도 불확실하고, 그 학습이 자네를 갈 수 있는 경지까지 밀고 나간 것인지도 불확실하고.

그—— 그건 그래요. 그러나 나로서는 최선을 다했다구요. 내가 나보다 더 완전한 놈들을 다소곳이 인정하지 않던가요? 부레에 대해서 말할 때 더할 수 없이 깊은 존경심을 나타내지 않던가요? 내 생각에 부레는 이 세상에서 최고의 인간입니다.

나—— 그러나 부레 바로 다음은 자네겠지.

그—— 아닙니다.

나—— 그렇다면 팔리소인가?

130 —— 원문은 'parties casuelles'(주 96 참조).

131 —— 고전 비극의 한 원칙이 실생활에 적용되고 있다. 디드로 자신도 이와 비슷한 의견을 자주 개진했다. 이를테면 《1767년의 미술전평》에서 그는 평범함 속에는 "정직한 사람을 만들기 위해서도, 사기꾼을 만들기 위해서도, 충분한 섬유가 없다"면서, "만일 악인들의 범죄 속에 그런 에너지가 없다면, 선인들의 미덕에도 그만한 에너지가 없을 것"이라고 말한다.

그—— 팔리소지요, 그러나 팔리소만이 아니구요.

나—— 그럼 누가 그 두 번째 서열을 그와 공동으로 차지할 자격이 있다는 거지?

그—— 아비뇽의 배교자지요.[132]

나—— 아비뇽의 배교자라고는 들어본 적이 없지만, 매우 놀라운 사람일 게 틀림없겠구만.

그—— 과연 그렇습니다.

나—— 위대한 사람들의 이력에는 늘 흥미를 가져왔지.

그—— 그럴 테지요. 이 사람은, 저 하늘의 별들만큼이나 번성하리라고 믿음의 아버지에게 약속된,[133] 아브라함의 자손들 가운데 어느 착하고 정직한 사람의 집에서 살았지요.

나—— 어느 유대인의 집에?

그—— 어느 유대인의 집에요. 그는 우선 그 집에서 교활하게 동정을 사고, 다음은 환대를 얻어내고, 마침내는 전적으로 신뢰를 받게 됐지요. 언제나 그런 거지만, 우리들은 자신이 베푼 선행을 너무 대단하게 여기는 탓에, 우리에게 은덕을 입은 사람한테는 비밀을 감추는 일이 거의 없습니다. 배반자가 되고도 벌을 받지 않는다는 유혹 앞에 인간을 세워놓은 다음에야, 배반자들을 만들어내지 않을 도리가 없지요. 우리 유대인은 바로 이 생각을 못 했던 겁니다. 그 사람은 따라서 이 배교자에게 자기는 마음에 걸려 돼지고기를 먹을 수 없다고 고백했지요. 재간 많은 머리가 이 고백을 어떻게 고스란히 이용해 먹었는지 이제 들어보시라구요. 몇 달이 흘러갔고 그동안 우리 배교자는 한층 더 충성을 바쳤지요. 그는 이 유대인이 자신의 갖은 정성에 아주 감동을 하고 마음을 완전히 빼앗겨, 이스라엘의 모든 종족을 다 훑어도 더 훌륭한 친구를 찾을 수는 없다고 꼼짝없이 믿게 되자… 이 사람이 얼마나 용의주도한지, 탄복할 지경이 아닙니까, 그는 서두르지 않습니다. 가지를 흔들기 전에 배가 무르익기를 기다립니다. 열의가 지나쳤더라면 계획을 망칠 뻔도 했지요. 위대한 성격은 보통 여러 가지 상치되는 성격이 자연스럽게 균형을 잡는 데서 나오는 거니까요.[134]

나—— 자네의 사색은 그만해두고 하던 이야기나 계속해보시지.

그—— 그게 그렇게 되질 않는다구요. 나도 사색해야만 되는 그런 날이 있단 말입니다. 제멋대로 놓아둘 수밖에 없는 병이지요. 어디까지 이야기를 했었죠?

나—— 유대인과 배교자 사이에 친밀한 관계가 성립되었다.

그—— 그래서 배가 무르익자… 아니 내 이야기를 듣고 계신 게 아

132 —— 아비뇽은 대혁명 전까지 교황의 영지였던 까닭에 종교재판소의 사법권이 전적으로 행사되고 있었다. 법률은, 돼지고기나 토끼고기를 먹지 않는 것 같은 사소한 행위도 모세의 율법을 따르는 것으로 간주하여 배교로 규정하였으며, 그 심문이나 처벌에 대한 조항이 매우 가혹했다. 그러나 18세기에는 이 법률이 이론적인 것일 뿐이어서, 라모의 이야기를 사실 그대로 받아들이기는 어렵다.

133 —— 야훼는 아브라함을 "밖으로 데리고 나가시어 말씀하셨다 : 하늘을 쳐다보아라. 네 자손이 저렇게 많이 불어날 것이다"(창세기, 15:5).

134 —— 디드로는《배우에 대한 역설》에서도 이와 동일한 의견을 개진한다 : "당신을 좌지우지하는 것은 과도하게 흥분해 있는 난폭한 사람이 아니다. 그것은 자신을 자제하는 사람에게 주어지는 이점이다. 열광을 조절하는 것은 침착성의 일이다."

니구만. 지금 무슨 생각을 하고 있소?

나── 자네의 어조가 고르지 않다는 생각을 하고 있어. 높아졌는가 하면 낮아지고.

그── 악인의 어조가 하나일 수 있겠어요? ― 그가 어느 날 저녁, 기겁을 한 모습으로, 목소리는 더듬거리고, 얼굴은 주검처럼 창백해 가지고, 사지를 와들와들 떨면서, 그 착한 친구 집에 도착합니다. ― "무슨 일이 있소? ― 우리는 망했습니다 ― 망했다니, 그게 무슨 말이오? ― 망했습니다, 쫄딱 망했습니다. ― 차근차근 설명을 좀… ― 무서워서, 잠시 기운을 차리고요. ― 어서 기운을 차리시오" 하고 유대인이 말했지요. 너는 돼먹지 못한 사기꾼이다, 네가 무슨 소리를 하려는지는 모르겠다만, 너는 돼먹지 못한 사기꾼이다, 너는 공갈을 치고 있구나, 이렇게 말했어야 하는데 말이오.

나── 왜 그렇게 말을 했어야 한다는 것이지?

그── 그거야 그가 부자연스럽고 정도를 지나쳤기 때문이지요. 나한테는 훤히 보인다구요. 그런데 앞으로는 내 말을 좀 끊지 마세요. ― 망했습니다, 쫄딱 망했습니다. 이 되풀이되는 '망했습니다' 속에서 부자연스런 것을 못 느끼겠어요? "어떤 배반자가 우리를 종교재판소에 고발했습니다. 당신은 유대인이라고, 나는 변절자라고, 더러운 배교자라고 말입니다." 이 배반자가 가장 추악한 표현을 쓰면서도 얼굴 하나 붉히지 않는 것을 보십시오. 자기 자신을 바로 제 이름으로 부르려면 생각보다도 훨씬 용기가 있어야 하는 겁니다. 이 정도가 되려면 얼마나 애를 써야 하는지 짐작이나 하시겠어요?

나—— 정말 모르겠는데. 그러나 그 더러운 배교자라는 것은…

그—— 거짓이지요. 그러나 매우 교묘한 거짓말이지요. 그 유대인은 기겁을 하고, 수염을 뽑으며, 땅 위에 대굴대굴 구릅니다. 문간에 경찰이 나타나는 것만 같지요. 화형복火刑服[135]을 둘러쓰고 있는 제 모습이 눈에 선하고, 저를 태워 죽이려고 설치된 화형대가 눈에 선합니다. — "여보시오, 친구, 내 다정한 친구, 내 하나뿐인 친구, 무슨 방책이라도… — 방책이라구요? 사람들 앞에 버젓이 나타나, 지극히 무사한 것처럼 가장을 하고, 보통 때처럼 행동을 해야지요. 재판은 은밀하지만 느리게 진행된답니다. 그 기간을 이용하여 재산을 전부 처분해야 합니다. 내가 직접 가거나 제삼자를 시켜서 배를 하나 빌리지요. 그래요, 제삼자를 시키는 게 더 좋겠군요. 당신의 재산을 그 배에다 실읍시다. 그놈들이 노리는 것은 무엇보다도 당신의 재산이니까요. 당신과 나, 우리 함께 자유를 찾아 다른 나라로 가서, 우리의 신을 섬기고 아브라함과 우리 양심의 율법을 거리낌 없이 따르며 삽시다. 우리가 처한 이 위급한 상황에서 중요한 것은 추호라도 경솔한 짓을 해서는 안 된다는 것입니다." — 말이 떨어지기도 전에 실행에 옮겼지요. 배를 빌리고 양식과 선원도 준

135 ——《백과전서》는 화형복San benito에 관해 설명하고 있다 : "화형복은 어깨걸이 옷으로 되어 있으며, 앞으로 늘어진 넓은 천조각 하나와 뒤로 늘어진 또 하나의 천조각으로 구성되는데 각 조각에는 생탕드레 십자가가 하나씩 있다. 옷은 노란색이며, 악마와 불꽃들이 가득 그려져 있다." 이 화형복은 종교재판소가 이교도를 처벌하여 화형대 autodafé에 올리거나, 무죄함이 밝혀진 피고를 방면하기 위해 입혔다.

비되고. 유대인의 재산을 배에 실었지요. 내일 해가 돋을 때 그들은 출범을 하는 겁니다. 그들은 유쾌하게 저녁식사를 하고 마음 놓고 잠을 잘 수 있는 겁니다. 내일, 그들은 박해자들의 손을 벗어나는 겁니다. 밤중에 배교자는 일어나, 유대인의 지갑과 돈자루와 보석을 털고는, 배에 올라, 줄행랑을 놓고 맙니다. 그런데 이게 전부라고 보십니까? 아 그래요, 역시 모르시는구만. 나는 이 이야기를 전해들을 때, 벌써 눈치를 챈 게 있는데, 당신이 얼마나 총명한가 시험해보느라고 일부러 그 대목은 말을 안 했지요. 교양인이 되기를 잘하셨수다. 기껏해야 어설픈 사기꾼밖에는 못 되었을 테니까요. 여기까지는 그 배교자도 그 정도에 불과하지요. 아무도 닮으려 들지 않을 형편없는 건달이란 말씀입니다. 그놈의 악독한 짓이 뛰어난 것은, 바로 그놈이 착한 친구 이스라엘 사람을 밀고한 장본인이었다는 점이지요. 종교재판소는 그가 잠을 깨자 그를 체포하였고, 며칠 후 활활 타오르는 화톳불을 피웠지요. 그리고 이렇게 해서 배교자는 우리 주님을 십자가에 못 박은 자들의 이 저주받은 후손의 재산을 감쪽같이 소유했다 그겁니다.

나—— 둘 중에 어느 쪽이 더 무서운지 모르겠다. 그 배교자의 악랄한 짓인지, 그걸 말하는 자네의 어조인지.

그—— 내가 말한 게 바로 그거라구요. 그 잔학한 이야기를 들으며 선생은 경멸의 한계를 넘어섰는데, 그건 내가 진술했기 때문이지요. 내가 원했던 게 뭔지 아세요? 내 기술 분야에서 내가 얼마나 뛰어났는가를 알아달라는 것이었고, 적어도 타락에서만큼은 내가 독창적이라는 인정을 얻어내려는 것이었고, 선생의 머릿속에서나마 위대한 악당들의 서열에 끼어들려는 것이었고, 그래서 이렇게 외쳐보고 싶었던 것이었죠. 사기꾼의 제왕 마스카릴루스 만세Vivat Mascarillus, fourbum Imperator! 자, 어서, 철학자 선생님, 합창을 합시다. 사기꾼의 제왕 마스카릴루스 만세Vivat Mascarillus, fourbum Imperator![136]

그런데 이 대목에서, 그는 아주 기이하게 노래 하나를 푸가로 바꿔 부르기 시작했다. 때로는 멜로디가 중후하고 장엄한가 하면, 때로는 경쾌하고 장난스러웠다. 한순간은 베이스를 흉내내는가 하면, 다음 순간에는 고음부의 한 파트를 흉내냈다. 팔과 목을 길게 늘여 지속음의 부분을 가리켰다. 그리고 개선의 노래 한 곡을 혼자 작곡하고 혼자 연주했다. 그가 훌륭한 행습보다는 훌륭한 음악에 더 조예가 있음을 말해주는 노래였다.

나는 남아 있어야 할지 도망가야 할지를, 웃어야 할지 화내야 할지를 알 수 없었다. 나는 내 마음속에 가득 찬 두려움을 몰아낼 만한 다른 화제에 말머리를 돌려볼 생각으로 남아 있기로 했다. 나는, 몸서리치는 행위나 저주스러운 악행을, 마치 회화나 시를 감식하는 사람이 어떤 품격 높은 작품의 아름다움을 음미하듯이, 또는

136 —— 몰리에르의 희극 〈경솔한 젊은이L'Etourdi〉에 등장하는 꾀바른 하인 마스카리유의 대사 : "이런 희한한 공훈을 세웠으니, 머리에 월계관을 쓴 영웅으로 저를 그리고, 그 초상화 밑에 금자로 이렇게 새겨야 할 것입니다 : *Vivat Mascarillus, fourbum Imperator*."

《라모의 조카》 프랑스어 초간본(1821년 파리 들로네 출판사)의 머릿그림.
프랑스 국립도서관.

모랄리스트나 역사가가 어떤 영웅적인 행위의 여러 정상을 들추어 밝혀내듯이 이야기하고 있는 사람이 눈앞에 있다는 것에 견디기 힘든 고통을 느끼기 시작했다. 나는 본의 아니게도 어두운 얼굴을 했다. 그는 눈치를 채고 말했다.

그—— 왜 그러세요? 어디 아픈 거 아닌가요?
나—— 약간. 그러나 곧 괜찮아지겠지.
그—— 그 불안한 얼굴이, 무언가 언짢은 생각에 시달리고 있는 사람 같은데.
나—— 바로 그거요.

그 사람 편에서도 내 편에서도 한참 동안 말이 없었다. 그는 그동안 휘파람을 불고 노래를 부르며 거닐었다. 나는 그가 다시 재능을 발휘하도록 해보려고 말을 꺼냈다. "요즈음은 무얼 하시오?"

그—— 전혀 아무것도.
나—— 그렇다면 몹시 지루하겠는걸.
그—— 벌써 바보 노릇을 할 만큼은 했지요. 저 두니와 다른 젊은 작곡가들의 음악을 들으러 간 적이 있었는데, 그게 끝내주더라구요.[137]
나—— 아니 그런 종류의 음악을 칭찬하는 거요?
그—— 물론이지요.

나—— 그럼 그런 새로운 노래에 뭐 좀 아름다운 게 있다는 거요?

그—— 있다는 거요? 아무렴, 그렇고말고요. 얼마나 낭랑합니까! 얼마나 진실합니까! 얼마나 표현이 풍부합니까!

나—— 모든 모방 예술은 자연에 그 모델이 있지요. 음악가가 가곡을 지을 때는, 그 모델이 무엇이지요?

그—— 왜 문제를 근본으로부터 따지지 않습니까? 노래라는 게 무어지요?

나—— 그 질문은 솔직히 내 능력을 벗어난다고 말할 수밖에 없을 것 같소. 그거야 누구나 다 마찬가지겠지만. 사실 우리 기억 속에는, 자주 사용하고 올바르게 적용하기도 해서 그 뜻을 알고 있다고 생각하는 낱말들밖에 없으며, 정신 속에는 막연한 개념들밖에 없지. 내가 노래라는 낱말을 발음할 때도, 나는 당신과 당신의 동료들 대부분이 명성, 비난, 영예, 악덕, 미덕, 수치심, 품위, 치욕, 조롱 같은 말을 쓸 때와 마찬가지로 별로 분명한 개념을 가진 것은 아

137 —— 나폴리 태생의 음악가로 1733년 이후 파리에서 활동한 두니Egidio Romuald Duni(1709-1775)는 1758년 희가극 〈모델을 사랑하는 화가Peintre amoureux de son modèle〉의 성공으로, 프랑스에 '오페라 부파', 즉 이탈리아식 희가극의 길을 개척한다. 몇 년 동안 계몽철학자들은 그의 노래가 감정의 진실과 일치한다는 점에서 열렬한 찬사를 보내며, 그를 제2의 륄리로 치켜세운다. 페르골레시와 골도니의 친구였던 두니는 이때부터 이탈리아의 문학과 음악 그리고 프랑스의 문학을 연결하는 데 중요한 역할을 담당한다. 밝고 명쾌하며 우아한 그의 음악은 이탈리아와 프랑스의 여러 젊은 작곡가들이 등장한 1770년대 이후 벌써 낡은 것으로 취급되었지만, 그와 친교 관계가 있던 디드로는 여기서 라모의 입을 빌려, 프랑스 음악에 새로운 바람을 불러일으킨 계기의 하나로 그를 이야기하고 있다.

니라오.

그—— 노래는 예술적으로 고안되었거나, 당신 좋아하는 말로 하자면, 자연에서 착상을 얻은 음계의 소리에 의거해, 육성이나 악기로, 물리적인 소리나 정념의 억양을 모방하는 겁니다.[138] 아시겠지만 이 정의는 그 안에서 바꿔야 할 것만 몇 가지 바꾸면 회화나 웅변이나 조각이나 시에도 정확히 들어맞을 거라구요. 자 이제, 선생의 질문으로 되돌아가서, 음악가나 가곡의 모델이 무엇이지요? 모델이 살아 있고 생각을 하는 존재라면, 그것은 낭송이지요. 모델이 무생물이라면, 그것은 소리구요. 낭송을 하나의 선線이라고 한다면, 가곡은 이 첫 번째 선 위로 구불구불 흘러가는 또 하나의 선으로 간주해야겠지요. 가곡의 원형인 이 낭송이 강렬하고 진실할수록, 거기에 부합하는 가곡은 더욱더 많은 점에서 이 낭송과 교차할 거라구요. 가곡이 진실할수록 그만큼 더 아름다울 거고.[139] 그런데 우리 젊은 음악가들이 깊이 느낀 것은 바로 이 점이라 그겁니

138 —— 디드로 자신의 음악 이론과 무관하지 않은 이 정의는, 형식에 있어 상당히 독창적인 점이 있지만 내용은 별로 새로운 것이 아니며, 루소의 《음악사전*Dictionnaire de musique*》의 한계를 벗어나지 못하고 있다. 그러나 루소는 음악적 모방에 대해 디드로보다 더 정교한 개념을 지니고 있다. 그에 의하면 음악은 "사물을 직접적으로 재현하는 것이 아니라, 사물을 볼 때 느끼는 것과 동일한 감동을 영혼에 자극한다." 한편 괴테는 그의 《라모의 조카》 독일어 번역본 주석에서, 음악이 회화나 팬터마임의 일종으로 간주될 때 필연적으로 지니게 되는 약점을 지적하고 있다. 또한 그는 디드로가 페르골레시, 두니 등의 예술을 내세우고 있지만, 그들은 마음보다는 귀에 더 몰두하고 있기 때문에, 그들의 음악이 이 철학자의 음악 이론에 부합하는 것이 아니라는 점을 지적한다. 디드로도, 뒤에서 라모의 입을 빌려 "서정시는 탄생 중에 있다"고 말하는 점으로 보아, 이들이 자연과 감정

다. 누구든 〈나는 불쌍한 놈이라네〉를 들으면, 이건 수전노의 한탄이라고 알아차리지요. 땅에 황금을 묻으며 "오 대지여, 내 보화를 받아다오"[140]라고 할 때, 수전노가 노래를 부르지 않고, 땅에게 말을 한다고 해도 똑같은 어조일 거라구요. 또 가슴이 뛰고 얼굴이 붉어져 어쩔 줄을 모르며 영주에게 자기를 보내달라고 애원하는 소녀가 자신을 달리 표현할 수 있겠어요? 이들 작품에는 온갖 종류의 인물들이 다 들어 있고 낭송도 끝없이 다양합니다. 말이야 바른 말이지, 정말 탁월합니다. 자기가 죽어간다고 느끼는 젊은이가 "내 심장이 꺼져가네"라고 외치는 그 곡을 한번 가서 들어보세요.[141] 노래에 귀를 기울이고, 심포니에 귀를 기울여보세요. 그러면 죽어가는 사람의 진짜 행동과 그 노래의 곡조 사이에 무슨 차이가 있는지를 내게 말하게 될 겁니다. 멜로디의 선이 낭송의 선과 완전하게 일치하는지 안 하는지 아실 거라구요. 박자도 노래가 갖

의 이름으로 전개되는 음악 혁명에서 아직 선구자에 불과하다고 여기고 있는 것 같다.

139 —— 루소의 《음악사전》에 의하면 "낭송은, 음악에 있어 멜로디의 굴절과 해조에 의해, 문법적 억양과 연설적 억양을 재현하는 기술이다."

140 —— 두니의 희가극 〈바보들의 섬L'Ile des Fous〉에서 수전노 소르디드가 부르는 아리아.

> 나는 근심 걱정 떠날 날 없는
> 불쌍한 놈이라네.
> […]
> 오 대지여! 내 황금이 여기 있나니…
> 내 보화를 고이 간직해다오.

춰야 할 조건의 하나지만 그건 그만두구요. 표현에 대해서만 이야기하는 거니까. 내 어디선가 읽었는데 이 말보다 더 명백한 것은 없어요 : "억양은 멜로디의 묘판苗板 Musices seminarium accentus"[142]이라. 그러니 레치타티보를 잘 만든다는 것이 얼마나 어렵고 얼마나 중요한지 상상해보시란 말입니다. 아름다운 아리아 치고 아름다운 레치타티보로 만들 수 없는 게 없고,[143] 레치타티보 치고 유능한 작곡가가 아름다운 아리아로 뽑아낼 수 없는 게 없다구요. 레치타티보를 잘하는 사람이 노래도 잘 부를 것이라고 잘라 말하지는 않겠지만, 노래를 잘 부르는 사람이 레치타티보를 잘할 수 없다면 놀랄 일이지요. 지금 내가 말한 것을 고스란히 믿으세요. 진실이니까요.

나—— 한 가지 좀 거북한 것만 마음에 걸리지 않는다면 기꺼이 그 말에 동의하겠는데.

> 내 마음, 내 영혼, 내 생명이
> 그대 가슴에 묻혀 있도다.

〈바보들의 섬〉은 1761년에 초연되었는데, 놀랍게도 임시세 징수청의 총괄 징세 청부인 베르탱이 그 대본을 썼다.

141 —— 두니의 뒤를 이어 프랑스의 희가극을 발전시킨 필리도르의 단막 오페라 〈정원사와 그의 영주Jardonier et son Seigneur〉(1761)에서 한 소녀가 "영주님, 영주님 저를 보내주세요"라고 노래한다. "내 심장이 꺼져가네"는 역시 1761년에 상연한 그의 2막 희가극 〈말굽 대장장이Maréchal-ferrant〉의 아리아.

142 —— 카펠라Martianus Capella의 《음악론*De musica*》에서 인용한 격언.

143 —— 루소는 레치타티보를 이렇게 정의한다 : "말에 아주 가까운 노래의 한 방식,

그—— 그 거북한 것이란?

나—— 그런 음악이 탁월한 것이라면, 저 거룩한 륄리, 캉프라, 데투슈, 무레의 음악,[144] 그리고 우리끼리 이야기지만, 당신네 삼촌의 음악까지도 약간은 맥이 빠져 있다고 해야겠군.

그—— (내 귀에 대고 대답을 했다) 내 이야기를 다른 사람들이 들을까봐서요. 여기는 나를 아는 사람들이 많이 있거든요. 그야 삼촌의 음악도 역시 맥빠진 거라구요. 그렇다고 내가 우리 삼촌 따위에 마음 쓰는 건 아닙니다. 우리 삼촌이라고 부르긴 해도, 돌 같은 사람이지요. 내가 몹시 목이 말라 헐떡거리는 것을 보고도 물 한 잔 줄 사람이 아니라구요. 그러나 그가 8도나 7도로, 지랄 법석을 떨며,

음악에 있어서의 낭송. 여기에서 음악가는 가능한 한 낭송자의 음성의 억양을 모방해야 한다." 계몽철학자들은 낭송과 노래가 일치한다는 그들의 이론을 확인하기 위해, 레치타티보의 완성에 많은 관심을 가졌다.

144—— 앙드레 캉프라André Campra(1660-1744)는 이탈리아계의 혈통을 이은 프랑스의 음악가. 노트르담 대성당의 악장, 왕실 예배당의 음악 감독관을 역임한 오르간 연주자로 〈베네치아의 사육제〉, 〈탕크레드Tancrède〉 등의 오페라와 많은 궁중 여흥 음악을 작곡하였다. 특히 오페라 〈사랑의 유럽Europe galante〉은 그 활기와 열정이 이탈리아 음악에 못지않은 것으로 여겨지며, 음악가 라모에 앞서 음악의 이론화에도 많은 노력을 기울였다.

캉프라의 제자인 데투슈André Cardinal Destouches(1672-1749)는 그의 주요 오페라 〈이세Issé〉〈옹팔레Omphalet〉 등의 성공으로 일약 프랑스의 공식 음악가로 취급되었다.

'우미의 음악가'라는 별명을 지녔던 무레Jean-Joseph Mouret(1682-1783)는 18세기 초에 프랑스의 가장 위대한 음악가였지만, 라모의 등장 이후 빛을 잃고 미쳐서 죽었다. 그의 가장 중요한 작품은 실내악곡집과 이탈리아 희극을 위한 여흥 악곡집이다.

145—— 이탈리아의 요절한 음악가 페르골레시의 마지막 작품 〈어머니는 슬픔에 잠겨

옹 옹 앵 앵 뛰 뛰 뛰 뛰를뤼뛰뛰 해보아야 소용이 없어요. 그것이 무엇인지 훤히 알아차리기 시작하고, 그 시끌벅적을 더 이상 음악으로 여기지 않는 사람들이 그 따위에 만족할 리는 결코 없을 테니까요. 신분 지위 고하를 막론하고 어느 누구도, 페르골레시의 〈슬픔의 성모〉[145]를 노래 부르지 못하도록 경찰령으로 금지했어야 했어요. 망나니를 시켜 이 〈슬픔의 성모〉를 태워버렸어야 했어요. 정말, 저 망할 놈의 광대들이 〈마님이 된 하녀〉[146]와 〈트라콜로〉[147]를 가지고 우리 엉덩이를 호되게 걷어찼다니까요. 왕년에는, 〈탕크레드〉 〈이세〉 〈사랑의 유럽〉 〈인도〉나 〈카스토르〉 〈서정적인 재인들〉[148] 같은 작품들이 4개월, 5개월, 6개월씩을 지탱했고, 〈아르미

서 있다Stavat Mater dolorosa〉 또는 〈슬픔의 성모〉는 우수에 찬 두 여인의 성악과 비창한 오케스트라로 이 음악가의 명성을 불후의 것으로 만들었으며, 프랑스에서 이탈리아 음악의 승리를 가져오는 데에도 적잖은 영향을 미쳤다.

146 —— 페르골레시의 막간극 〈마님이 된 하녀〉가 1746년의 파리 초연에 이어, 1752년 오페라 극장에 초대된 이탈리아의 '광대들Bouffons'에 의해 다시 파리에서 상연되었을 때, 이를 계기로 저 유명한 '광대 논쟁' 또는 '희가극 논쟁'이 일어났다.

이 논쟁에서 백과전서파를 중심으로 한 계몽철학자들은 오페라 부파로 대표되는 이탈리아 음악의 생기발랄한 스타일을 옹호하고, 프랑스 음악의 부자연스러움과 표현성의 결여, 선율의 빈곤 등을 지적함으로써, 전통적인 궁중 오페라를 신봉하고 프랑스 음악의 우월성을 주장하는 프레롱, 카조트Jacques Cazotte, 라모 등의 보수파와 격렬하게 대치했다. 이 과정에서 특히 이탈리아파의 루소는 그의 유명한 《프랑스 음악에 관한 편지*Lettre sur la musique française*》를 통해, 프랑스어는 비음악적이며, 따라서 프랑스에는 음악이 없다는 극단적인 논지를 편 때문에, 오페라 극장의 정문에서 그의 허수아비 화형식이 치러지기까지 했다.

147 —— 페르골레시의 또 하나의 막간극 〈트라콜로Tracollo medico ignorante〉도 역시

드〉[149] 같은 건 언제 공연이 끝날지 알 수 없을 정도였죠. 이제는 그 모든 것들이 연달아 픽픽 쓰러지는 판입니다. 그러니 르벨과 프랑쾨르가 노발대발할밖에요[150]. 모든 것이 엉망이 되었다고, 우리는 망했다고 야단입니다. 저 시장터의 노래하는 악당들을 더 이상 방치하면, 국민음악은 끝장이 나고, 막다른 골목의 왕립 아카데미[151]는 가게 문을 닫을 수밖에 없다는 겁니다. 그 말에 제법 옳은 데가 있어요. 3, 40년 전부터 금요일마다 그곳을 찾아오는 늙은 가발들이, 왕년에는 그렇게도 즐거워했는데, 이제는 지겨워 하품을 하면서도, 자기들도 그 까닭을 잘 모르는 판이니까요. 이게 웬일이냐고들 자문해보지만 그 대답을 어디 알 리 있겠어요. 왜 나한테들 물어보지 않는지. 두니의 예언은 이루어질 것이며, 내 목숨을 걸고 장담하지만, 일이 되어가는 꼴을 보아 〈모델을 사랑하는 화가〉[152]로부터 4, 5년 후에는 그 유명한 막다른 골목에 볼기짝을 갈겨줄 고양이 한 마리 얼씬거리지 않을 거라구요. 그 착한 양반들은 자기 나라 교향악을 포기하고 이탈리아 교향악을 연주하고 있지요. 그

이탈리아의 광대들에 의해 1753년 오페라 극장에서 공연되었다. 이 희가극단은 1752년에 초청되어 1754년에 파리에서 추방당했다.

148 —— 〈탕크레드〉와 〈사랑의 유럽〉은 캉프라의, 〈이세〉는 데투슈의, 〈사랑의 인도〉 〈카스토르와 폴룩스〉 〈에베의 축제 또는 서정적인 재인들Fêtes d' Hébé ou les Talents lyriques〉은 라모의 오페라 내지 무용극.

149 —— 륄리가 작곡한 비극 오페라 〈아르미드Armide〉는 1686년 이후 계속 대중의 인기를 끌었으며, 1761년과 1764년에도 상연되었다. 루소는 그의 《프랑스 음악에 관한 편지》에서 〈아르미드〉의 독백을 조목조목 신랄하게 비판한다.

150 —— 르벨François Rebel과 프랑쾨르François Francoeur는 1757년부터 1767년까지

들은 이탈리아 교향악에 귀가 익숙해지더라도 자기 성악에 별 영향이 없을 거라고 생각한 겁니다. 교향악에서는 악기의 음역이나 손가락 놀림의 수월함 때문에 약간의 자유가 있다는 점을 제외한다면, 교향악과 가곡의 관계가 가곡과 실제 낭송의 관계와 같은 것인데도 마치 그렇지 않다고 하는 것 같네요. 마치 바이올린이 가수의 흉내를 내는 원숭이가 아니란 것 같구요. 그럼 어느덧 어려움이 아름다움을 대신하게 되는 날에는 가수가 거꾸로 바이올린의 원숭이 노릇을 할 거라구요. 로카텔리를 처음 연주했던 자가 곧 새로운 음악의 전도사였다니. 바보 같은 소리. 언젠가 우리는 노래와 음성으로, 또 악기로 정열의 억양이나 자연 현상의 억양을 모방하는 데 길이 들 겁니다. 이것이 바로 음악이 목적으로 삼는 영역 전체이니까요. 그렇게 되고도, 비상이니 창병이니 영광이니 개선이니 승리니 하는 따위의 취향이 온전히 남아나겠어요? "어디 그들이 오는가 가보아라, 장아."[153] 그들은 곡을 붙여놓은 비극이나 희극 장면에 자기들이 울거나 웃으리라고, 이탈리아나 프랑스 연극에서처

오페라 극장을 경영하는 동안, '장터' 즉 생로랑 시장Foire Saint-Laurent에 자리잡은 보드빌 극단과 희가극단들이 관객을 잠식한다고 끊임없이 항의하였다.

151 —— 팔레 루아얄에서 오페라 극장에 가기 위해서는 쿠르 오리Cour Orry라는 막다른 길을 거쳐야 했으므로, 오페라 극장을 비하하여 흔히 이렇게 불렀다. 특히 '막다른 골목'이라는 뜻의 낱말 'Cul-de-sac'에는 '궁둥이'를 뜻하는 'cul'가 들어 있어, 그 동의어 'impasse'보다 비하의 의미가 더 강하다. 라모는 물론 이 낱말로 궁지에 몰린 프랑스 음악을 빗대고 있다.

152 —— 두니의 첫 희가극 〈모델을 사랑하는 화가〉(주 137 참조)는 1757년에 생로랑 시장의 장바닥에서 상연되었다.

럼 분노 증오 질투의 억양, 진정한 사랑의 탄식, 아이러니, 농담이 자기들의 귀에 전달되리라고, 게다가 자기들이 언제까지나 〈라공드〉와 〈플라테〉의 찬미자들일 것이라고 공상을 했지요.[154] 내가 보증을 해주지 : 트랄랄라 빵빠라방. 그들은 이탈리아 말의 조화, 운율법, 생략법, 어순전환이 노래의 기법과 변화에, 노래의 표현과 곡조에, 또한 음의 박자에 얼마나 쉽고, 유연하고, 부드럽게 들어맞는지를 끊임없이 느낄 테지만, 그럼에도 자기 나라 말이 얼마나 뻿뻿하고, 울림이 없고, 둔하고, 무겁고, 현학적이고, 단조로운지를 모르고 있을 거라구요.[155] 암 그렇구말구요. 그들은 아들의 죽음을 보고 절통하는 어머니의 울음에 자기들의 눈물을 섞고 난 다음에도, 살인을 명하는 폭군의 명령에 떨고 난 다음에도, 시인의 악취미와 거기에 익숙해진 빈약한 예술을 한결같이 말해주는 자기네의 그 선녀의 나라, 그 맛대가리 없는 신화, 그 달콤한 마드리갈도 지겹지 않으리라고 믿은 겁니다. 이 착한 양반들아! 그런 일은

153 —— 당시 유행하던 노래의 후렴. 안 될 일을 어리숙하게 기대하지 말라는 뜻.

154 —— 무레의 음악 희극 〈라공드의 사랑Les amours de Ragonde〉은 1742년 이후 여러 차례 공연되었지만, 관객들에게는 현대적 취향에 도전하는 낡은 레퍼토리로 받아들여졌다. 〈플라테Platée〉는 1749년에 상연된 장 필리프 라모의 무용 희극. 일종의 신화 소극인 이 작품에서 라모는 비교적 재치있게 아리아를 패러디하고 이탈리아어처럼 모음 발성법을 시도했지만 관객들의 반응은 매우 냉담했다.

155 —— 루소는 《프랑스 음악에 관한 편지》에 쓰고 있다 : "음악에 적합한 언어가 유럽에 있다면, 그것은 분명히 이탈리아어다. 이 언어는 유연하고 울림이 있고 조화로우며, 다른 어느 언어보다도 억양이 풍부한데, 이 네 가지 특질이야말로 노래에 가장 적합한 것이다." 이탈리아어의 음악적 우월성은 계몽철학자들의 공통된 견해였으며, 프레

없고 있을 수도 없다네. 진도 선도 미도 각기 권리를 지니고 있지요. 그것들에 시비를 걸기도 하지만, 결국 찬양으로 끝나고 만다구요. 그 각인을 지니지 못한 것은 한때 찬양을 받는다 해도, 결국 하품으로 끝나고 만다구요. 하오니 여러분들, 하품하시라, 그대들 편하실 대로 하품하시라. 거북하게 여기지 마시라. 자연의 지배와, 지옥 문도 결코 이기지 못할 내 삼위일체의 지배 : 아버지인 진眞이 아들인 선善을 낳고, 거기서 성령聖靈인 미美가 나오는 것인데,[156] 이 삼위일체와 자연의 지배는 아주 조용히 이루어지지요. 이방의 신이 본토의 우상 곁에 겸손하게 자리를 잡습니다. 차츰차츰 그는 힘을 얻지요. 어느 날 그는 자기 동료를 팔꿈치로 밀어뜨리고, 쿵더덩, 우상이 넘어집니다. 예수회파가 중국과 인도에 기독교를 심은 것도 이런 식이었다고들 합니다. 저 얀센파들이 떠들어봐야 아무 소용이 없어요.[157] 소리도 없이, 피의 숙청도 순교도 없이, 머리칼 한 줌 뽑히지 않고, 자기 목표를 향해 나아가는 이 정치적 방법이

롱조차도 이 의견을 받아들였다.

156 —— 농담처럼 들리지만 디드로에게는 매우 진지한 내용을 담고 있는 이 '삼위일체'는, '성령'인 미의 중재에 의해 인간은 윤리적 선과 학문적 진에 접근할 수 있음을 의미한다. 이 미학에 대한 우월성의 인정은 디드로 철학의 결론이 될 수도 있다.

157 —— 가톨릭 교회의 얀센파는 인간의 구제가 전능한 신에 의해 예정되어 있다는 구령예정救靈豫定의 관념과, 원죄 이후의 인간은 효과적으로 작용하는 신의 은총에 의해서만 구원된다는 효과적 은총의 관념을 주장한다. 인간이 자유의지만으로는 그 비참함과 타락으로부터 자기를 구제할 수 없다는 이 비극적인 세계관은 거의 광신에 가까운 도덕적 엄격성을 위주로 한 영적 생활에 대한 강조로 이어진다. 반면 예수회파는 인간이 자력으로 죄를 파할 수 있다는 이론을 피력하며, 낙관적이고 완화된 도덕관으로 왕권과 결

가장 훌륭한 것 같습니다.

나—— 방금 그 이야기 전부를 놓고 보면, 대체적으로 이치에 맞구먼.

그—— 이치에 맞다! 다행입니다. 내가 무슨 노력을 했다면 죽일 놈이죠. 아무렇게나 나오는 대로 지껄이는 거지요 뭐. 나는 우리 삼촌이 등장했을 무렵의 저 막다른 골목의 악사들이나 다름없는 거죠. 내가 요점을 찌른 것은, 숯쟁이의 아들이 자기 직업에 대해서는 학술원 전체보다, 이 세상의 모든 뒤아멜을 합친 것보다 항상 말을 더 잘하는 이치나 같은 겁니다.[158]

이어서 그는 이리저리 거닐기 시작하며, 〈바보들의 섬〉〈모델을 사랑하는 화가〉〈말굽 대장쟁이〉〈탄원하는 여자〉[159]의 몇 소절을 목구멍으로 흥얼거렸으며, 이따금씩 두 손과 눈을 하늘로 쳐들고 소리를 질렀다 : "이게 아름다우냐고, 제기랄, 이게 아름다우냐고! 어떻게 머리에 귀 한 켤레를 달고 그런 질문을 할 수가 있어." 그는 열광에 빠져들어가며 아주 낮은 소리로 노래 부르기 시작했다. 열광이 깊어짐에 따라 톤이 높아졌다. 이윽고 몸짓과 찡그린 얼굴과 비틀린 사지가 뒤따랐으며, 그것을 보며 나는 중얼거렸다. 이런, 제 정신이 아니구나, 무언가 새로 한판 벌어지겠구나. 과연 목청껏 노래가 터져나왔다 : "나는 불쌍하고 가련한 놈… 나으리, 나으리, 저를 보내주세요… 오 대지여!… 내 황금을 받아다오, 내 보화를 간직해다오… 내 사랑이여, 내 사랑이여, 내 생명이여! 오 대지여!… 어린 친구가 저기 있네, 어린 친구가 저기 있네! — *Aspettare e non venire… A Zerbina penserete… Sempre in contrasti con te si sta…*" 160 그는 이탈리아 노래, 프랑스 노래, 비극적, 희극적, 각양각색의 노래 서른 곡을 한꺼번에 쌓아 뒤범벅을 만들었다. 때로는 바리톤으로 지옥까지 내려가고, 때로는 목청을 길게 뽑아 어거지로 가성을 내며, 곡조의 고음을 찢었으며, 걸음걸이로, 태도로, 몸짓으로, 분노하는, 유순한, 오만한, 빈정대는, 서로 다른 노래의 주인공들을 차례차례 흉내냈다. 이 대목에서는, 눈물짓는 처녀인데, 그는 그 애교를 모두 되살려내며, 저 대목에서는 사제가 되고, 왕이 되고, 폭군이 되고, 위협하고, 명령하고, 진노하고, 노예가 되고, 복종한다. 그는 마음을 가라앉히고, 비탄에 잠기고, 한숨 쉬고, 웃는다. 결코 톤과 박자와 가사의 의미와 곡조의 성격을 벗어나지 않는다.

탁하여 얀센파를 탄압하고 교단의 조직화, 외방전도 등에서 현실적인 승리를 거둔다.

158 —— 뒤아멜Henri Duhamel de Monceau(1709-1782)은 유럽 전체에 명성을 날린 농학자이자 식물학자. 그가 저술한 몇 권의 기술개론 가운데 하나인 《숯 굽는 기술*Art du Charbonnjer*》은 여러 차례 재판을 냈으며, 여러 언어로 번역이 되었다. 뒤아멜에 대한 라모의 야유는, 중농주의자들을 '실내의 농부들'이라고 불렀던 일부 계몽철학자들의 빈정거림을 반영하고 있다.

159 —— 모두 두니의 희가극. 1762년 이탈리아 극장에서 공연된 〈탄원하는 여자La Plaideuse ou le Procès〉는 두니의 다른 작품들만큼의 성공을 거두지 못하고 수일 만에 막을 내렸다.

160 —— 앞에 열거한 희가극의 아리아들을 엮은 메들리. 뒤의 이탈리아어는 〈마님이 된 하녀〉에 나오는 세 아리아의 첫 대목이다 : "기다려도 오지 않네… 제르비나를 그대 생각하려나… 날마다 너하고 싸움 그치질 않아…"

나무쪽을 옮기던 사람들이 모두 장기판을 떠나 그를 둘러싸고 모여들었다. 카페의 창문은, 그 바깥쪽은, 고함소리에 걸음을 멈춘 행인들이 모두 차지하고 있었다. 모두들 천장이 들썩일 만큼 웃음을 터뜨렸다. 어느 것도 그의 안중에 없었다. 그는 얼이 빠지고 열정에 사로잡혀 노래를 계속했다. 그 열정이 광기에 너무 가까워, 그를 마차에 실어 곧장 프티트 메종으로 데려가지 않는다면, 다시 본정신으로 돌아올지 의심스러웠다. 요멜리의 〈애가哀歌〉[161]의 단편을 노래하며, 그는 놀라울 정도로 정확하고 진실하고 뜨겁게, 각 장면의 가장 아름다운 대목들을 되풀이했다. 예언자가 예루살렘의 황폐를 그리는 조주助奏 서창에서, 그는 지켜보는 모든 눈들이 눈물을 흘리지 않을 수 없을 만큼 넘쳐흐르는 눈물로 노래를 적셨다. 모든 것이, 노래의 섬세함과, 표현의 강렬함과, 그리고 고통이 거기 있었다. 음악가가 자신을 특별히 대가답게 드러내는 그런 대목을 그는 강조했다. 그가 성악부를 떠난 것은, 반주부를 부르기 위해서고, 별안간 반주부를 떠나면, 음성부로 다시 돌아오기 위해서였다. 음의 연결을, 전체적 통일을 유지할 수 있도록, 성부聲部와 성부를 엮으며, 우리들의 마음을 빼앗아 내가 이제까지 경험한 중에 가장 기이한 정황 속에 줄곧 졸여두며… 나는 찬탄했던가? 그렇다, 나는 찬탄했다. 연민을 느꼈던가? 연민을 느꼈지만, 그러나 나의 이 감정들 속에는 무언가 조롱의 낌새가 녹아 있어 그것들을 변질시켰다.

그러나 이 악기 저 악기를 흉내내는 그의 모양새 앞에서는 누구라도 웃음을 억누를 수 없었으리라. 부풀어오른 뺨으로, 쉬고 침울한 음성으로, 그는 호른과 바순 소리를 냈다. 오보에 대신에 귀청이 찢어질 듯한 콧소리를 빌리고, 현악기랍시고 목소리를 믿을 수 없을 만큼 빠르게 휘몰아 가장 그럴듯한 음을 더듬으며, 작은 피리들의 소리를 휘파람으로 불고, 가로피리橫笛를 꾸루룩거리고, 소리지르고, 노래하고, 미치광이처럼 날뛰며, 혼자 무동이요, 무희요, 남자 가수, 여자 가수, 오케스트라 전체, 가극단 전체가 되어, 자신을 스무 개 다른 역으로 나누고, 달리고, 멈추고, 귀신 들린 사람인가 싶게 눈을 희번덕이고, 입에 거품을 물었다. 숨이 막히게 더운 날씨였으며, 그의 이마의 주름과 뺨을 타고 흘러내린 땀이 머리에 발린 분과 섞이고, 저고리 윗부분에 고랑을 내며 흥건히 젖어들었다. 그가 하지 않은 것, 내가 보지 못한 것이 무엇인가? 그는 울고 웃고 한숨지었으며, 혹은 감동하여, 혹은 조용하게, 혹은 분노하여, 바라보았다. 비통함을 못 이겨 기절하는 여자였으며, 온통 절망에 빠진 사나이였다. 솟아오르는 신전, 지는 해에 잠잠해지는 새들, 한적하고 서늘한 곳에서 속삭이거나 산꼭대기에서 급류를 이루고 떨어지는 물, 뇌우, 폭풍우, 죽어가는 사람들의 신음, 표표히 부는 바람 소리에, 천둥벽력에 묻힌 단말마. 그것은 암흑에 싸인 밤이었다. 어둠이며 침묵이었다. 침묵까지도 소

161 —— 요멜리Nicolo Jomelli d'Aversa(1714-1774)는 특히 오라토리오와 교회음악으로 유명했다. 그의 〈예레미아 애가Lamentations de Jérémie〉는 페르골레시의 〈슬픔의 성모〉와 함께 종교음악회의 정기적인 레퍼토리였다.

리로 그려지는 법이니까. 그의 머리가 완전히 비어 있었다. 기진맥진하여, 깊은 잠에서 혹은 오랫동안 넋을 놓고 있다가 깨어나는 사람이 그러하듯, 그는 움직이지 않고, 망연히, 놀란 얼굴로 서 있었다. 길을 잃은 사람이 자기가 어디 있는지를 알려고 애쓰는 것처럼, 그는 자기 주위를 두리번거렸다. 그는 원기와 제정신이 돌아오기를 기다리며, 기계적으로 얼굴을 훔쳤다. 깨어나 자기 침대가 수많은 사람들에게 둘러싸인 것을 보는 사람처럼, 그는 자기가 했던 일을 완전히 잊어버렸거나 까맣게 모르고 있는지, 맨 처음 이렇게 소리를 질렀다 : "아니, 당신들, 무슨 일이지요? 왜들 웃어요? 왜 그렇게들 놀랍니까? 무슨 일이 있어요?" 그러고는 덧붙였다 : "음악이라고, 음악가라고 불러야 하는 것이 있다면 바로 이런 겁니다. 하지만, 여러분, 륄리의 소곡 몇 개는 깔보아서는 안 됩니다. 〈아! 나는 기다리리라〉[162] 그 장면을, 가사를 바꾸지 않고도, 그보다 더 잘 만들 수 있다면, 어디 만들어보라지요. 깔보아서는

162 —— 륄리의 오페라 〈롤랑Roland〉에서 광증에 사로잡힌 주인공 롤랑이 부르는 유명한 독백의 일절. 이 롤랑의 광기는 '희가극 논쟁' 중 양측 모두에게 자주 인용되었다.

163 —— 라모의 오페라 〈카스토르와 폴룩스〉에서 여주인공 텔라이르가 부르는 비창한 아리아. 이 오페라는 1737년부터 1785년까지 254번이나 공연되었으며, 특히 1754년 공연 시에는 이탈리아의 희가극단의 침입으로부터 프랑스 음악을 지키는 수호신과 같았다.

164 —— 다시 말해서 프랑스 음악은 그 좋은 시절을 다 보내고 이제 승천하는 일만 남았다.

165 —— 일 카로 사소네Il caro Sassone라는 별명을 가진 하세Johann Adolf Hasse(1699-1783)는 나폴리파의 대표자의 하나로 꼽히는 독일 음악가. 그는 1백 곡이 넘는 오페라

안 될 것이 또 있어요. 캉프라의 몇 대목, 우리 삼촌의 바이올린 곡들, 가보트, 병정 앙트레, 사제, 제사장 앙트레… 〈희미한 횃불이여, 암흑보다 더 무서운 밤… 타르타르의 신들이여, 망각의 신이여〉[163]." 여기서 그는 목소리를 돋우고, 음에 힘을 넣었다. 이웃 사람들은 창문에 다가서고, 우리는 손가락으로 귀를 막았다. 그는 덧붙였다 : "이 대목은 폐가 커야 하고, 우렁찬 목소리, 풍부한 성량이 필요합니다. 그러나 잠시 후면, 성모 승천절은 옛이야기가 될 것이고, 사순절과 공현절은 지나갔습니다.[164] 그들은 음악에 무엇을 집어넣어야 할지, 따라서 무엇이 음악가에게 적합한지를 아직도 모르고 있다니까요. 서정시는 아직 태어나지 않았어요. 그러나 도달하겠지요. 페르골레시, 사소네, 테라델라스, 트라에타[165] 그리고 나머지 다른 작곡가들의 노래를 듣다 보면, 메타스타시오[166]를 읽다 보면, 필경 도달할 거란 말입니다."

를 작곡하였으며, 1750년경에는 그 시대의 가장 완성된 음악가로 여겨졌다.

테라델라스Dominique Terradellas(1711-1751), 이탈리아의 오페라 작곡가. 로마의 산 자코모 대성당의 악장이었으며, 많은 오페라와 교회 음악을 작곡했다.

트라에타Tommaso Traetta(1727-1779), 라모와 륄리의 주제들을 다시 다루어 성공을 거둔 이탈리아의 오페라 작곡가. 그는 말년을 러시아 궁정에서 보냈다.

166 —— 메타스타시오Pietro Bonaventura Metastasio(1698-1782)는 이탈리아 출신의 대본 작가. 본명은 '추이推移'라는 뜻의 'Trapassi'였으나, 그 자신이 이를 같은 뜻의 그리스어 'Metastasio'로 번역하였다. 그는 직접적으로 음악가들을 위해 글을 쓰지는 않았으나, 당시 멜로드라마라고 불리었던 문학 형식, 즉 노래를 곁들인 비극 장르의 대가로서, 그 시대의 작곡가들에게 많은 착상을 주었다. 그의 많은 비극들이 프랑스어로 번역

나—— 아니 그럼, 키노, 라 모트, 퐁트넬[167]은 그 점에 대해 아무것도 이해한 것이 없다는 말이오?

그—— 새로운 양식에 대해서라면 그렇지요. 그 작가들의 지겨운 시 가운데 곡을 붙일 만한 것은 연달아 여섯 줄도 없다구요. 재치 있는 격언들이고, 가볍고, 부드럽고, 정교한 마드리갈들이죠. 그러나 모든 예술 중에서도, 데모스테네스의 예술[168]까지 포함해도 말이요, 가장 격렬한 우리의 예술에 그게 얼마나 공허하고 내용이 없는가를 알려면, 그 단편들을 한번 읊어보라고 하세요. 얼마나 냉랭하고, 활기 없고, 단조로운지를 알 겁니다. 그 속에 가곡의 모델이 될 만한 게 하나도 없기 때문이죠. 라 로슈푸코의 《잠언》이나 파스칼의 《팡세》에 곡을 붙이라고 하는 게 차라리 낫지. 우리에게 적합한 시구를 받아쓰게 하는 것은 바로 동물 같은 정념의 소리가 할 일이라구요. 그런 표현들은 서로 다그쳐야 합니다. 구句는 짧아야 하고, 그 의미는 끊어진 채 중단 상태에 있어야 하며, 음악가가 그 전체와 각 부분을 마음대로 다루어, 낱말을 생략하거나 반복하고, 부족한 낱말은 덧붙이고, 구 전체를 강장동물처럼 안팎으로 뒤집으면서도 파괴하지 않아야 합니다. 그러니 프랑스의 서정시는, 도치가 가능해서 이런 모든 장점을 자연히 지니고 있는 다른 나라 말과 비교하면 훨씬 더 어렵지요… "야만인이여, 잔인한지고, 네 단검을 이 가슴에 박아라. 치명적인 칼날을 받자고 내 여기 기다린다. 쳐라. 결판을 내라… 아, 힘이 빠지는구나, 나는 죽는구나… 은밀한 불길 하나 내 마음속에 타오르네… 잔인한 사랑이여, 나를 어쩌겠다는 말이냐… 내가 누렸던 그 아늑한 평화를 내게 남겨다오… 이성을 돌려다오…"[169] 정념은 강렬해야 합니다. 음악가와 서정 시인의 민감함은 극단에 가야 합니다. 아리아는 거의 언제나 무대를 매듭짓는 겁니다. 우리에게는 감탄사, 간투사, 생략, 중단, 긍정, 부정이 필요해요. 우리는 부르고, 호소하고, 울부짖고, 신음하고, 울고, 거침없이 웃습니다. 재치도, 경구도, 그 잘난 사상도 필요 없어요. 소박한 자연과는 너무 동떨어져 있으니까요. 그런데 연극배우들의 연기나 그들의 낭송이 우리 음악가들의 모델 노릇을 할 수 있다고 생각하시면 안 됩니다. 체! 우리에게 필요한 것은 더 힘차고, 덜 꾸미고, 더 진실한 것이지요. 국어가 점점 단조로워지고, 억양이 점점 적어지니, 그만큼 우리에게는 소박한 말투와 정념의 평범한 표현이 그만큼 더 필요한 거죠. 동물적인 외침이나 열광하는 사람의 외침에 그들은 속고 있는 거지요.

그가 이렇게 이야기를 하는 동안, 우리를 둘러싸고 있던 군중들은,

되었으며, 계몽철학자들은 그를 라신의 정통적인 후계자로 여겼다.

167 —— 키노Philippe Quinault(1635-1688). 17세기 프랑스의 대표적인 대본 작가의 한 사람으로 특히 륄리를 위하여 많은 극시를 썼다. 디드로는 그 내용의 공허함을 지적하면서도 그의 음악적 감각과 우아함을 높이 찬양했다. 라 모트La Motte와 퐁트넬도 데투슈, 캉프라 등을 위해 대본을 썼지만 키노의 단점만을 계승한 작가들로 치부된다.

168 —— 즉 웅변.

169 —— 라신의 〈페드르Phèdre〉에서 가져온 페드르의 유명한 대사(2막 5장과 1막 3장). 라모는 멜로드라마와 '동물적 외침'의 미학에 입각하여 이 대사들로 두 개의 악장을 만들어 부르고 있다.

그가 하는 말을 전혀 이해하지 못했는지, 아니면 별로 흥미가 없었는지 — 일반적으로 아이는 어른처럼, 그리고 어른은 아이처럼 배우기보다는 즐기기를 더 좋아하는 법인지라 — 물러나 각기 자기 놀이에 열중하였으며, 우리만 그 구석 자리에 남아 있었다. 작은 장의자에 앉아, 머리를 벽에 기대고, 팔을 흔들거리며, 눈을 반쯤 감은 채, 그는 말했다 : "내가 왜 이런지 모르겠네. 여기 올 때만 해도, 원기왕성했는데, 이거 마치 백 리나 걸은 듯 피곤하고 녹초가 되어서. 갑자기 이 모양이네."

나—— 시원한 것을 한 잔 마시는 게 어떨까요?

그—— 좋지요. 목도 컬컬하고. 힘이 빠져 나른하고, 가슴이 좀 아프군요. 이런 일이 거의 날마다 일어나는데, 이렇게 말이오, 까닭을 모르겠어요.

나—— 뭘 드시겠소?

그—— 뭐든지 좋을 대로 하세요. 나는 까다로운 사람이 아니라서. 가난하다 보니 어느 것에나 다 길이 들었지요.

우리는 맥주와 소다수를 청한다. 그는 큰 잔을 가득 채워 두세 차례 연거푸 비운다. 그리고는 원기를 되찾은 사람처럼, 힘차게 기침을 하고, 몸을 소란하게 들썩이고, 다시 말을 한다.

"그런데 철학자 나으리, 선생님이 보시기에는 어떻습니까? 한 외

국인이, 이탈리아 사람이, 두니 같은 사람이 찾아와서, 우리 음악에 억양을 넣고, 우리 노래를 그 모든 율동, 그 모든 박자, 그 모든 음정, 그 모든 낭독에 따르게 하고도 운율법을 망치지 않도록 가르치니 아주 이상하고 묘한 일이 아닙니까? 하긴 그렇게 힘든 일은 아니었죠. 누구든지 길거리에서 자기한테 구걸을 하는 거지에게, 노발대발하는 사나이에게, 질투하고 미친 듯이 화를 내는 여자에게, 절망하는 애인에게, 아첨꾼에게, 맞습니다, 꿀같이 달콤한 목소리로 어조를 부드럽게 하고 음절을 길게 끄는 아첨꾼에게, 한마디로 정념에 — 활력이 넘쳐 음악가의 모델이 될 만한 것이라면 어느 것이건 간에 정념에 — 귀를 기울여본 사람이라면 필경 두 가지를 깨달았을 겁니다. 하나는 음절이 길건 짧건 고정된 길이가 없고, 그 길이 간에 확정된 관계도 없다는 것, 또 하나는 정념은 거의 제멋대로 운율법을 좌우하여 아무리 큰 음정도 잘 해낼 수 있다는 것입니다. 그리고 고통의 절정에서, '아, 나는 얼마나 불행한 놈인가' 하고 소리치는 사람은 그 감탄사의 음절을 가장 높고 가장 날카로운 어조로 치켜올리고, 나머지를 가장 장중하고 가장 낮게 가라앉혀, 8도 음정이나 혹은 더 큰 음정까지도 만들어내며, 또 그 음 하나하나에 선율의 표현에 알맞은 음량을 주면서도, 귀에 거슬리지도 않고, 긴 음절도 짧은 음절도 조용한 이야기의 길고 짧음을 보존하고 있는 것은 아니라는 겁니다. 우리가 〈아르미드〉의 '르노의 정복자(만일 누군가가 그럴 수 있다면)는'이라는 삽입구[170]나 〈사랑의 인도〉의 '주저없이 복종합시다'[171]를 음악적 낭송의 기적이라고 내세운 이후, 우리는 어떤 길을 밟아왔던가요! 이제 이 기적들을 보노라면 나는 안쓰러워 어깨가 으쓱 올라갑니다. 예술이 나아가고 있는 꼴을 보면, 그게 어디에 이를지 알 길이 없다니까요. 그동안 한 잔 마십시다."

그는 자기가 무엇을 하는지도 모르고 두세 잔을 마셨다. 그가 방심 중에 더듬는 술병을 내가 치워놓지 않았더라면, 그렇지 않아도 지쳐 있던 판이라 그는 자기도 모르는 사이에 흠뻑 취할 뻔했다. 그래서 내가 말했다.

나—— 음악 예술의 미에는 그토록 섬세한 촉수와 그렇게 대단한 감수성을 지닌 당신이 어떻게 윤리적으로 아름다운 것에는 그토록

170 —— 키노가 대본을 쓰고 륄리가 곡을 붙인 오페라 〈아르미드〉에서 여자 마법사 아르미드는 그녀의 삼촌 이드로아로부터 남편을 고르라는 재촉을 받자 이 대사를 노래한다. 원문은,

> 르노의 정복자는, 만일 누군가가 그럴 수 있다면,
> 내게 어울리리.
> Le vainqueur de Renaud, si quelqu' un le peut être,
> Sera digne de moi…

여기서 삽입구란 두 쉼표 사이에 들어 있는 삽입구 "si quelqu' un le peut être"(만일 누군가가 그럴 수만 있다면)를 말한다. 당시의 한 평론가는 가수가 이 삽입구를 "괄호 속에 집어넣듯 묶어놓을 줄을 안다"고 찬양했다.

눈이 멀고, 미덕의 매력에는 그토록 무감각할 수가 있소?

그—— 그건 분명히 윤리와 미덕을 위해서는 내가 지니지 못한 어떤 감각, 내게는 전혀 주어지지 않은 어떤 심금이 필요하기 때문이지요. 심금이 느슨해서 아무리 튕겨도 울리지를 않거나, 아니 어쩌면 내가 여태껏 훌륭한 음악가들이랑 악한 사람이랑 함께 살아와서 그럴 겁니다. 거기서부터 귀는 매우 예민해지고, 마음은 아주 귀머거리가 되는 결과가 일어났지요. 거기다가 혈통에도 무언가가 있어요. 내 아버지의 피와 내 삼촌의 피는 같은 피이고, 내 피는 아버지의 피와 같습니다. 부계의 분자가 냉혹하고 무딘 게 분명한데, 저주받은 이 첫 번째 분자가 나머지 분자 전부를 동화해버린 거죠.

나—— 댁의 아이는 사랑하시는가?

그—— 사랑하다마다요, 그 어린 미개인 놈을. 내가 홀딱 빠져 있

171 —— 라모의 오페라 〈사랑의 인도〉 중 '잉카'의 막에서 불리는 대사.

> 주저 없이 복종합시다
> 하늘이 명령을 내릴 때
> Obéissons sans balancer
> Lorsque le ciel commande

이 두 행의 대사에서, 앞의 시구는 뒤의 시구가 불릴 때 완전히 그 의미가 바뀌는데, 이 점은 상당한 낭송의 기술을 요구한다. 한편 이 오페라에는 온갖 인습적인 장면과 대사들이 가득 들어 있지만, 라모는 바로 그것들을 통해 한편으로는 익살스러우면서도 다른 한편으로는 장엄함이 없지 않은 이국 취향의 무용극을 만들어낸다. 조카 라모의 입을 빌린 디드로의 비평은 이 점을 인정하려 하지 않는 것 같다.

습니다.

나—— 그 아이에게서 그 저주받은 부계의 분자가 작용을 멈추도록 진지하게 노력을 해보지는 않을 게고?

그—— 애를 써보기야 하겠지만 내 생각에는 그냥 헛일입니다. 그놈이 훌륭한 인간이 되도록 운명지어졌다면, 내가 그걸 망치기야 하겠습니까만. 그러나 분자가 그놈도 제 애비처럼 건달이 되기를 바랐다면, 그걸 정직한 사람으로 만들겠다고 내가 바친 수고가 놈에게는 아주 해로울 거라구요. 교육이 끊임없이 분자의 성향과 엇물리면, 놈은 마치 상반되는 두 힘에 당겨지듯 당겨져서, 인생의 길을 완전히 게걸음질 칠 것이고, 선에도 악에도 똑같이 서툴게 되고 말겠지요. 내가 알기에도 그런 사람이 수없이 많습니다. 우리가 떨거지들이라고 부르는 것이 그건데, 어쭙잖다는 뜻이니까, 형용어 중에서도 가장 지독한 형용어고, 최악의 경멸이지요. 위대한 건달은 위대한 건달이지 결코 떨거지가 아니라구요. 부계의 분자가 다시 기운을 차려, 지금 내가 빠져 있는 이 완전히 비천한 상태로 그놈을 끌고 가기 전에, 놈은 많은 시간을 보내야 할 것입니다. 가장 좋은 세월을 다 보내버리겠지요. 지금으로서는 아무것도 하지 않습니다. 되는 대로 놓아두는 거지요. 살펴보고는 있지요. 그놈은 벌써 먹충이고, 말솜씨가 번들하고, 소매치기고, 게으름뱅이에 거짓말쟁입니다. 핏줄을 쫓아가지 않을까 두렵습니다.

나—— 그럼 닮더라도 빼놓지 않고 닮도록, 음악가를 만들면 어떻소?

그—— 음악가라! 음악가라! 가끔 나는 그놈을 바라보며, 이를 갈고 말하지요 : "네가 하시라도 악보를 알게 되는 날에는 정말이지 네 놈의 목을 비틀어버릴 것이다."

나—— 아니 그건 또 왜 그래?

그—— 그래봐야 아무 소용도 없어요.

나—— 만사형통이지.

그—— 그렇지요, 뛰어나기만 하다면. 그러나 어느 누가 자기 아이를 놓고 뛰어난 음악가가 되리라고 기대할 수 있겠어요? 그놈이 나처럼 활줄이나 긁어대는 불쌍한 깽깽이에 지나지는 않으리라고 나서는 사람이 있으면 만 대 일로 내기를 걸지요. 왕국을 다스리고, 위대한 왕이 되기에 알맞은 아이를 찾는 것이, 위대한 바이올린 연주자가 될 아이를 발견하기보다 필경 더 쉬우리라는 것을 모르진 않으실 텐데.

나—— 미풍양속은 찾아볼 수도 없고 방탕과 사치에 빠진 나라에서는 비록 대단치는 않더라도 쾌적한 재능을 가진 사람들은 출세의 길로 나가게 된다고 보는데. 당신에게 말을 하고 있는 내가 직접 들은 이야긴데, 일종의 보호자와 일종의 피보호자라고 할 수 있는 두 사람이 이런 수작을 나누고 있더군. 피보호자는 유능하고 고용할 만한 사람으로 보호자에게 추천된 터였지. — "선생, 무슨 일을 하실 수 있지요? — 수학을 웬만큼 합니다. — 아 그래요, 선생, 수학을 가르쳐보세요. 파리 시내를 열 시간 내지 열두 시간을 뙤박질하고 나면, 연수 3, 4백 프랑을 손에 쥘 겁니다. — 나는 법학을 공부

했지요. 법률에 정통합니다. — 푸펜도르프와 그로티우스[172]가 살아서 돌아온다면, 공원의 말뚝 의자에 기대 앉아 굶어죽을 거요. — 나는 역사와 지리를 매우 잘 알고 있습니다. — 자기 아이들을 훌륭하게 교육하는 일에 정말 관심을 가진 부모들이 있다면, 선생은 한 재산 벌어놓은 셈이죠. 그러나 그런 부모는 전혀 없습니다. — 나는 제법 훌륭한 음악가입니다. — 그렇다면 왜 그 이야기를 먼저 하지 않으시고? 그럼 그 마지막 재능으로부터 짜낼 수 있는 급료를 선생께 알려드려야 하는데, 마침 제게 딸이 하나 있습니다. 매일 저녁 일곱시 반에 오셔서, 아홉시까지 그 애를 지도하시면, 한 해에 2백50프랑을 드리지요. 우리와 함께 아침 점심을 드시고, 술과 저녁을 드십시오. 하루의 나머지 시간은 선생님 시간이니, 적절히 이용하시고."

그—— 그래서 그 사람은 어떻게 됐나요?

나—— 현명한 사람이었다면 재산을 모았겠지. 당신의 안중에는 그것밖에 없으니까.

그—— 물론이지요. 황금, 황금. 황금이 전부입니다. 황금이 없으면 그 나머지는 아무것도 아니고요.[173] 그러니, 비렁뱅이가 되고 싶지 않으면 필히 잊어버려야 할 그럴듯한 격언으로 내 아들놈의 머리를 가득 채워주는 대신, 내 수중에 한 푼이라도 들어오는 날이면, 그런 일이 자주 있는 것은 아니지만 말이오, 나는 그놈 앞에 버티고 서서, 호주머니에서 돈을 꺼내 감탄을 하며 그놈에게 보여줍니다. 나는 두 눈을 하늘로 쳐들고, 그놈 목전에서 돈에 입을 맞추지요. 게다가 그놈이 이 거룩한 화폐의 중요성을 더 잘 알아차리도록, 멋들어진 옷, 예쁜 모자, 맛있는 과자, 돈으로 얻을 수 있는 모든 것을 더듬는 목소리로 이름 부르고 손가락으로 가리킵니다. 그 다음에는 돈을 호주머니에 집어넣고 자랑스럽게 행진을 하죠. 늘어진 저고리 자락을 추켜올리고, 허리춤을 손으로 두드리지요. 네 놈이 보다시피 나의 이 기고만장한 태도가, 거기 들어 있는 돈으로부터 나온다는 것을 바로 이렇게 놈에게 이해시키는 것이지요.

나── 그보다 더 잘할 수는 없겠소. 허나 그 아이가 돈의 가치를 깊이 통감한 나머지, 어느 날…

그── 무슨 말인지 알겠습니다. 그 점에 대해서야 두 눈을 감아야지요. 결점이 없는 윤리 원칙이 어디 있던가요. 최악의 경우라도 괴로움은 잠시 잠깐이고, 모든 것이 끝납니다.

172── 그로티우스Hugo Grotius(1583-1645), 네덜란드의 법학자. 정쟁政爭으로 고국을 탈출, 파리에 머물면서 프랑스 주재 스웨덴 대사를 지냈다. 그는 주저《전쟁과 평화의 법*De Jure Belli ac Pacis*》으로 널리 알려졌으며, 근대 자연법의 원리에 입각하여 국제법의 기초를 확립하였다.

그의 가장 뛰어난 후계자인 푸펜도르프Samuel Pufendorf(1632-1694)는 하이델베르크 대학과 스웨덴의 룬도 대학에서 자연법과 국제법의 교수로 지내면서《자연법과 국제법*Du droit de la nature et des gens*》을 출판, 인간의 타고난 자유를 중심으로 인간의 자유·평등을 설파하였다. 또한 인간의 이성에 바탕한 계약에 의해 국가주권이 형성된다고 주장하여 도덕과 구별되는 합리적 자연법을 제창하였다.

173── 〈세비야의 이발사Le Barbier de Séville〉에서 피가로도 거의 같은 말을 한다 : "황금, 나의 신이시여! 황금, 그것은 음모의 신경입니다." 그러나 희극에서 희극적인 효과를 거두려는 하인의 대사와 현실 속에서 계시를 받은 라모의 시적인 고백이 같은 것일 수는 없다.

나—— 그렇듯 대견하고 현명한 견해를 다 듣고 나도, 그 애를 역시 음악가로 만드는 것이 좋으리라는 생각을 떨쳐버릴 수가 없구먼. 권력자들에게 그보다 더 빨리 접근하여, 그자들의 악덕을 도와주고, 자신의 악덕을 유리하게 이용할 수 있는 방법을 모르겠으니.

그—— 사실입니다. 그러나 나는 더 신속하고 더 확실한 성공 계획이 있다구요. 아! 그 녀석이 계집애이기만 했더라도! 그러나 원한다고 되는 것이 아니니, 오는 대로 붙잡아, 거기서 가장 좋은 부분을 짜내야지요. 그러려면, 자기 자식들을 불행하게 만들 궁리라도 한 것처럼 더할 나위 없이 망쳐놓는 대부분의 부모들처럼, 파리에 살기 마련인 아이에게 스파르타 교육을 시켜서는 안 됩니다. 교육이 나쁘다면, 그것은 내 나라 풍속의 잘못이지 내 잘못이 아니지요. 응수할 사람이 있으면 해보라지요. 나는 내 아들이 행복하게 되기를, 아니, 결국 같은 것이지만, 명사가 되고 부자가 되고 권력자가 되기를 바랍니다. 이 목적에 도달할 수 있는 가장 쉬운 길을 조금은 알고 있어요. 그래서 늦지 않게 그 길을 가르칠 텝니다. 당신 같은 현명한 사람들이 나를 비난하더라도, 대중과 성공이 나를 용서할 겁니다. 그놈은 돈을 벌어요. 장담합니다. 돈만 많이 가지면, 그놈한테는 없는 것이 없을 겁니다. 당신의 높은 평가와 당신의 존경까지도 말이오.

나—— 잘못 생각한 것은 아닐는지.

그—— 여차하면 존경 따위는 없어도 그만이고. 그런 사람도 많은데.

그의 말에는 다른 사람들도 그렇게 생각하는 것이 많이 들어 있었다. 다른 사람들이야 행동은 그렇게 하지만, 말은 그렇게 하지 않는다. 사실은 바로 이 점이 내 주변에 있는 대부분의 사람들과 이 사람을 가장 두드러지게 구별 짓는 차이점이다. 그는 자기가 지녔으며, 다른 사람들이 지니고 있는 악덕을 털어놓았지만, 그러나 위선자가 아니었다. 그가 가증스럽기는 다른 사람들보다 더한 것도 덜한 것도 아니었다. 그는 다만 더 솔직하고 더 일관성이 있으며, 이따금 그 타락 속에 깊이 들어갔을 뿐이다. 나는 이런 선생 밑에서 그의 아이가 무엇이 될 것인가를 생각하니 몸이 떨렸다. 우리의 풍속을 그대로 복사한 교육 사상에 따라, 아이가 멀리 나아가게 될 것이 확실하다. 때 이르게 중도에서 저지를 받지 않는 한.

그── 아 뭐 걱정할 게 전혀 없어요. 좋은 아버지가 특히 매달려야 할 중요한 점, 어려운 점은 자기 아이를 부자로 만든답시고 악덕을 심어주거나, 권세가들의 재롱둥이로 만든답시고 어릿광대짓을 가르치는 일이 아닙니다. 그거야 세상 모든 사람들이, 나처럼 체계적으로는 아니지만, 적어도 모범과 학습을 통해 하고 있는 일이고. 중요한 것은 그에게 정당한 수단을, 수치와 불명예와 법망을 피하는 기술을 알려주는 거지요. 바로 저 사회의 화음 속에 불협화음을 집어넣기도 하고 마련하기도 하고 지킬 줄 알아야 한다 그겁니다. 완벽한 화음을 줄줄이 엮어놓은 것처럼 싱거운 것은 없어요. 뭔가 자극을 주고, 빛다발을 갈라 그 빛살을 흩뜨려놓는 것이 필요하다구요.

나—— 아주 좋아요. 당신의 그 비유 때문에 풍속에서 음악으로 다시 돌아오게 되는구먼. 내 뜻과는 달리 음악에서 멀어져 있었는데, 고맙소. 숨김없이 이야기하자면, 나는 모랄리스트인 당신보다 음악가인 당신을 더 좋아하거든.

그—— 허지만 나는 음악에서는 밑바닥이지만 윤리에 있어서는 제법 우월한데요.[174]

나—— 나도 그렇다고 생각해요. 그러나 그렇다 치더라도, 나는 소박한 사람이며, 당신의 원칙이 내 원칙은 아니지.

그—— 선생은 딱하기도 합니다. 아! 내가 선생의 재능만 가지고 있더라도.

나—— 내 재능은 그만두고 당신의 재능으로 다시 돌아가자구.

그—— 나도 내 생각을 선생처럼 표현할 수 있다면. 그러나 내 말투는 짐승들이 짖어대는 소리를 괴상망측하게 뒤범벅거리다 만 거죠. 반은 사교계 인사들과 문인들의 말씨고, 반은 시장바닥의 상스러운 말투고.

나—— 나는 말이 서툴러요. 진실만을 말할 수 있을 뿐인데, 당신도 알다시피 진실이 항상 인정을 받는 것은 아니고.

그—— 그러나 내가 선생의 재능을 갈망하는 것은 진실을 말하기 위해서가 아니라, 반대로, 거짓말을 잘하기 위해서지요. 나도 글을 쓰고 책을 엮어내고 헌정서한獻呈書翰을 멋들어지게 써서, 바보에게 바람을 집어넣고 여자들을 구슬릴 수만 있다면.

나── 그런 것이야 모두 당신이 나보다 천 배는 더 잘하지. 나는 당신의 학생이 될 자격도 없을 거야.

그── 훌륭한 자질을 그렇게도 많이 버려두고는! 선생은 그 가치를 모르고 계시니.

나── 나는 내가 뿌리는 만큼은 모두 거두어들이지.

그── 그것이 사실이라면, 선생은 그 거친 옷을 입고 있지 않을 거라구요. 감이 엉성한 그 윗도리, 그 털양말에 그 둔한 구두 하며, 그 고색창연한 가발 하며.

나── 동감이오. 부자가 되도록 모든 것이 허용되어 있는데 부자가 아니라면, 무던히도 서투른 것이라고 봐야지. 그러나 나처럼 부를 이 세상에서 가장 귀중한 것으로 보지 않는 사람들이 많아요. 엉뚱한 인간들이지.

그── 엉뚱하다뿐이에요. 그런 태도는 태어날 때부터 지니고 태어나는 것이 아니라구요. 자기가 습득한 것이지요. 본성에는 그런 것이 없으니까요.

나── 인간의 본성에는?

그── 그래요, 인간의 본성에는. 인간을 포함하여 살아 있는 모든

174 ── 디드로는《클로디우스와 네로의 치세에 관한 시론*Essai sur les règnes de Claude et de Neron*》에서 모랄리스트가 되는 전제 조건으로 "정신에 있어서의 약간의 올바름, 잘 만들어진 마음, 잦은 독백 그리고 자기 자신에 대한 가장 가혹한 성실성, 즉 자신을 용서할 줄 알면서 다른 사람을 용서하는 기술을 모를 수 있는 능력"만 갖추면 된다고 야유한다. 라모는 앞의 두 조건을 갖추지 못했다 하더라도 뒤의 두 조건으로 그 결함을 충분히 보충하고 있다. 그는 위선자가 아니기 때문이다.

것은 자기와 관련이 있다 싶은 것을 희생시켜서 자기 안녕을 추구하는 거죠. 내가 만일 우리 어린 미개인 놈한테 아무 말도 하지 않고 그놈 하는 대로 내버려둔다면, 그놈은 호화롭게 차려입고, 진진하게 먹고, 남자들의 총애를 얻고, 여자들에게서 사랑을 받고, 인생의 모든 행복을 자기한테 끌어모을 수 있기만 바랄 것이라고 자신합니다.

나—— 만일 그 어린 미개인이 자기 멋대로 버려진 나머지, 그 어리석음을 고스란히 간직하고, 강보에 싸인 아이의 허약한 이성에 서른 살 어른의 난폭한 정열을 아우르게 된다면, 그는 자기 애비의 목을 비틀고 자기 에미와 잠자리를 같이할 거야.

그—— 그게 바로 훌륭한 교육의 필요성을 말하는 거고, 그걸 누가 부인하겠습니까? 그런데 좋은 교육이란 게 무어겠어요? 위험 없고 지장 없이 온갖 종류의 쾌락을 누리도록 인도하는 교육이 아니라면 도대체.

나—— 이거 자칫하다가는 당신의 의견을 따르고 말겠구먼. 그러나 우리 깊이 따지는 일은 삼가기로 하지.

그—— 왜 그렇지요?

나—— 우리가 겉으로만 동의를 하고 있기가 십상인데, 위험한 것, 거북한 것들을 피하지 않고 일단 토론하기 시작하면, 더 이상 의견을 같이할 수 없을까봐 두려워서지.

그—— 그래서 안 될 것은 또 무언데요?

나—— 그만두자니까 그래. 그 점에 대해 내가 아는 것을 자네에게 알려주기는 어려울 테지만, 음악 분야에서 내가 모르고 자네가 아는 것을 자네가 내게 가르치기는 더 쉬울 거야. 자 라모 군, 음악 이야기를 하세. 그래 자네는 거장들의 가장 아름다운 작품들을 그렇게 수월하게 느끼고 기억하고 재현하며, 그들로부터 그렇게 뜨거운 영감을 받아, 다른 사람들에게 그토록 열렬하게 전달을 하면서도, 어떻게 그에 값할 만한 것을 아무것도 이룩하지 못했는지 이야기해보게.

그는 내게 대답하는 대신 고개를 가로젓기 시작하더니, 손가락을 하늘로 들어올리며 덧붙이길 : "운명의 별! 운명의 별! 자연이 레오, 빈치,[175] 페르골레시, 두니를 만들 때는 미소를 지었지요. 십수 년 동안 위대한 라모라고 불리다가 머지않아 더 이상 아무도 이야기하지 않을 경애하는 삼촌을 만들면서, 자연은 무겁고 근엄한 표정을 지었지요. 자연이 그의 조카를 얽어낼 때는 얼굴을 찡그리고 또 찡그리고 또 다시 찡그렸답니다." 그는 이 말을 하면서, 온갖 찡그린 표정을 다 지었다. 멸시며, 업신여김이며, 빈정거림이었다. 그는 자기 손가락 사이에 반죽 한 덩이를 주무르며, 자기가 거기 빚어넣고 있는 우스꽝스러운 모양새를 비웃는 것 같았다. 그러더

175 —— 레오나르도 레오Leonardo Leo(1694-1746)는 이미 앞에서 거명되었던 음악가들과 마찬가지로 나폴리파의 거장. 그도 역시 교회 음악과 오페라로 유명했다.

라모가 말하는 빈치는 음악가 레오나르도 빈치Leonardo Vinci(1690-1732)로 나폴리의 왕립 성가대장이었으며, 오페라, 미사곡, 오라토리오를 작곡했다.

니, 그는 그 울퉁불퉁한 흙인형을 멀찍이 집어던지고 말했다 : "자연이 나를 이렇게 만들어서, 이렇게 집어던졌지요. 다른 흙인형들, 쪼그라든 배불뚝이, 목이 짧은 놈, 얼굴 밖으로 눈이 퉁방울같이 튀어나온 놈, 중풍 든 놈, 목이 기울어진 다른 놈들 곁에요. 깡마르고, 눈빛이 날카롭고, 코가 갈고리 같은 가진 놈들이 있더라구요. 그것들이 모두 나를 보며 웃음보를 터뜨리는 겁니다. 그래 나는 그것들을 보며, 두 주먹을 양 허리에 짚고 웃음을 터뜨렸지요. 바보들과 미친놈들은 서로가 서로를 즐기니까요. 서로 찾고 서로 끌리지요.

내가 거기 도착해보니, '바보들의 돈은 영특한 사람들의 세습 재산'이라는 속담이 이미 만들어져 있었기에 망정이지, 그렇지 않았으면 내가 그 말을 만들었을 겁니다. 나는 자연이 내 몫의 적법한 재산을 저 흙인형들의 돈자루 속에 넣어두었음을 깨닫고, 그것을 되찾을 천 가지 방법을 짜냈지요."

나―― 그 방법은 나도 알고 있지. 자네가 그 이야기를 해서, 내가 크게 탄복했잖은가. 그런데 그 많은 수단들 중에, 왜 아름다운 작품을 만들 수단은 시험해보지 않았는지?

그―― 그 말은 어느 사교계 인사가 르 블랑 사제에게 했던 말이구만요. 사제 왈 : "퐁파두르 여백작이 내 손을 이끌어 아카데미의 문턱까지 데려가더니 거기서 내 손을 다시 잡아채는 것입니다. 나는 넘어져 두 다리가 부러집니다…" 사교계 인사가 대답했지요. "그럼, 신부님, 다시 일어나서 문에 박치기를 해야지요…" 사제가 대

꾸하길 : "그렇게 했지요. 그런데 돌아온 것이 무언지 아십니까. 이마에 혹입니다."

이 얘기를 하고 나서, 내 사나이는 머리를 숙이고, 생각에 빠져 의기소침한 얼굴로 걷기 시작했다. 그는 한숨 쉬고, 눈물을 흘리고, 비탄에 잠기고, 두 손과 두 눈을 쳐들고, 이마가 깨지거나 손가락이 부러지게 주먹으로 자기 머리를 때리며, 덧붙였다 : "그렇지만 무언가가 이 안에 있는 것 같은데, 영 나오지를 않아요." 그러고는 다시 머리를 흔들고 더 힘껏 이마를 때리기 시작하며 말했다. "아무도 없는 건지 아니면 대답을 하기가 싫은 건지."

잠시 후, 그는 자랑스러운 표정을 지으며 머리를 다시 쳐들고, 오른손을 가슴에 댔다. 그는 걸으면서 말했다 : "느껴집니다, 그래 느껴집니다." 그는 화내는, 분노하는, 마음을 누그러뜨리는, 명령하는, 애원하는 사람의 흉내를 내고, 준비도 없이, 분노 동정 증오 사랑의 연설을 하며, 그 정념들의 성격을 놀랍도록 날카롭고 진실하게 그려내었다. 그러고는 덧붙였다 : "바로 그겁니다, 맞아요. 지금 그게 와요. 그게 바로, 산고를 자극하여 촉진시키고 아이가 나오게 할 수 있는 산파를 하나 발견하는 게 그거라구요. 나는 홀로 앉아 깃털펜을 쥐고, 쓰고 싶어하지요. 손톱을 물어뜯고, 머릿골을 썩이지요. 이 사람아, 어림도 없네. 안녕히 주무시게. 신은 지금 안 계시네. 나는 재주가 있다고 확신했었는데, 내가 쓴 첫 줄의 끝에는, 나는 바보, 바보, 바보. 그러나 이 사람 저 사람, 살기 위해 만나야 하는 그런 작자들과 부대끼면서 무슨 뾰족한 수로 느끼고, 드높아지고, 생각하고, 힘차게 그려낸단 말이오. 그 말하는 소리, 들리는 소리, 그 쓰잘 데 없는 잡담들 한복판에서 말이오. '오늘, 불르바르가 매혹적이었죠.[176] 그 귀여운 마르모트[177]의 노래를 들으셨나요? 그 연기가 황홀하더군요. 아무개 씨는 상상할 수 있는 한 가장 아름다운 회색 얼룩점 말 한 쌍을 장만했답니다. 그 예쁜 거시기 부인도 이제 시들기 시작하더군요. 나이가 마흔다섯인데, 머리 모양을 그렇게 해도 되는지. 그 젊은 누구는 다이아몬드로 덮었는데 별로 비싼 값을 치른 것도 아니라더군요. — 비싼 값을 치렀단 말이겠지요? — 전혀 아니에요. — 그 여자를 어디서 보셨죠? — 〈잃었다 다시 찾은 아를르캥의 아이〉[178]에서요. 절망의 장면이 상연되었는데, 그런 연기는 또 처음이에요. 장터의 폴리시넬[179]은 목청은 있는데, 전혀 섬세한 데도 없고, 전혀 감정도 없더라니까요. 아무개 부인이 두 아이를 동시에 낳았대요. 아버지들이 각기 제 자식을…' 그래 선생은 이런 소리나 하고 또 하고, 매일 들으면서, 자극을 얻고 위대한 무엇에 이를 수가 있다고 생각하십니까?"

나—— 없지. 다락방에 처박혀, 물을 마시고 마른 빵을 씹으며, 자기 자신을 알려고 하는 편이 더 나을 것 같군.

그—— 어쩌면 그렇기도 하지요. 그러나 나는 그럴 용기가 없고, 게다가 불확실한 성공에 자기 행복을 희생시키다니요. 그리고 내가 가진 이름은 어떻고요? 라모! 라모라고 불린다는 게 거추장스러워요. 재능은 귀족 신분과는 달라서 전달되는 것이 아니란 말입니다. 귀족 신분이야 할아버지로부터 아버지에게, 아버지로부터 아들에게, 아들에게서 손자로 대를 물려갈수록 그 성가가 커지지만, 그렇다고 조상이 후손에게 어떤 공적을 강요하는 것도 아니잖습니까. 늙은 그루터기가 바보들의 거대한 줄기로 가지를 쳐도, 그게 무슨 문제겠어요? 재능은 그렇지가 않다구요. 자기 아버지의 명성만 얻으려 해도, 아버지보다 훨씬 유능해야 합니다. 그의 심금을 물려받았어야 하지요. 내게 심금은 모자랐지만, 손목은 부드러워졌고, 활은 잘 나가고, 냄비는 끓고 있습니다. 영광은 아니라 해도, 냄비 속의 수프는 얻는 거죠.

나——내가 자네 입장이라면, 벌써 끝난 이야기라고 여기지 않고,

176——1760년경, 파리 북쪽, 옛날 성벽이 있던 자리에 새로 큰 길boulevard이 생겨나 구경군들에게 인기 있는 산책로가 되었다. 뒤이어지는 대화는 당시 이 '불르바르'에서 흔히 들을 수 있던 잡담들이다.

177——1758년, 파리의 이탈리아 극장에서 상연된 파바르Favart의 혼합극의 등장인물. 파리에 와서 여러 가지 잡일을 하는 사부아의 여자를 당시 마르모트라고 불렀다.

178——골도니의 희극을 자유롭게 번안한 〈잃었다 다시 찾은 아를르캥의 아들Fils d' Arlequin perdu et retrouvé〉은 1761년 이탈리아 극장에서 상연되어 의외의 성공을 거두었다.

179——폴리시넬Polichinelle은 이탈리아의 희극에 전통적으로 등장하는 어릿광대 역 풀치넬라Pulcinella를 프랑스식으로 부르는 말. 생로랭 장터에서는 오래 전부터 무용수들과 배우들이, 곡예사들이나 동물 조련사들과 함께 노천에서 흥행을 벌였다. 서민 대중들이 주로 그 관객이었지만, 불르바르가 대중들의 인기를 끌자 이 장소에는 희가극을 전문으로 상연하는 극장이 세워졌다. '장터의 폴리시넬'이란 표현은 1752년 여름 동안 이 극장에서 이탈리아 '광대'의 한 패거리가 흥행을 했던 사실과 관련이 있다.

시도해보겠는데.

그—— 그럼 선생은 내가 시도해보지 않았다고 생각합니까? 나는 열다섯 살도 되기 전에 처음으로 내게 이런 말을 했답니다 : "라모야, 네가 가진 것이 무엇이냐? 꿈을 꾼다고. 그럼 너는 무엇을 꿈꾸느냐? 세계의 찬탄을 불러일으킬 어떤 것을 만들었거나 만들기를 바란다고. 그래 좋다, 손가락을 호호 불어 움직이기만 하면 된다. 손잡이만 붙이면 지팡이가 될 것이다."[180] 더 나이가 들어서도 나는 이 어린 시절의 말을 되풀이했지요. 오늘날도 나는 이 말을 되풀이하며, 멤논의 조각상 주위를 서성거리고 있습니다.[181]

나—— 멤논의 조각상이라니 그건 무슨 말인가?

그—— 이해가 될 것 같은데요. 멤논의 조각상을 둘러싸고 다른 여러 조상들이 똑같이 태양광선을 받고 있잖아요. 그러나 그의 조각상만이 화음을 냅니다. 시인이라면, 드 볼테르지요. 그 다음엔 누가 있습니까? 드 볼테르입니다. 세 번째는, 드 볼테르. 네 번째는, 드 볼테르.[182] 음악가라면, 리날도 다 카푸아[183]요, 하세요, 페르골레시요, 알베르티요, 타르티니요, 로카텔리요, 테라델라스요, 우리 삼촌이요, 얼굴도 볼품도 없지만, 느낄 줄 알고, 제기랄, 선율과 표현이 풍부한 저 꼬마 두니지요. 이 몇 안 되는 멤논들 주변의 나머지들은 모두 말뚝 박힌 귀 한 켤레를 막대기 끝에 매달아놓은 것일 뿐이라구요. 그러니 우리는 비렁뱅이지요. 비렁뱅이도 복 터지게 비렁뱅입니다. 아, 철학자 선생님, 가난은 무시무시한 겁니다. 가난이 다나이데스의 물통[184]에서 새어나오는 냉수 몇 방울을 받아 마시려고 웅크려 앉아 입을 헤벌리고 있는 꼴이 내 눈에 선하구만요. 그런 물통 아래서 노래가 제대로 나올 리 없지요. 그래도 그 아래 자리 잡은 놈은 아직 너무 행복합니다. 나는 그 아래 있었는데, 그 자리를 지킬 줄 몰랐지요. 그런 어리석은 짓을 벌써 한차례 저지르고 말았지요. 나는 보헤미아로, 독일로, 홀란드로, 플랑드르로, 아득히 먼 곳까지 여행을 했었지요.

나── 그 밑빠진 물통 아래서.

그── 그 밑빠진 물통 아래서. 그 물통이란 부유하고 낭비벽이 심한 어느 유대인이었는데, 내 음악과 미친 짓을 좋아했어요. 나는 하느님도 즐겁게 노래를 만들고, 광대짓을 하고. 내겐 부족한 것이 없었지요. 그 유대인은 그 나름대로 법을 잘 알고, 그 법을 막대기처럼 꼿꼿하게 지키는 사람이었습니다. 친구 사이에서는 이따금이지만, 이방인과는 언제나 그랬지요. 그 사람이 일 하나를 잘못

180── 일이 쉽게 이루어지리라고 생각하는 사람들을 조롱하는 속담.

181── 멤논의 조각상이 일출과 함께 조화로운 소리를 내었다는 전설은, 자신의 재능을 반신반의하는 라모의 상상력 속에서 '운명의 별', '흙인형'의 이미지와 일치한다.

182── 반복되는 볼테르의 이름은 그에 대한 찬양보다는 자기 시대에 음악적 재능을 가진 사람들은 풍부한 데 비해서 시적 재능을 지닌 사람이 빈곤하다는 디드로의 생각을 드러낸다. 디드로는 이 점을 《극시론*De la Poésie dramatique*》 등에서도 매우 강력하게 이야기하고 있다.

183── 카푸아Rinaldo da Capua(1717-1765), 비엔나에서 명성을 날린 이탈리아 음악가. 그의 막간극들 역시 희가극단의 주요 레퍼토리였다.

184── 다나이데스의 구멍 뚫린 물통은 낭비가들에 대한 전통적인 상징이다. 라모는 자신의 호구지책을 오직 그들에게 걸고 있다.

벌였는데, 선생한테 그 이야기를 해야 하겠군요. 재미있으니까요. 위트레흐트에 매혹적인 창녀가 하나 있더랬죠. 그 유대인은 이 그리스도교인에게 반해, 액수가 제법 어마어마한 환어음 한 장을 청지기에게 들려 보냈지요. 그 괴상한 여자가 그의 제안을 거절했어요. 유대인은 절망했고요. 그러자 청지기가 말을 붙였지요. "왜 이리 슬퍼하십니까? 예쁜 여자와 자고 싶으시다면 그보다 더 쉬운 일이 없습니다. 주인님이 쫓아다니는 여자보다 더 예쁜 여자라도 말입니다. 그게 제 아내인데, 같은 값으로 내드리겠습니다." 그 말대로 약조가 됐지요. 청지기는 환어음을 보관하고, 우리 유대인은 청지기의 아내와 동침합니다. 환어음의 지불 기일이 닥쳐오죠. 유대인은 지불을 거절하고 위조 신청을 하지요. 소송. 유대인 왈, "이 사람은 무슨 명목으로 내 어음을 소지하고 있는지 결코 말할 수 없을 것이며, 따라서 나는 지불하지 않을 것입니다." 심리공판에서, 그가 청지기에게 질문을 했어요. — "그 환어음을 누구에게서 받으셨소? — 당신에게서요. — 빌려준 돈 때문인가요? — 아니오. — 상품 대금입니까? — 아니오. — 급료입니까? — 아니오. 그 어디에도 해당되지 않지만, 나는 그 소지자입니다. 당신이 서명을 하셨으니, 청산을 하셔얍죠. — 나는 거기에 서명한 적이 없는데. — 그럼 내가 위조자란 말입니까? — 당신이거나 당신을 대리인으로 내세운 다른 사람이 그렇겠지요. — 나는 비열한 놈이지만, 당신은 악질입니다. 정말이지, 나를 궁지에 몰아붙이지 말라구요. 다 털어놓고 말겠습니다. 나는 명예를 잃겠지만, 당신은 망할 것이고…"

유대인은 이 위협을 대수롭지 않게 여겼지요. 그래서 청지기는 다음 공판에서 사건의 전모를 폭로했어요. 두 사람이 모두 벌을 받았는데, 유대인은 그 환어음을 지불하고, 그 금액은 가난한 사람들에 대한 부조금에 충당하라고 선고가 떨어졌지요. 그래서 나는 그와 헤어져 이 나라로 돌아왔습니다. 무엇을 할 것인가? 굶어죽든지 무엇을 하든지 양단간이었으니까요. 머릿속에 온갖 계획이 스쳐 지나갑디다. 어느 날은, 하루라도 빨리 떠나 극단이건 악단이건 걸리는 대로 아무 지방 공연단에나 몸을 던질 태세였지요. 그 이튿날은 네거리의 게시판에 나를 그려 붙이게 하리라 마음먹습니다. 네거리에 장대를 세우고 거기 매달아놓은 그런 게시판들이 있잖습니까. 거기서 목이 터져라 소리를 지르겠다는 거였지요. "보시오, 그가 태어난 도시가 바로 여깁니다, 자 이제 그가 약제사인 자기 아버지에게 하직 인사를 하고 있습니다, 이제 그가 자기 삼촌의 주소를 찾아 수도에 도착했습니다, 보시오, 그를 내쫓는 삼촌의 무릎 아래 그가 엎드려 있습니다, 이제 그는 어느 유대인과 함께 있습니다, 기타 등등 기타 등등." 그 다음 날은 거리의 가수들과 합류하리라고 굳게 결심을 하고 일어납니다. 그게 내가 세웠던 계획 중에서 가장 나쁜 계획은 아니었지요. 우리 삼촌의 창문 아래로 몰려가 합창을 할 작정이었지요. 삼촌은 노발대발할 테고. 나는 또 다른 방도를 택했습니다.

여기서 그는 멈췄다. 바이올린을 들고 활달하게 줄을 조이던 사람의 태도가 차츰 기진맥진한 따라지의 그것으로 바뀌었다. 힘이 빠지고 다리가 휘청거려, 누가 빵 한 조각이라도 던져주지 않으면 숨이 넘어갈 지경이었다. 그는 반쯤 벌어진 입을 손가락질로 가리켜 극도의 궁핍을 나타냈다. 그리고 덧붙였다 : "무슨 뜻인지 알 것이오. 사람들이 내게 음식물 조각을 던져주곤 했지요. 굶주린 우리들은 서너 놈이 덤벼들어 그걸 차지하려고 다투는 판입니다. 그래 어디 고상한 생각을 해보세요. 이 참담한 판국에서, 어디 아름다운 것을 만들어보세요."

나——어려운 일이지.

그——이리 곤두박이고 저리 곤두박이다 보니 결국 그 집에 떨어졌던 겁니다. 그 집에서 아주 편안했지요. 이제 거기서 나왔습니다. 또다시 양창자[185]에 톱질을 해야 하고, 그 벌린 입에 손가락질로 다시 돌아가야 할 판입니다. 이 세상에 안정된 것이란 아무것도 없으니. 오늘은 운명의 수레바퀴 꼭대기에 있는데, 내일은 그 바닥에 있지요. 우리는 이런 사정 저런 사정, 망할 놈의 사정에 끌려가는 것이고, 그것도 몹시 험하게 끌려갑니다.

그러고는 술병 바닥에 남아 있는 술 한 모금을 마시고는 옆 사람에게 말을 걸었다 : "선생님, 이거 염치없소만, 코담배 한 줌만. 거기 그 멋진 담뱃갑이 선생님 것이지요? 음악가가 아니신가 보군요?… 아니시라고… 그것 참 다행입니다. 그치들이야말로 한심한 비렁뱅이들이니까요. 운명은 내가 바로 그렇게 되길 바랐지요. 아마도 몽마르트르의 어느 방앗간에 가보면, 듣는 것이라고는 톱니바퀴 깔쭉거리는 소리밖에 없어도 가장 아름다운 노래를 얻어냈을 방앗간 주인이나 주인의 머슴 녀석이 하나는 있을 텐데 말입니다. 라모여, 방앗간으로! 방앗간으로! 거기가 네 자리로구나."

나—— 인간이 감당하고 있는 일이 무슨 일이건 간에, 대자연이 그렇게 결정을 한 거지.[186]

그—— 대자연이 괴이한 실수를 저지르고 있군요. 가위로 나뭇가지를 자르는 인간이나 그 나무의 잎을 갉는 벌레나 모두 구분이 없어져, 각기 자기 일을 감당하는 두 마리 서로 다른 미물로밖에는 보이지 않는 그런 높이가 내게는 까마득할 뿐입니다. 레오뮈르[187]가 파리의 종류를 재봉사 파리, 측량사 파리, 꼴머슴 파리로 분류했던가요. 괜찮으시다면 선생도 그를 모범으로 삼고, 수성水星의 주전원周轉圓 위에 올라앉아,[188] 거기서 인류를 소목장小木匠 인간,

185 —— 즉 장선腸線으로 만든 바이올린의 현, 즉 거트현.

186 —— '나'는 그의 유물론적인 원칙을 들어 라모를 위로하려 하고 있다. 그러나 라모는 위로받기는커녕 뒤이어지는 대화에서, 대자연이라는 막연한 개념을 아무 곳에나 끌어다 대는 그 철학의 두루뭉술한 측면을 반격한다.

187 —— 레오뮈르Réaumur(1683-1757)는 《곤충지를 위한 비망록*Mémoires pour servir à l' Histoire des Insectes*》을 발간했다. 파브르의 《곤충기》에 앞서 이 저서는 특히 파리에 관해 귀중한 관찰을 담고 있지만, 린네를 비롯한 그 시대의 박물학자들의 저서가 흔히 그렇듯이 용어의 열거가 가장 큰 자리를 차지하고 있다.

188 —— 대원大圓의 원주 위에 중심을 두고, 그 대원의 원주를 따라 운동하는 작은 원.

대목大木 인간, 파발꾼 인간, 무용수 인간, 가수 인간으로 어디 나눠 보시지. 그거야말로 선생의 일이고. 나는 간여하지 않겠습니다. 나는 이 세상 안에 있으며, 어디까지나 이 세상에 머물러 있다 그겁니다. 하오나 식욕을 느낀다는 것은 자연을 벗어나는 것이 아닐진대, — 나는 항상 식욕으로 되돌아가고, 그 감각이 한 번도 나를 떠나본 적이 없으니 말이오— 먹을 것이 항상 주어지지 않는 것은 순리가 아니라고 봅니다. 무슨 빌어먹을 경제학이란 말인가. 어떤 사람들은 모든 것이 넘쳐흐르는데, 다른 사람들은 자기들만큼이나 성가신 위장을 지니고도, 목구멍에 풀칠할 것이 없으니. 가장 나쁜 것은, 가난하다 보면 어쩔 수 없이 둘러쓰게 되는 궁상이지요. 궁한 사람은 걷는 것도 다르다구요. 그는 뛰고 기고 몸을 뒤틀고 허리를 못 폅니다. 몇 가지 포지션을 고르고 그걸 동작으로 옮기느라 평생을 보내지요.

나—— 몇 가지 포지션이라니 그건 또 무슨 소린가?

그—— 노베르[189]한테 가서 물어보시잖고. 세상에는 그의 예술이 묘사할 수 있는 것보다 훨씬 많은 포지션이 널려 있습니다.

나—— 드디어 자네도 역시 마찬가지가 됐군. 자네의 표현대로, 아니 실은 몽테뉴의 표현대로, '수성의 주전원에 올라앉아', 인류의 서로 다른 팬터마임을 고찰하고 계시구만.

그—— 아닙니다. 아니라니까요. 나는 너무 무거워 그렇게 높이 올라갈 수 없고요. 안개의 나라는 두루미들에게나 양보하고, 나는 어디까지나 땅 위에서 긴다구요. 주위를 살피며, 내 포지션을 골라잡거나 다른 사람들이 포지션을 어떻게 취하는지 바라보며 즐기지요. 나는 뛰어난 팬터마임 배우입니다. 선생이 한번 평가를 해보세요.

이어서 그는 미소를 지으며, 찬양하는 사람, 애원하는 사람, 아첨하는 사람의 흉내를 내기 시작했다. 그는 오른발을 앞으로, 왼발을 뒤로 빼고, 등을 구부리고, 고개를 세우고, 다른 사람의 눈이라도 바라보듯 시선을 물끄러미 쳐들고, 입을 반쯤 벌리고, 어떤 물건을 향해 팔을 받들어올린다. 그는 명령을 기다리고, 받고, 화살처럼 달려가고, 돌아오고, 일을 끝마치고, 보고를 한다. 그는 모든 것을 보살피고, 떨어진 것을 줍고, 베개나 발받침을 발목 아래 받쳐준다. 찻잔 받침을 받들고, 의자를 당겨주고, 문을 연다. 창문을 닫는다, 커튼을 내린다, 주인과 주인마님을 유심히 바라본다. 팔을 늘어뜨리고, 두 다리를 가지런히 하고, 움직이지 않는다. 그는 귀를 기울이고, 안색을 살피려고 애쓴다. 그러고는 말했다 : "이게 바로 나에 대한 팬터마임인데, 아첨꾼, 충견, 하인 그리고 거지의 팬터

프톨레마이오스의 천문학은 이 기하학의 모델을 빌려, 천동설의 관점에서 위성의 운행을 설명하려 하였다. 그러나 이미 지동설이 널리 유포된 디드로의 시대에 '수성의 주전원'이라는 표현은 공허하고 추상적인 사변을 풍자하는 말일 뿐이다. 라모는 이 표현으로 우주론적 결정론 내지 환원론에 빠져 인간의 구체적인 삶을 잊어버린, 기계론적 유물론의 한 측면을 재치있게 반격하고 있다.

189 —— 노베르Jean-George Noverre(1727-1810)는 오페라 코미크 극장의 발레 선생. 그는 1750년대에 고전주의 시대의 춤의 개념에서 벗어난 새로운 개념의 춤을 주장하였으며, 팬터마임과 생활을 연결시키려는 그의 미학론을 《춤과 발레에 관한 서한*Lettres sur la Danse et sur les Ballets*》를 통해 발표하였다.

마임과 대략 같은 것이지요."

이 사람의 광태와 갈리아니 사제[190]의 엉뚱한 이야기와 라블레의 기행은 나를 가끔 깊은 생각에 잠기게 했다. 나는 우스꽝스러운 가면을 바로 이들 세 창고에서 마련하여, 가장 근엄한 사람들의 얼굴에 씌워준다. 그러면 추기경에게서 광대 판탈로네가, 재판장에게서 반인반수半人半獸가, 고행자에게서 돼지가, 대신에게서 타조가, 부대신에게서 거위가 나타난다.[191]

나── 하지만 자네의 말대로라면, (내가 그 사람에게 하는 말이다) 이 세상에는 거지들이 우글거리는군. 자네의 춤을 몇 스텝이라도 밟지 않는 사람은 내가 알기로는 한 사람도 없어.

그── 옳은 말입니다. 왕국 전체에 걷는 사람은 오직 하나가 있을 뿐인데, 그게 군주지요. 그 나머지는 모두 포지션을 잡고 있는 것에 지나지 않아요.

나── 군주라고? 그래도 뭔가 부족한 게 있지? 그러니까 왕에게도 팬터마임을 좀 하게 만드는 아담한 발, 아담한 목덜미, 아담한 코가 곁에 있다는 생각은 안 하나? 누구든지 다른 사람을 필요로 하면 궁해지고 포지션을 취하지. 왕은 정부情婦와 신 앞에서 포지션을 취해, 자기 나름으로 팬터마임의 스텝을 밟고. 대신은 왕 앞에서 궁신宮臣이나 아첨꾼이나 하인이나 거지의 스텝을 밟고. 야심가 패거리들은 대신 앞에서 서로 질세라 더욱더 비열한 방법을 다 동원하여 자네의 포지션으로 춤을 추고. 가슴받이 넥타이를 달고 긴 망토를 걸친 귀족 출신 사제도 적어도 일주일에 한 번은 성직록 장부를 쥔 성직자 앞에서 춤을 추지.[192] 정말이지, 자네는 거지의 팬터마임이라 부르지만 그것이야말로 이 지구의 거대한 도래춤이구만. 누구에게나 그 나름의 귀여운 위스가 있고 그 나름의 베르탱이 있는 법이라서.

그—— 그 말을 들으니 위로가 됩니다.

그러나 이 이야기를 하는 동안, 그는 내가 들먹인 사람들의 포지션을 숨이 넘어가도록 우습게 흉내냈다. 예를 들어, 저 꼬마 사제 이야기가 나오자, 그는 모자를 겨드랑이에 끼고, 왼손으로는 성무일

190 —— 갈리아니Ferdinando Galiani(1728-1787), 이탈리아의 외교관, 경제학자, 문필가. 파리 주재 나폴리 왕국 대사의 비서관을 역임하며, 백과전서파들과 자주 접촉했다. 경제학 등에 관련된 여러 권의 저서를 남겼으며, 에피네 부인과 교환한 방대한 서한집은 18세기의 사회적 변모를 이해하는 데에 많은 도움을 준다. 그는 날카로운 지성과 뛰어난 익살로 당시 사람들에게 "마키아벨리의 두뇌를 지닌 아를르캥"이라고 불렸다. 디드로는 그를 라모에 비교하여, 덜 영웅적이고, 덜 비렁뱅이이며, 더 구변이 좋지만, 같은 정도로 교훈적인 또 하나의 라모로 여겼다.

191 —— 이탈리아 희극의 인물 가운데 하나인 판탈로네는 항상 긴 바지를 입고 등장하며, 현학적이고 소심하고 인색하고 음탕한 늙은이를 화신한다. 한편 반인반수는 '색마'를, 돼지는 '난봉꾼'을, 타조는 '위험을 직시하지 않고 얼버무리는 사람'을, 거위는 '바보'를 지칭하는 말이기도 하다.

192 —— 고위의 성직이 예정되어 있는 귀족 출신의 사제는 일반적으로 레이스 가슴장식jabot de dentelles을 하고 짧은 옷을 입지만, 출세의 길을 모색하는 동안은 자신의 현 직책에 알맞게 가슴받이 넥타이rabat와 치렁한 망토를 걸침으로써 검소함을 가장하게 마련이다.

과서를 들고, 오른손으로는 망토 꼬리를 들어올리고, 머리를 약간 어깨 쪽으로 갸웃하고, 눈을 내리깔고 걸어가는데, 그 위선자의 시늉이 너무나 완벽해서, 나는《반론》의 저자[193]가 오를레앙의 주교[194] 앞에 서 있는 것만 같았다. 아첨꾼과 야심가를 시늉할 때는, 배를 땅에 깔고 기었다. 총괄 징세 청부인 부레였다.

나— 그거 참 연기가 탁월하군. 그러나 팬터마임을 하지 않아도 되는 사람이 하나 있지. 가진 것도 요구하는 것도 전혀 없는 철학자가 바로 그렇다구.

그— 그렇담 그 동물이 지금 어디 있는데요? 가진 것이 전혀 없다면 고통을 받고 있을 것이고, 간청하는 것이 전혀 없다면 아무것도 얻지 못할 것이며, 따라서 언제까지나 고통에서 벗어나지 못할 텐데요.

나— 아니야. 디오게네스는 생활에 필요한 물건들을 아랑곳도 하지 않았지.

그— 그러나 옷은 입어야지요.

나— 아니. 그는 벌거벗고 다녔지.

그— 아테네도 가끔은 추운 날이 있었겠지요.

나— 여기보다는 덜 추웠어.

그— 거기서도 먹기는 했겠지요.

나— 물론이지.

그— 누구 덕택으로?

나— 자연의 덕택이지. 야인이 은혜를 구한다면 어디에서 구하겠나? 대지요, 들짐승이요, 물고기요, 나무요, 풀이요, 뿌리요, 시냇물이지.

그— 허술한 식탁이군요.

나— 드넓은 식탁이지.

그— 그러나 상차림은 형편없겠지요.

나— 허나 그것은 우리 식탁을 차리기 위해 그쪽 식탁을 치우기 때문이야.

그— 그러나 선생도, 우리의 요리사, 과자점, 불고기 장사, 음식점 주인, 당과상들의 장사가 어느 정도는 도움이 되고 있음을 인정하셔야죠.[195] 선생의 디오게네스라도 그 엄격한 식이요법으로 보아 신체 기관이 별로 아귀셀 수는 없었겠죠.

나— 틀린 생각이야. 옛날에는 그 견유학자犬儒學者의 옷차림이 우리 수도사들의 복장이었고 효력도 동일했지. 견유학파들은 이

193 — 계몽철학자들에 대해 매우 극성스럽게 논쟁을 벌였던 고샤Gabriel Gauchat (1709-1774) 사제는 특히 열아홉 권에 달하는 그의《종교를 거역하는 현대의 여러 저술에 대한 분석과 반론*Analyse et Réfutation de Divers Ecrits Modernes contre la Religion*》으로 볼테르 등의 철학자들에게 원한을 샀다. 디드로는 특히 그의 가족 간의 분쟁에 개입하였던 이 사제에게 개인적인 유감이 있기도 했다.

194 — 오를레앙의 주교를 역임한 자랑트Louis-Sextus de Jarente de la Bruyère 사제는 1758년부터 1788년까지 성직록 장부를 관장하고 있었다.

195 — 볼테르가 풍자시 〈세속인Le Mondaine〉에서 루소의 자연주의를 반박하여 펼치는 주장도 이와 흡사하다. 디드로는 그 사이에서 기분에 따라 태도를 바꾸었으며, 그 이중성의 미학에 따라 이 상반되는 두 경향을 모두 용납하는 입장이었다.

를테면 아테네의 갈멜 수도사들이고 프란체스코 수도사들이었다는 말이야.

그── 드디어 꼬투리를 잡았습니다.[196] 그렇다면 디오게네스도 역시 팬터마임을 추었군요. 페리클레스 앞에서는 아닐지라도, 적어도 라이스와 프리네[197] 앞에서는.

나── 그것도 틀린 생각이야. 다른 사람들에게는 비싸게 몸을 팔던 창녀가 그에게는 심심풀이로 몸을 맡겼지.

그── 그러나 창녀는 자기 일에 바쁘고, 견유학자는 다급하고 그럴 때는?

나── 자기 통으로 돌아가 여자 없이 해결을 했지.

그── 그래서 날더러 그를 본받으라고 충고하시는 겁니까?

나── 굽신거리고, 비천하게 굴고, 돈에 팔리는 것보다야 그 편이 더 낫지 않다면 내가 목숨을 걸지.

그── 하지만 나에게는 편한 침대, 좋은 식탁, 겨울에는 따뜻하고 여름에는 시원한 옷, 휴식, 돈 그 밖에 다른 것들이 많이 필요한데, 노동을 해서 그걸 얻느니보다는 차라리 온정에 기대는 편이 나는 더 좋다구요.

나── 그건 자네가 게으름뱅이에, 먹충이에, 겁쟁이에 비열한 사람이기 때문이지.

그── 그거야 내가 벌써 선생에게 했던 이야기고.

나── 생활에 필요한 물건들은 말할 것도 없이 그 대가가 있는데, 자네는 그걸 얻기 위해 치러야 하는 희생의 대가를 모르는 체하고 있어. 자네는 그 천한 팬터마임을 춤추고 있으며, 옛날에도 추었고, 앞으로도 계속 출 거야.

그—— 그건 사실입니다. 그렇다고 해서 별로 괴로울 것도 없지요. 이제는 그런 것쯤이야 전혀 괴롭지도 않다구요. 그리고 바로 그 이유 때문에 다른 태도를 취하기가 쉽지 않은 것 같고. 힘만 들고 오래가지도 못할 텐데요. 그러나, 선생 말을 듣다 보니, 내 불쌍하고 귀여웠던 아내가 일종의 철학자였던 것 같습니다. 사자처럼 용기가 있었지요. 어떤 때는 우리에게 빵 한 조각, 돈 한 푼이 없었다구요. 거의 누더기까지 다 팔아버렸으니까요. 나는 침대 발치에 늘어져, 갚지 않을 돈 한 푼을 누구 나한테 빌려줄 사람이 없나 하고 머리나 쥐어짜고 있었지요. 여편네는 방울새처럼 명랑하게 클라브생 앞에 앉아 노래를 부르고 반주를 했지요. 꾀꼬리 목소리였지요. 선생이 들어보지 못한 것이 유감입니다. 내가 어느 악단에서 일을 할 때는, 아내를 데려가곤 했답니다. 길을 가면서 아내에게 늘 이런 말을 했지요 : "자, 여보, 탄복을 하게 만들라구. 당신의 재능과 매력을 한껏 펼치라구. 황홀하게 부르라구. 넋을 빼버리라구."[198]

196 —— '나'가 디오게네스를 자기 시대의 수도사들에게 비유하자, '그'가 "꼬투리를 잡았다"며 창녀 이야기를 꺼내는 것은 당시 수도사들의 성적 방종을 암시하는 것이다.

197 —— 고대 그리스에는 라이스Laïs라는 이름을 지닌 몇 사람의 창녀가 있었다. 그 가운데, 아테네의 장군이었던 알키비아데스의 정부로, 그 미모를 시기한 테살리아의 여인들에게 살해당한 라이스가 가장 유명하다. 또 한 사람의 창녀 프리네에 관해서는 주 13 참조.

198 —— '황홀하게 부르다', '넋을 빼다'로 번역한 'enlever', 'renverser'는 각기 '안아 올

우리는 도착해서, 아내는 노래를 부르고, 황홀하게 공연을 하고, 넋을 빼버리곤 했지요. 애통한지고, 그 불쌍하고 귀여운 여자를 잃고 말았으니. 어디 재능뿐이었나요, 작은 손가락 하나가 들어갈까 말까 한 입, 진주같이 가지런한 이, 그 눈, 그 발, 그 피부, 그 뺨, 그 가슴, 사슴 같은 그 다리, 손으로 빚어 마땅한 그 허벅다리와 볼기짝. 조만간에, 하다못해 징세 청부인 하나는 낚아챘을 텐데. 걸음걸이 그만이고, 그 엉덩이! 아이구! 그 엉덩이 하고는!

그는 벌써 자기 아내의 걸음걸이를 흉내내기 시작했다. 종종걸음을 치며, 허공에 머리를 쳐들고 부채를 놀리고 엉덩이를 흔들었다. 그것은 우리네 귀여운 바람둥이 여자의 가장 유쾌하고 가장 우스꽝스러운 희화였다.

이윽고 그는 하던 이야기로 다시 돌아왔다 : "나는 그 사람을 데리고, 튈르리로, 팔레 루아얄로, 불르바르로, 어디든지 돌아다녔어요. 아내가 내 옆에만 머물러 있기는 불가능했지요. 아침나절에 모자도 없이, 짧은 치마를 할랑거리며 길을 가로질러 갈 때면, 선생도 그 사람을 보려고 걸음을 멈추고, 그 허리를 손가락 네 개로, 조이지 않고도, 끌어안았을 겁니다. 그 사람을 따라가며, 작은 발로 종종거리는 그 맵시를 바라보고, 얇은 치마가 그려주는 윤곽을 따라 그 푸짐한 엉덩이를 가늠해보던 치들은 걸음이 두 배로 빨라졌지요. 여편네는 그들이 가까이 오기를 기다렸다가, 그 크고 검고 빛나는 눈을 날렵하게 돌릴라치면, 그들은 우뚝 멈춰서곤 했지요.

메달의 앞면이 뒷면 못지않았거든요. 그러나 아아 나는 그 여자를 여의고 말았어요. 한 재산 모으려던 내 희망도 그 사람과 함께 날아가버렸지요. 오직 그걸 위해 맞아들인 사람이었고, 내 계획을 모두 털어놓기도 했지요. 저도 잽싼 머리가 있는데 성공이 틀림없다는 걸 모를 리 없었고, 저도 판단할 줄을 아는데 찬성하지 않을 수 없었지요."

여기서 그는 갑자기 흐느끼고 눈물을 흘리며, 말했다 :

"아니오, 아니오, 나는 결코 이 슬픔을 달래지 못할 겁니다. 그 후로 나는 사제의 가슴받이 넥타이를 매고 빵모자를 썼지요."[199]

나—— 애도의 뜻으로?

그—— 그렇게 생각하셔도 좋고. 그러나 실은 머리에 밥그릇을 이고 다니자는… 그런데 시간이 몇 시인지 좀 봐주세요. 오페라에 가야 하니까.

나—— 무얼 상연하고 있는데?

그—— 그 도베르뉴[200]요! 그 사람의 음악에는 제법 아름다운 것들이 있지요. 그걸 처음 읊어댄 게 그 사람이 아니어서 유감이지만.

리다', '상체를 뒤로 젖히다'의 의미를 지닌 발레 용어이기도 하다. 이 용어를 사용할 때 라모는 그가 말하는 팬터마임의 연출자가 된다.

199 —— 라모는 젊었을 때 하급 사제로의 서품을 받은 적이 있다. 아내가 죽은 후 그가 가슴받이 넥타이를 매고 빵모자를 썼다면, 다시 사제의 복장으로 돌아간 것이다.

200 —— 도베르뉴Antoine Dauvergne(1713-1797)는 프랑스의 전통 오페라와 이탈리아식의 유행 오페라를 결합하려고 여러 가지 재간을 부렸다. 여기서 문제가 되고 있는 도베르뉴의 작품은 〈빈사의 헤라클레스*L' Hercule Mourant*〉일 것으로 추정된다.

죽은 사람들 가운데에는 살아 있는 사람들을 안타깝게 하는 몇 사람이 항상 있는 법 아닌가요. 어떡하겠습니까? 우리는 누구나 제 몫의 망령을 견디어야 하는도다Quisque suos patimur manes.[201]

아니 벌써 다섯시 반이다. 드 카네 사제의 만과晩課와 내 만과를 알리는 종소리가 들리는군요.[202] 안녕히 계시오, 철학자 선생님. 나는 과연 항상 똑같지 않습니까?

나—— 아아! 그렇구만, 불행하게도.

그—— 이 불행이 앞으로 한 40년만 더 가기를. 마지막에 웃는 자가 잘 웃는 자일지니.

201 —— 베르길리우스의 〈아이네이스〉 제6장에서 가져온 말. 이 서사시인이 영혼들의 정죄淨罪 과정을 묘사하면서 덧붙이는 이 말은 원래 "우리는 누구나 우리의 망혼을 속죄한다"는 뜻이다. 그러나 이 말이 그 문맥에서 떨어져 나와 한 표절 작가에게 적용될 때, 그것은 자기가 만들어야 할 것을 선인들이("살아 있는 사람들을 안타깝게 하는 몇 사람이") 먼저 만들었다고 안타까워하는 재능 없는 작가의 한탄과 관련하여 새로운 의미를 얻게 된다.

202 —— 팔레 루아얄의 정원에서는 저녁 여섯시로 고정되어 있는 오페라의 개막을 알리기 위해 그 30분 전에 종을 울렸다. 이 시간은 또한 그 당시의 유행어로 '거지들의 오페라'라고 불렸던 만과晩課의 종이 울리는 시간이었다. 디드로와 달랑베르의 극진한 친구이며 음악광이었던 드 카네Etienne de Canaye(1694-1782) 사제는 이 두 '오페라' 가운데 한 쪽을 선택하기 위해 자주 망설였다는 이야기가 전해진다.

철학자와 시인

텍스트의 역사

철학자 디드로Denis Diderot(1713-1784)는 어느 날 장기 두는 사람들을 구경하기 위해 레장스 카페에서 저 유명한 음악가 장 필리프 라모의 조카인 장 프랑수아 라모를 만난다. 파리에서 '가장 괴상한 인물'인 이 조카 라모도 명색으로는 음악가이지만 자신의 재능을 발휘하지 못한 채, 온갖 직업을 전전하고 온갖 추문에 휘말리며, 하루하루 불안정한 삶을 이어가는 건달의 신세이다. 그는 이날 매우 불운한 처지에 놓여 있다. 이제까지 몰상식한 아첨꾼과 광대놀음을 하는 대가로 편안하게 살고 있던 집에서 "평생에 단 한 번 상식을 가졌던 탓에" 쫓겨난 것이다. 그는 이를 보복하기 위해 자신의 옛 보호자들과 그들의 집에 드나드는 식객들을 헐뜯으며, 그 과정에서 철학자 디드로를 상대로, 재능·도덕·음악·연극·학문·교육 등에 관해 중구난방의 토론을 벌인다. 억지소리가 뛰어난 통찰로 이어지고, 신세 한탄이 예리한 자기 반성과 얽히고, 익살스런 재담에 매혹적인 팬터마임이 뒤섞이는 가운데, 때마침 저녁 종소리가 울려 오페라의 개막 시간을 알린다. "마지막에 웃는 자가 잘 웃는 자"일 것이라는 마지막 말을 던지고 그는 떠난다. 여기까지가 디드로의 '두 번째 풍자'인 《라모의 조카》의 줄거리이다.

《라모의 조카》는 한 건달의 삶을 활기차게 이야기하는 악한소설의 유형에 속하지만, 그에 못지않게 진지한 철학소설이다. 이 작품에 관해, 괴테는 그 주인공이 모든 아첨꾼들과 모든 노예들의 편을 들고 그 떨거지들을 대표하면서도, 생생하고 발랄한 개성과 시적 재능을 지닌 한 인간이라고 말한다.[1] 헤겔은 《정신 현상학》에서 정신이 부정에 이르는 어떤 순간, 즉 '순수 사유'와 퇴폐의 순간을 설명하기 위해 이 작품을 이용하며, 대혁명 직전의 프랑스가 그 순간을 화신하였다고 말한다.[2] 《고전주의 시대의 광기의 역사》에서 미셸 푸코는 '의도적인 미친 짓의 세계'와 '광기의 세계' 사이의 단절을 나타내는 작품으로 《라모의 조카》를 소개한다.[3] 괴테의 의견은 디드로의 저작 의도에 부합하는 것이고 또 그에게 친숙한 것이겠지만, 헤겔과 푸코의 해석은 그의 의도와 예견을 넘어서고 뒤엎는 것이리라. 디드로는 대혁명을 보지 못했으며, 푸코가 말하는 '미친 짓의 세계'를 경험하지 못했기 때문이다. 그러나 《라모의 조카》는 그 자체가 벌써 한 사상 체계의 난점을 드러내며, 철학적으로 구축된 세계에 대한 예술적 해체의 한 과정을 보여 준다. 이 작품을 쓰면서 디드로가 스스로 의식하였을 자기 사상 체계의 난점이나 그

체계에 의해 성립되는 세계의 해체는 헤겔이나 푸코의 해석과 결코 무관한 것일 수 없다. 디드로는 자기 시대에 매우 친숙한 소재와 직접적인 효력을 가진 주제로 글을 썼지만, 또한 미래를 위해 글을 쓴 셈이다. 실제로《라모의 조카》는 그의 생전에 발표되지 않았다.

디드로의 많은 작품이 사후에 발간되었다는 점을 감안하더라도,《라모의 조카》의 경우에는 그 정황이 매우 특이하다. 무엇보다도 이 작품은 프랑스어 원문보다 독일어 번역본이 먼저 발간되었다. 번역자 괴테가 사용한 사본은 상트페테르부르크 도서관에서 유출된 것으로 알려져 있다. 디드로가 죽은 후, 생전의 계약에 따라, 그의 딸 드 방될 부인이 러시아의 예카테리나 2세에게 보낸 이 철학자의 장서 속에《라모의 조카》의 원고 뭉치가 들어 있었고, 이 원고를 한 사서가 비밀리에 베껴 1부 이상의 수고手稿를 만들었다. 러시아에서 근무하고 있던 독일 장교 클링거는 이 수고를 입수하고 그것을 돈으로 바꾸고 싶어했다. 괴테의 표현을 빌리자면 '비윤리적으로 윤리적인' 이 걸작의 운명이 이렇게 한순간 궁핍한 한 젊은이의 홍정에 매이게 되었지만, 바로 이 때문에 괴테라고 하는 매우

1 —— J. W. von Goethe, *Rameaus Neffe. Ein Dialog von Diderot*, réédition de la traduction et des commentaire originaux (1805) par Richard Münnich, Weimar, 1964, pp. 208-210.

2 —— G. W. F. Hegel, *La Phénomélogie de l' Esprit,* t. II, trad. Jean Hyppolite, Aubier, 1941, pp. 51-82.

3 —— Michel Foucault, *Histoire de la Folie à l' Âge Classique,* Galliamrd, 1972, pp. 363-372.

강력한 보호자를 얻을 수 있었다. 원고는 한 출판사의 중개를 거쳐, 1801년 《군도》의 시인 실러에게 넘어갔고, 이 텍스트의 중요성과 특별한 가치를 알아본 시인은 1804년 괴테에게 번역을 권유한 것이다. 괴테는 이 작업을 열성적으로 완수하여, 이듬해에 독어본 *Rameaus Neffe. Ein Dialog von Diderot*를 출간하였다. 책은 많이 팔리지 않았지만, 1805년의 독일이 헤아릴 수 있는 모든 사상가들과 작가들이 이 작품의 열렬한 독자가 되었으며, 그 가운데 헤겔이 포함된다. 한편 수고는 다시 실러에게 반환되었지만, 그의 죽음과 함께 유실되었다. 프랑스어본의 출판은 1821년에야, 그것도 가짜 텍스트로, 시작되었다. 프랑스의 두 문인, 드 소르와 생즈니에스가 이 책의 원본이라고 발간한 텍스트는 괴테의 독일어본을 프랑스어로 다시 옮겨 놓은 것일 뿐이었다. 이 사기 행각은 다행히 성공을 거두지 못하였다. 드 방될 부인은 1823년 이 텍스트의 한 수고를 브리에르 출판사에 전했고, 이때 비로소 독자들이 바른 텍스트에 따라 《라모의 조카》에 접근할 수 있는 길이 열렸다. 1875년, 아세자와 투르뇌는 괴테의 번역본을 참조하고, "특별히 행복한 상황이 그들의 손에" 쥐어 준 "날짜는 불명이지만 《라모의 조카》가 저작된 마지막 시기의 것이 분명한 사본"에 따라서, 엄밀하지 못했던 브리에르의 텍스트에 대한 수정본을 발간했다. 그러나 사본의 출처는 끝내 밝혀지지 않았다. 고증학자 투르뇌는 1884년 상트페테르부르크의 수고본에 따라 새로운 판본을 발간하였다. 마침내 디드로의 자필 원고가 나타났다. 고증학자 조르주 몽발은 1891년 센 강변의 한 고서점에서, 라 오슈푸코 리앙쿠르 공작의 장서 속에 묻혀 있는 이 친필 원고를 발견하고 그 해에 출판하였다. 이 기적의 텍스트는 디드로가 그림에게 맡겼던 것으로, 그가 1792년 독일로 가져갔다가 그가 죽은 후 고타에 보관되었던 원고로 추정된다. 수고들과 이 친필 원고 사이에 중요한 차이는 없지만, 몇 개의 오류와 텍스트의 독서에 대한 입장의 차이가 있다. 아무튼 이후 《라모의 조카》의 여러 비평판들과 주석본들은 몽발이 발견한 이 자필 원고를 기본하여 텍스트를 확정하고 있다. 우리가 번역의 대본으로 삼은 장 파브르의 비평·주석본[4]도 이 자필 원고와 다른 수 개의 수고들을 다시 대조하여 원문을 확정한 것으로, 어의의 해석, 철자와 구두점의 복원 등에 있어 현재까지 가장 정확한 테스트로 평가되고 있다.

라모의 조카와 《라모의 조카》

《라모의 조카》의 주인공인 장 프랑수아 라모는, 프랑스의 작곡가이며 화성학 이론의 대가인 장 필리프 라모의 조카로, 실재했던 인물이다. 동시대인들의 증언에 의하면, 그는 이 소설에서 디드로가 묘사하고 있는 내용과 여러 면에서 흡사한 건달이었다. 보잘것없는 몇 개의 클라브생곡을 남긴 엉터리 작곡가이며, 성실치 못한 피아노 교습사이며, 부잣집의

4 —— Denis Diderot, *Le Neveu de Rameau*, édition critique avec notes et lexique par Jean Fabre, Droz, 1977.

비굴한 기식객이었던 그는 진지한 글에 이름을 남길 만한 인물이 아니었다. 호적에 의하면, 1716년 1월 31일 디종의 생미셸 교구에서 세례를 받았고, 1757년 2월 생세브랭에서 결혼을 했다. 사망신고는 없다. 아마 경찰의 기록이 더 중요한 것을 말해 줄 것 같다. 왕립 치안대의 1748년 11월 7일자 수사일지는 다음과 같이 적고 있다 : "라모 씨, 즉 왕립 음악 아카데미의 회원인 라모 씨의 조카는 성정이 불손하고 불온한 자로, 오페라 극장에서 지배인들을 모욕했다." 세상 사람들에게나 경찰에게나 그는 라모의 '조카'일 뿐이었다. 그의 삼촌인 대가 라모도 역시 조카와 마찬가지로 성질이 난폭했지만, 기질이 같다고 해서 그에게 인정을 베푼 적은 없으며, 자신의 음악적 재능이 작은 쪼가리로라도 이 엉터리 음악가의 머릿속에 들어 있으리라고는 결코 생각하지 않았다. 조카 라모의 아버지, 클로드 라모도 역시 음악가였다. 유쾌하고 변덕스럽고 싸우기 좋아하는 성격에 방랑벽이 있었던 그는 평생을 가난 속에 살며, 디종의 교회에서 파이프오르간을 연주하는 것으로 자기 동네 사람들에게 그 재능을 인정받았다. 《라모의 조카》에서 라모는 말한다 : "내 아버지의 피와 내 삼촌의 피는 같은 피이고, 내 피는 아버지의 피와 같습니다. 부계의 분자가 냉혹하고 무딘 게 분명한데, 저주받은 이 첫 번째 분자가 나머지 분자 전부를 동화해 버린 거죠." 첫 번째 분자는 난폭한 성격과 건달 기질이라면, 두 번째 분자는 음악적 재능이다. 한 가계가 이어온 이 불행한 재능의 역사에서 그 마지막 희생자가 바로 '라모의 조카'이다.

라모는 자신의 가족사와 특이한 생애를 소재로 삼아 일종의 자전적 서사시 〈라메이다Raméida〉를 써서 거리에서 판매하기도 했다. 정가가 1리브르에서 96리브르에 이르기까지 다양하게 책정되어 있는 이 책은 구걸 행각을 판매행위처럼 보이게 하는 핑곗거리에 불과했고, 고결한 문구와 상스런 어투를 아무렇게나 차용하여 쓴 신실치 못한 글이지만, 그의 재능과 그 결함을 동시에 보여 준다는 장점이 있다. 무미하고 장황한 농담조의 시구를 읽다 보면 라모를 사교계의 어릿광대로, 못된 장난으로 부풀어 있는 허풍쟁이에 주견 없는 꼭두각시로 여길 수밖에 없다. 그러나 그가 자신의 아첨하는 재능을 말하고, 그에 대한 사회적 성공 사례와 때로는 왕족까지 끼어 있는 자신의 고객들을 열거할 때, 그것들은 벌써 자신을 인정하고 자신에게 호의를 베풀어 주었던 사람들에 대한 야유가 된다. 이 '괴짜'에게는 그 시대에 각기 다른 정신을 지닌, 각기 종류가 다른 문필가들의 주목을 받을 만한 무엇이 있었다. 그들이 여러 글에서 짧은 언급으로나마 이 인물에 대해 흥미 이상의 실제적 관심을 보인 것은 무엇보다도 그들의 호기심을 자극하고 반성을 촉구하는 어떤 신비로운 면모 때문이었다. 이 면모는 물론《라모의 조카》가 그려내는 너덧 개의 이미지로 대표될 수 있다. 그러나 디드로는 이 뛰어난 건달의 삶을 매혹적으로 제시하는 데에 그치지 않고, 또는 그 이미지를 통해 자신의 사상적 적수들인 반계몽철학자反啓蒙哲學者들을 풍자·공격하는 데에 그치지 않고, 자기 시대와 모든 시대의 정치·사회·문화를 검토하고, 학문과 예술의 근본

토대를 반성하고, 철학적이건 사회적이건 어떤 이상적 조화의 개념을 얻게 되는 하나의 계기를 이 무뢰배와의 대화에서 발견한다.

계몽철학자 디드로가 파리의 한 카페에서 라모를 만나 그와 대화를 나누는 것으로 시종하는 이 《라모의 조카》가 씌어진 시기는 분명하지 않다. 철학자와 건달이 만나 토론을 벌였던 시기 역시 불분명하다. 두 대화자는 소설 속에서 한 차례의 긴 대화를 나누고 있을 뿐인데, 거기서 언급되는 사건들은 1752년부터 1776년에 이르기까지 20여 년의 세월에 걸쳐 있다. 게다가, 이야기의 첫 대목에서 라모가 '거리에서 지나가는 걸' 가끔 본다고 말했던 그 작곡가 삼촌이 다른 대목에서는 벌써 죽은 사람이 되어 나타나는 식으로, 사건의 두서가 가끔 헷갈린다. 디드로에게는 사실 이 시간의 착종 자체가 '어느 날 점심 식사 후'부터 해 질 때까지인 소설의 시간 속에 한 시대를 가두고, 그것을 분석하고 종합하여 다시 풀어 놓는 방법일 수 있었다. 이 작품을 처음 읽었던 사람 가운데 하나인 괴테를 매혹했던 것도 이야기와 이야기를 이어주는, 흩어진 듯하면서도 일관된 계기들의 연속된 흐름이었다 : "이 대화는 얼마나 잘 연결되어 있는가! 두 사람의 응수가 지리멸렬하고 산만하다고 여기는 자가 있다면 그는 크게 오해한 것이리라. 거기에는 생생함이 있을 뿐이다. 보이지는 않지만 현실 그대로인 사슬에 의해, [···] 꽃줄 장식에 감춰져 있는 강철 사슬에 의해, 모두가 긴밀하게 맞물리고, 모두가 하나로 이어져 있다." 《라모의 조카》는 한 번에 씌어진 것이 아니다. 어느 시기에 초고를 만들고, 그것을 몇 차례 수정하고, 다시 마지막 손질을 하는 이 20년 동안, 디드로는 라모를 여러 번 만났을 것이며, 화제의 대상이 되는 사건과 인물들도 그 운명의 부침 속에 변질되고 다른 것이 되었다. 이야기가 바뀌고 정황이 바뀌지만, 그것들 모두가 한 번의 대화라고 하는 하나의 사건으로 집약된다. 무모하고 엇나가는 응수들은 바로 이 작품의 조건이며, 현상의 변화 속에서 불변하는 요소를 발견하고, 체계를 세우면서 동시에 일탈을 시도하는 이 '예술'의 섬유들이다. 디드로는 대중적 진실에 따라 그럴듯한 연대기를 작성하여 현실을 재현하기보다 재구성한다. 그것은 긴 시간의 축적으로 이루어지는 모자이크가 아니라 일종의 용광로이며《라모의 조카》는 그 마지막 형태에까지 용해되는 과정에 있다. 한 계몽철학자의 세계관도 한 떠돌이의 운명도 확정된 것은 아무것도 없다.

풍자 또는 풍자를 넘어서기

연구자들은, 텍스트 상호 참조 방식의 독서로, 사건들의 시기별 집중도와 그 연관성을 검토하여, 소설의 초고가 1761-62년에 만들어졌고, 1773-74년에 다시 수정되었다가, 1778-82년에 마지막 손질을 거쳐 현재의 상태에 이른 것으로 추정한다. 초고를 작성한 시기로 추정되는 1760년대 초엽은 이 작품의 가장 큰 주제, 즉 저자가 자신의 사상적 적수들에게 퍼붓는 풍자와 관련하여, 그 배경이 되기에 알맞은 시기이다. 디드로는 1750년대 말에 심한 상처를 입었고, 그는 이 소설에서 그 빚을 낱낱이 갚고 있다.

그 내용을 설명하자면, 다음과 같다. 루이 15세 치하에서 외무성의 국무경과 육해군성 장관을 역임했던 슈아죌—라모는 그를 가르켜 '프랑스 국왕의 대신大臣 노릇을 하는 사람'이라고 말한다—은, 프랑스가 오스트리아, 러시아 등과 연합하고 프로이센이 영국과 합세하여 7년전쟁(1756-63)을 치르는 동안, 프랑스의 계몽철학자들이 적국 프로이센의 황제 프리드리히 2세의 편을 들자, 이를 충성심과 애국심이 결여된 탓으로 여기고 크게 분개하였다. 능란한 술수와 시니시즘으로 이름이 높았던 그는 행정적 조치보다 더 효과적인 선전 공작을 펴서 철학자들을 매도하고, 반계몽주의적 작가들을 후원하였다. 《백과전서》의 편집을 맡고 있던 디드로가 먼저 그 표적이 되었다. 슈아죌의 사주를 받은 프레롱은 1757년 《꽥꽥거리는 자들에 대한 보고서》를 발표하고, 이듬해에는 《백과전서》가 몇 개의 도판을 도용하였으며, 디드로의 희곡 〈사생아〉가 이탈리아의 극작가 골도니를 표절한 작품이라고 비난한다. 《백과전서》는 이 공격과 다른 공격의 여파로 국왕의 출판 허가가 취소되었지만, 왕의 측근에 몇몇 지지자가 있어서 끝내는 당국의 묵인 아래 인쇄를 계속할 수 있었다. 프레롱이 계몽철학자들의 가장 위험한 적이었다면, 《라모의 조카》에서 가장 많은 풍자의 대상이 되고 있는 팔리소는 뛰어난 계몽철학자 볼테르의 친구이면서도 다른 계몽철학자들에 대해, 특히 디드로에 대해 유별나게 원한을 품은 사람이었다. 그의 공격은 1755년부터 시작되었다. 이 해에 상연되어 철학자들에게 상처를 입힌 그의 희극 〈괴짜들〉은 소크라테스를 소피스트라고 공격했던 아리스토파네스의 〈구름〉과 비교되곤 했지만, 그는 끈질기게 《프랑스문학사의 한 시대 기술에 도움이 될 보고서》를 써서 철학자들이 편협하고 당파심으로 뭉쳐 있다고 주장하고, 다시 《위대한 철학자들에 관한 짧은 편지들》을 발표하여 그들의 위압적인 어조와 허세를 비난한다. 이 논쟁서들은 새롭게 부상하는 시민계급의 세력을 배경으로 계몽주의자들이 여론을 주도하기 시작하자, 거기서 소외된 일부 지식인 계층에 나타난 반동적 성향을 대변하는 것으로 그 나름의 지지 기반을 확보하고 있었다. 1760년에 상연된 팔리소의 희극 〈철학자들〉은 1만여 명의 관객이 입장하였는데, 같은 시기에 상연된 디드로의 시민극 〈가장家長〉과 비교하여 두 배 이상의 흥행 실적을 거둔 것이다. 이 연극에서 엘베시우스, 뒤클로, 조프랭 부인, 루소 등 계몽철학자와 그 후원자들은 모두 웃음거리가 되고, 특히 디드로는 몰리에르의 〈여학자들〉에 나오는 엉터리 현학자 트리소탱의 현대판이 되어 치유되기 어려운 상처를 입었다. 팔리소는 계속해서 이 백과전서파의 난삽하고 현학적인 문체를, 그 '알아들을 수 없는 은어'를, 그 '철학적 애매모호함'을, '대부분의 현대인들에게 병균을 옮기게 마련이었던 그런 종류의 발작'을 비판한다. 팔리소의 뒤를 이어 이번에는 푸앵시네가 비슷한 연극에서 비슷한 자리에 디드로를 올려놓았다.

《백과전서》의 주도자이며 서민극의 창시자인 디드로는 이 풍자를 풍자로 대응하려 하지는 않았다. 사실 계몽철학자들이 가장 자주 사용하던 무기도 이 웃음의 무기였지만, 디드로는 그 자신이 팔리소의 희극에 충격을 받자 풍자 속에 스며들 수도 있는 타락한 성격을 바로 볼 수 있었다. 풍자에서는 항상 글쓰기의 흥취가 높아질수록 글쓰는 사람의 부담이 그만큼 덜어진다. 풍자문학의 이 위험한 흥분과 무차별한 반계몽주의적 여론의 분위기에는 서로 통하는 점이 있다. 게다가 디드로는 그 여론의 온상이 어디인지를 알고 있다. 반지성적인 각급의 권력자들과 실패한 문인들이 함께 모여 식사를 하고 주연을 벌이게 되면, 그 포만감과 주흥으로 들떠 있는 정신상태 속에서 경솔한 감정을 서로 부추기고 잔인한 언동을 서로 즐기면서 또 하나의 배고픔을 달랜다. 라모의 표현을 빌리자면 "대지가 오랫동안 눈에 덮였을 때의 이리들처럼 아귀아귀 집어삼키며, 성공을 거두는 것은 어느 것이나 호랑이들처럼 찢어발기는 판"이 벌어진다. "민중들에게 거짓말보다 더 유익한 것이 없고, 진실보다 더 해로운 것이 없"으며, "천재들이란 구제 불가능한 물건들"이라고 단언하는 슈아죌의 식탁이 그 표본이며, 범죄 음모의 집합소이자 중상모략의 실험실과도 같은 베르탱의 '동물원'이 그 결정판이다. 소설 《라모의 조카》는 반계몽철학의 의식儀式이라고 불러도 좋을 이 비천한 식탁의 상례적인 장면들을 둘러싸고 구성된다. 디드로는 결국 자신의 사상적 적수들에 대한 가장 강력한 대답인 《라모의 조카》를 통하여, 풍자에 대해 스스로 세웠던 금지를 깨뜨리고, 그들과 똑같은 무기로 대항하고 있지만, 그것을 사용하는 방법이 같은 것이라고 할 수는 없다. 이 철학자는 그 식탁에서 곧 바로 자기에게 걸어온 라모와 마주서서, 그 상궤를 벗어난 말에 자신에게 이롭기도 하고 해롭기도 한 맥락을 세워 대화를 조직하고, 그 풍자의 자리에 적수들과 함께 자기 자신을 세워 놓는다. 그는 또 다시 그 이리들의 아가리에 자기 머리를 들이미는 것이다.

라모의 재능과 독창성

라모와의 만남은 디드로에게 하나의 행운이다. 이 괴이한 인간은 어떤 정형에도 들어맞지 않는 "양식良識과 무분별의 혼합물"이며, 기존의 범주에 따른 어떤 분류에도 저항하는 '개인'이다. 그의 성격과 신분을 파악하기 어렵고 그 행동의 인과관계를 규정할 수 없으니 자기 권력을 아무리 크게 의식하는 철학자라도 그를 '학문적'으로 정리하는 일에 무력함을 느낄 수밖에 없다. 그는 재능 있는 음악가이지만, 상상의 바이올린이나 클라브생에서만 그럴 뿐이다. 그는 비열한 인간이지만, 그것을 도리어 자랑스럽게 여김으로써, 또는 그것을 분명하게 의식함으로써, 그 비열함에서 벗어나 있다. 라모는 말한다 : "누가 나더러, 기어라 하고 말할 수 있으며, 내가 기어야 할 의무가 어디 있습니까?" 그가 광대 노릇을 할 때는 비극적 인물에 가까운데, 진지하기를 원할 때는 가장 훌륭한 광대가 된다. 그는 사회적·윤리적 '괴물'이며, 이 점에서 어느 정도는 디드로의 다른 글《맹인에 관한 서한》(1749)이 말하는 장님 손더슨과 같은 자연의 '실패작'이다. 이 비정상의 창조물들도 그들 역시 사회와 자연을 증거한다. 디드로는 장님 손더슨을 통해 비정상으로 정상을 문제 삼음으로써 우주와 신에 대해 자기 시대의 어느 의견보다도 더 확장된 개념을 얻을 수 있었다. 그러나 육체의 기형이 아니라 '광인'인 라모에 오게 되면, 훨씬 더 구체적인 문제와 만난다. 사회와 세계에 대한 체계를 세우기에 앞서, 그 기본 요소인 인간이 문제되며, 특수하게 말해서 디드로적 인간이 문제된다. 인간에게는 '수성의 주전원'이라는 말로 빗대어지는 결정론적 거대이론과 추상적 사변으로 도피할 수 없게 만드는 무엇이 항상 남아 있다. 라모는 미쳤다고 말할 수 있을 정도로 너무 실제적인 인간이어서, 모든 것에서 합리적 인과관계를 발견하려 하고, 그에 따라 세계를 결정하려 하는 그 시대의 정열이 감당할 수 없는 문젯거리였다. 그는 철학으로 파악해야 할 인물이 아니라 시로 꿈꾸어야 할 인물이며, 그래서 그와 마주 선 디드로는 시인이 되지 않을 수 없었다.

같은 시대 사람들이 라모에 대해 그의 행태와 행적을 신기하게 여길 때, 디드로는 그의 재능을 들여다보고 있었다. 이 계몽철학자는 이런저런 일화들이나 정취감 있는 사건들의 수집에 머물지 않았기 때문에, 이 반쯤 미친 기인에게서 완성된 시의 품위와 맞먹는 어떤 것을 느끼게 하고, 라블레의 파뉘르즈, 세르반테스의 산쵸, 몰리에르의 타르튀프와 같은 위대한 문학적 전형들의 특징이 되는 초현실성을 그에게 부여하기에 이른다. 사람살이의 진솔한 분별력이 과도한 지성주의에 의해 질식할 위험이 있고, 일탈된 인간에 대한 진지한 관심이 사교적 범절의 까다로운 요구와 충돌할 수도 있었던 시대에, 한마디로 시가 없었던 시대에, 디드로의 이 성공은 매우 희귀한 것이었다. 그것은 라모가 지닌 장점과도 관련이 있다. 디드로가 그에게 지극히 괴상한 행티와 극도로 위험한 패러독스와 미친 머리에서나 나올 의견들뿐만 아니라 가장 현명한 생각을 빌려 줄 때도, 그가 자신의 모델을 왜곡하거나 배반한 것이 아니다. 디드로는 라모가 무엇이 되어 있는가를 묻기보다 무엇이 될 수도 있는가를 알고 싶어한다. 라모라고 하는 한 에너지의 현실보다는 그것의 근본적인 개연성이 더 중요했다고 말할 만하다(문학적 전형은 늘 이렇게 만들어질 것이다). 팬터마임의 형이상학자에 기상천외한 음악가, 재능의 실패로부터 일종의 실패의 재능을 끌어내는 비장한 실패작, 기식객에 뚜쟁이이지만, 그러나 "본바탕에는 섬세한 정신"을 지닌 악한, 굽힐 줄 모르는 비난꾼이면서도 부끄러움을 모르는 구걸자, 뒷감당을 염려하지 않는 희롱꾼이자 그 나름의 깊이를 지닌 모랄리스트, 장 프랑수아 라모는 이 모든 것이다. 적어도 잠재적으로 그렇다. 디드로가 단순한 풍자를 넘어설 수 있었던 것은, 라모가 단순한 파렴치한에 그치지 않았기 때문이거나, 적어도 그렇게 이해되었기 때문이다.

《라모의 조카》의 시대에, 저 베르탱의 '동물원'이 말하듯, 책임 없는 빈정거림을 직업으로 삼는 파렴치한들, 라모의 '떨거지들'이 많았지만, 그러나 그 떨거지들의 어느 누구도 소설 속에서 라모의 자리를 대신할 수는 없다. 정확히 말하자면, 그들은 라모와 같은 종류의 인간들이 아니다. 그들은 자신들의 시니시즘 속에 평안하게 자리 잡고 있다. 평안하기는 그들이나 그들이 자기들 나름의 양심에 따라 우롱의 대상으로 삼는 자들이나 다를 것이 없다. 그것은 거꾸로 된 모습의 순응주의이며, 훈계조의 감상적 도덕과 마찬가지로 게으름에 속하는 묵계이다. 그들이 이 묵계를 통해 한 문화가 파산되는 조짐을 보이고, 자신들이 그 마지막 작품인 한 세계의 붕괴를 증언한다 하더라도, 그것은 수동적으로, 자기들도 모르는 사이에 그러는 것일 뿐이다. 헤겔이 분석하는바, 자기 박탈과 '자기 와해' 속에서, 한계에 이른 문화로부터 초래되는 극도의 타락, 올바른 의식에 반대되는 분열된 의식은 아마도 그들의 경우에 해당될 것이다. 수동성이 그들의 모든 의식을 파괴해 버렸다는 단순한 이유 때문에도, 그들은 자기 자신의 존재를 문제로 삼겠다고는 엄두도 내지 못한다. 라모는 그 점에서 비장하다. 시니시즘은 '자기 분열을 통해서만 자기 정신을 복구할' 수 있으며, "모든 것을 조각내는 판단"은 자기 와해의 작용을 자기 자신에게 행사할 때만 가치를 지닌다. 헤겔은 말한다 : "정신이 자기 자신으로부터 그리고 자기 자신에 관해서 얻어내는 언술의 내용은 이때 모든 개념과 모든 현실의 퇴폐이다. 그것은 자기 자신과 타인들에 대한 보편적인 속임수이며, 이 속임수를 진술하는 파렴치함은 바로 그 때문에 가장 높은 진실이다."[5]

이에 대해 파브르는 덧붙인다 : "《라모의 조카》가 이 진실에 맨 먼저 도달하는 것은, 붕괴상태에 있는 한 문화의 독과 뜸씨를 짊어지고, 어떤 혁명도 가정하지 않기 때문에 그만큼 더 깊이 혁명적인 작품의 전형을 실현하는 것은, 소크라테스가 되다 말고 디오게네스로 된 디드로가 자기 시대의 은밀한 드라마 속에 함축되어 있는 이 분열된 의식의 경험을 생각하고 체험하는 계기를 거기서 발견했기 때문이다."[6]

철학자와 건달

라모의 독창적인 재능을 특별히 디드로가 발견하였다는 것은 그 자신에게 어떤 형식으로건 그 재능이 있었다는 뜻이 될 것이다. 실제로,《라모의 조카》는 대부분 대화로 짜여 있으며, 그것은 두 사람이 서로 재능을 빌려 주는 뛰어난 방식으로 된다. '나'가 '그'에게 느끼는 감정은 지극히 복잡하다. 점잖고 침착하며, 훈계조의 말투에 길들어 있는 한 철학자가 한 시대의 추문덩어리인 이 방랑자에게 어느 정도 혐오감을 갖는 것은 사실이다. 라모가 무람없이 그의 어깨를 두드리거나 그의 딸의 나이를 물을 때, 철학자는 도사린다. 희극적 구성요소의 하나이기도 할 이 방어적 태도는 부지불식간에 나타나는 것이기에 그만큼 더 생생하다. 그러나 철학자의 거드름은 라모의 개성과 언행으로부터 방사되는 어지러운 매혹 앞에서 그 이중적인 성격을 금방 드러낸다. 역겨움, 미운 정, 경멸, 동정, 이런 것들이 라모 앞에서 그가 느끼거나 느낀다고 믿는 감정이지만, 실제로는 당혹감, 찬탄, 부러움, 후회, 그리

5 —— G. W. F. Hegel, 앞의 책, p. 81.

6 —— Jean Fabre, "Introduction", *Le Neveu de Rameau* par Denis Diderot, p. LXIII.

고 자기모멸감과 비슷한 어떤 것이 그 밑에 숨어 있다. 말하자면 체질적 공감이 그들을 묶고, 그들의 대화에 연락장치를 마련한다. 그리고, 이 공감은 철학자가 일종의 유도심문에 걸려 자신도 역시 한때는 가난한 방랑자였음을 어쩔 수 없이 고백하게 될 때 가장 넓게 확산되어 소설 전편에 기이한 페이소스를 깔기에 이른다. 라모는 가공되지 않은 디드로, 예의범절을 모르고 일관성이 없으며 자기감시를 염두에 두지 않는 또 하나의 디드로인 것이다. 똑같이 목소리가 크고, 똑같이 격정적인 기질과 사고법을 가졌다는 정도가 아니다. 그 밑으로 내려가면, 젊고 여전히 방황 중에 있는 이 대화상대자 라모는 옛날의 디드로였던 것, 그가 하마터면 될 뻔했던 것이다. 디드로는 그렇게 되지 않은 것이 다행이지만 또한 애석하기도 하다. 디드로에게 《라모의 조카》는 그의 먼 추억과 맥을 잇는다. 그들의 길은 둘로 갈라졌고, 두 사람은 사회적 위치가 달라졌으나, 어떤 길목에서 그들은 서로에게서 자신을 알아본다. 이를테면, 라모에게는 절망적인 확신의 형식으로, 디드로에게는 그보다 모호하면서도 통절하기는 마찬가지인 조바심의 형식으로, 실패에 대한 자의식이 있다.

디드로는 벌써 50대에 이르렀는데, 아직 반만 성공한 사람이었다. 《백과전서》의 편찬에 초인적인 힘을 쏟아부었지만, 한 사람의 '창조자'가 될 시간과 힘을 그 일에 빼앗겼다고 할 수도 있다. 논객으로서 그에게는 수많은 적들이 있고, 같은 편 속에도 위험하기는 마찬가지인 경쟁자들이 있다. 그의 친구 그림은 디드로를 소개해

달라는 폴란드 왕의 요청에 거절의 답장을 보내며 이렇게 쓰고 있다 : "디드로는 자기 시간을 자유롭게 사용할 수도, 천재의 영광을 볼테르와 함께 나눌 수도 있지만, 정기간행물에 넝마 같은 글을 쓰느라 그 시간을 허비하거나, 분별없이 그를 차지하려는 모든 사람들에게 내주어 버림으로써 더욱 비통하게 사용하고 있습니다. 감히 폐하께 말씀드리건대, 그는 인정받지 못하고 죽을 것입니다."[7] 이것은 뻔뻔스런 중상에 불과하지만, 디드로가 자신에 대해 지니는 감정이 때로는 이와 같을 수 있었다. 게다가 그의 반쯤의 성공은 그에게 올가미의 구실을 하기도 한다. 라모와의 만남에서 그에게 우월한 자리를 마련해 주는 그의 지위와 학식은 그와의 대화에서 보면 그의 약점이다. 철학자는 일관성을 지켜 좁은 길을 따라가야 하는데, 명예도 위엄도 염려할 것이 없는 '미치광이'에게는 그가 부딪치는 모든 곳이 길로 된다. 여전히 늑대의 한 종류이지만, 벌써 붙잡힌 늑대인 디드로는 또 하나의 늑대인 라모의 자유에 매혹을 느끼지 않을 수 없다. 이 늑대는 기어다닐 수도 있고, 비굴하게 굴 수도 있지만, 이 비열함에 대한 완전한 자각이 그를 해방한다. 그는 거짓으로 한 편의 소극과 하나의 '예술'을 만들어 내면서도, 거짓의 토대에 삶을 지어 올릴 수 없다는 것은 알고 있다 : "다행히 나는 위선자가 될 필요는 없어요. 가지가지 위선자들이 벌써 많으니까요. 자기 자신까지도 속이는 사람들은 빼놓고도 말입니

7 —— 그림Grimm이 1770년 7월 19일 포니아토프스키Stanislas-Auguste Poniatowski에게 보낸 편지. Jean Fabre, 위의 책, p. LXVII에서 재인용.

다.” 아마도 이 제외된 마지막 사람들 속에 《라모의 조카》의 저자가 해당할 것이다. 실패에 대해서와 마찬가지로 거짓에 대해서도, 그 나름대로 체제 속의 사람인 디드로는 혼란된 의식을 가질 수밖에 없다. ‘나’는 ‘그’가 갑작스럽게 제기한 이 문제에 전력을 다해 저항한다. 자기기만을 훤히 꿰뚫어 자기고백의 일관성을 대담하게 확보하기 위해서는, 성자처럼 겸허해지거나 눈앞의 비천한 자처럼 파렴치해져야 하는데, 벌써 살아온 삶은 어느 쪽의 선택도 실천하거나 바랄 수 없게 만든다. 이 점에서 라모는 디드로에게 회한이며 유혹이다. 《라모의 조카》의 비극적 울림도 여기서 비롯한다.

윤리와 자유

철학자에게서 자신의 삶에 대한 자의식은 당연히 자신이 세운 이론체계에 대한 재검토로 이어진다. 라모 앞에 디드로는 우선 윤리학자이자 윤리적인 인간으로 마주선다. 그런데 사실 이 윤리는 그의 결정론적 유물론에 가장 큰 난점이었다. 그는 자신의 유물론적 입장에 도달하기 위해, 매우 힘겨운 논리적 정합의 단계를 차례로 거치며, 감성의 저항과 정신의 인습적 사고틀을 극복해야 했다. 그러나 《맹인에 관한 서한》에 이르러서, 유물론적 가정은, 그것이 인간을 설명하기 위해 이끌어 낸 모든 논리적 귀결과 더불어, 벌써 경험과 가장 일치하고 탐구를 위해 가장 보람 있는 사고체계로 정형화된다. 사고는 감각능력sensibilité에서 나오며, 감각능력은 에너지의 한 형식인데, 에너지는 물질로, 또는 물질은 에너지로 환원된다. 현대물리학의 소박한 도식을 보는 듯하지만, 그러나 그 요체를 꿰뚫고 있다. 이 가정은 엄격한 실험이나 계산을 염두에 둔 것이 아니라 줄곧 시적 직관의 근처에 머물러 있는 것이기에 그것을 뒷받침하는 논리는 그만큼 더 정밀하고 강압적이다. 《달랑베르의 꿈》에 오게 되면 그 시적인 면이 더욱 두드러진다. 인간은 극소 조직체들의 집합으로 여겨진다. 물질에서 정신에 이르기 위해서는, 에너지의 '비활성적' 감각능력이 '활성적' 감각능력으로 동화되는 단계를 거쳐야 하고, 이 미묘한 순간을 비롯해서 발효상태의 물질이 인간으로, 그 정신으로, 우주로 개화한다. 그리고 이 미묘한 순간을 위해 시간 속에서 수만 세기를, 공간 속에서 수수억 리를 옮겨 다니고, 수많은 항성들의 불을 껐다 켜고, 자연의 변덕으로 태어나는 거대한 군생체들에게 생명을 주는 어지러운 놀음을 해야 하는데, 이 현기증의 유희를 디드로 자신은 명철한 정신으로 실천한다. 인간은 이 변덕과 우연의 조합에서 얻어진 산물이다. "또 다시 어떤 새로운 종種이 다량의 감관점과 생명점을 갖춘 한더미로부터 나타날지 어쩔지를 누가 알겠는가?"[8] 그러나 인간이 자연의 변덕스런 결과물로 귀결되는 이 사고와 생명의 규칙은 또 하나의 명제를 포함한다. 인간으로 대표되는 이 우연의 선물은, 즉 '인종espèce'으로 된다는 것은, 그 앞에 이루 헤아릴 수 없이 많은 사산된 조합들을 전제해야 하는 것이기에 그만큼 엄숙하다. 철

8 —— Diderot, "Rêve de d'Alembert", *Œuvres*, texte établi et annoté par André Billy, coll. Bibliothèque de la Pléiade, Gallimard, 1951, p. 895.

학자는 일종의 열정을 담고 이 '인종'이라는 말을 되풀이한다. 인간으로 생성된다는 이 기적적인 모험에 대한 경외감의 표현인 것이다. 이렇듯 자각된 유물론이 윤리의 우월성에 이를 것은 당연하다. 그러나 이 자각은, 인간과 그 의지 전체가 자연의 결정체일 뿐이라면, 그래서 자유가 없다면, 칭찬받거나 비난받을 행동도 없고, 미덕도 악덕도 없다는 또 하나의 결론에 대한 자각과 겹친다. 디드로에게서 모든 종류의 덕성스럽거나 훈계적인 습관은 결코 피할 수 없을 것처럼 보이는 이 마지막 결론과 어김없이 충돌한다. 그는 이때마다 자기 체계의 논리에 반감을 느끼지만, 라모의 재담은, 다시 말해서 좀더 대담하고 자기 자신에 대해 덜 '위선적인' 또 다른 디드로의 재담은, 이 반항이 소용없다는 것을 금방 드러내고 만다. 세계를 '남김없이' 설명하려는 이런 종류의 체계는 자신에 대한 모든 항의까지를 자기 안에 자리매김한다. 철학자는 자신의 인간다운 감정이 어디에도 종속된 것이 아니기를 바라지만, 감정으로서의 감정이라는 생각 자체가 더욱 깊고 까다로운 이론적 요청을 감춰줄 핑계에 불과하다. 결정론과 유물론은 모든 인간을 그 존재감과 연결시키는 자유에 대한 심증과 어긋난다. 그래서 디드로는 윤리를 위해서 자유가 아니라, 자유를 위해 윤리를 구하려 한다.

일관성이 없는 도덕주의와 강압적 유물론이라고 하는 두 개의 상호 배리되는 지혜로부터 디드로를 구해 주는 것은 라모의 '광기'이다. 필연적으로 결정되는 세계와 이 결정론에 저항하며 자유의 환상에 집착하는 개인을 화해시키거나 한쪽을 통해 다른 한쪽을 완화시키기는 불가능하다. 디드로에게는 '예민한 정신'이라는 말로 정형화되는 희망과는 다른 자유에 대한 또 하나의 확신이 있었으며, 그것을 바로 작가로서의 자기 재능에서 찾을 수 있었다. 학문은 세계를 합리화하여 자연을 지배하는 능력으로 국한되는 반면, 시 또는 예술은 그 모든 형식을 빌려 인간 안에 존재하는 창조능력을 가정하고 증명한다. 예술적 걸작은 그것이 유래 없고 예측 불가능하며 대체 불가능할 때만, 다시 말해서 그 저자의 '독창성'을 드러낼 때만, 그 이름에 합당할 것이다. 디드로는 프랑스 유물론의 가장 훌륭한 대표자이며, 대혁명의 기치를 들게 될 자기 시대 시민계급의 전형적 사상가이지만, 혁명의 사상가는 시인일 수 있으며, 또한 시인은 유물론을 주장할 수 있다. 유물론자가 시인으로 행세할 때, 그는 자기 학설을 본의 아니게 부인할 수 있다. 자신의 시적 재능을 의식하는 것으로는 부족하고, 적어도 그 자가당착을 짊어질 용기가 있어야 한다. 라모의 아나키즘이 길을 터 준다. 예의, 미덕, 가정, 국가, 나아가 자아의 동일성까지가, '타고난 개성'을 그 본래의 상태에서 화신하는 이 건달 예술가의 비웃음에 의해 와해된다. 그러나 이 가치의 붕괴 속에서, 예술은 라모의 절대적인 헌신과 그 실패 자체에 의해 유일하게 보존되고 찬양된다.

이 점에서, 《라모의 조카》의 순수 '부정성'에만 치중하는 논리는 자칫 섬세함을 잃을 수 있다. 이른바 마르크스주의 비평가들은 여기서 오로지 역사적 병폐의 증거를 찾고, 부조리에 잠식된 나머지 붕괴점에 도달하여 혁명이 불가피한 사회와 파산된 문화의 반영을

본다. 그리고 이어서 한 세계의 종말을 감지하였다고 디드로를 찬양한 다음, 그 '분석'으로부터 적극적인 결론을 끌어내지 못했으며, 역사적 유물론에 정선된 자료를 제공하지 못했으며, 그래서 그 직접적인 선구자가 될 수 없었다고 그를 비난한다. 그러나 이런 해석은 역사와 시대의 파악에도, 인간 이해에도 잘못을 저지르고 있다. 보마르셰의 《피가로의 결혼》은 아마도 그 시대 폐습의 표층과 드잡이를 했고, 따지고 보면 그 시대의 유행에 따라 대담했기 때문에 대혁명의 정신을 가장 직접적으로 증언할 수 있었으리라. 마르크스주의 비평가들에게 디드로의 약점으로 보이는 것들은 그의 관심이 표층에 있지 않은 데서 기인하는 것들이다. 라모의 비판은 사회보다는 인간을, 역사보다는 자연 또는 본성을 겨냥한다. 도스토옙스키의 주인공들이 대개 그렇듯 그의 언동이 문제삼는 것은 하나의 문화가 아니라 문화 그 자체이다. 그가 발버둥치고 있는 이율배반들을 해결해 줄 수 있는 사회 질서란 어떤 종류의 신념으로밖에는 달리 상상할 수 없다. 그런 질서 하나를 상상할 수 있다고 하더라도, 그것은 장 프랑수아 라모 같은 존재들을 질식시키고 제거하고 생각할 수도 없는 것으로 여기게 될 질서일 것이며, 인간성을 잘라내 버리고 인간을 세우게 될 이 질서야말로 가장 극악한 전제일 것이다. 라모는 어느 자리에 나타나건 "뜸씨가 되어 발효하며 개개인들에게 그 타고난 개성의 일부를 되살려 놓는다". 그의 나타남은 순응주의에 대한 도전을 표현하지만 그 이상으로 자유에 대한 끊임없는 요구를 드러낸다.

예술가 소설 또는 미래의 텍스트

인간에게 그 존재 이유에 대한 확신을 심어 줄 이 자유의 예감이 고도의 시적 현기증으로 확산·증폭되는 것은 특히 조카 라모에 의해 연희되는 네 개의 팬터마임을 통해서이다. 소설 속의 토론자이며 동시에 소설의 서술자인 '나'에 의해 서술되는 '그'의 팬터마임은 토론과 토론 사이를 동시에 분리하고 연결하며, 그 내용에 실재성을 부여하는 정도를 넘어서서, "그"에게 "나"의 자리를 확보할 수 있는 기회를 마련한다. 무엇보다도 철학자에 의해 서술되는 라모의 팬터마임 속에서 라모는 또 하나의 작은 서술자 노릇을 하고 있을 뿐만 아니라 마침내는 주체와 객체로서의 "나"와 "그"의 역할을 역전시키는 정황에 이르기 때문이다.

그는 차례차례 바이올린 독주자와 클라브생 독주자가 되어 상상의 악기를 통해 환상의 음악을 만들어 낸다 : "〔…〕 활이 한꺼번에 여러 현 위로 천천히 움직이는 그런 아름다운 대목이 하나 나타나면, 얼굴은 황홀한 표정을 짓고, 목소리는 부드러워졌으며, 그는 도취된 듯 자기 목소리에 귀를 기울였다. 화음이 그의 귀와 내 귀에 울리는 것이 확실했다." 그의 부재하는 악기 위에서 연주되는 것은 그가 아직 실현하지 못한 재능이며, 그것이 실현될 미래를 미리 살아보려는 열정이다. 라모 자신의 말처럼, 그는 "결코 지치는 사람"이 아니다. 그러나 "나"의 서술 속에서, "그"가 연출하는 이 미래의 재능은 벌써 실패한 과거의 재능이며, 그의 열정은 그 실패에 대한 아쉬움일 뿐이다. 또 하나의 팬터마임에서 "그"는 단신으로 오페라 하나를 연출한다. 뺨을 부풀려 침울하고 쉰 음성으로 호른과 바순 소리를 내고, 귀청이 찢어질 듯한 콧소리로 오보에를 대신하고, 빠르게 휘몰아치는 목소리로 현악기의 음을 더듬으며, 휘파람을 피리소리로 삼아, "노래하고, 미치광이처럼 날뛰며, 혼자 무동이요, 무희요, 남자 가수, 여자 가수, 오케스트라 전체, 가극단 전체"가 된다. 디드로는 그 효과를 이렇게 묘사한다 : "비통함을 못 이겨 기절하는 여자였으며, 온통 절망에 빠진 사나이였다. 솟아오르는 신전, 지는 해에 잠잠해지는 새들, 한적하고 서늘한 곳에서 속삭이거나 산꼭대기에서 급류를 이루고 떨어지는 물, 뇌우, 폭풍우, 죽어가는 사람들의 신음, 표표히 부는 바람 소리에, 천둥벽력에 묻힌 단말마. 그것은 암흑에 싸인 밤이었다. 어둠이며 침묵이었다. 침묵까지도 소리로 그려지는 법이니까." 이 광경 앞에서 "나"는 찬탄하고 연민을 느끼지만, "이 감정들 속에는 무언가 조롱의 낌새가 녹아 있어" 그 감동을 변질시킨다. 이 상상의 음악가에게 "연민"을 느끼는 "철학자"는 여전히 거기서 실패한 재능의 과거를 보고 있는 것이다. 그러나 라모는 이 팬터마임에 덧붙여 말한다: "서정시는 아직 태어나지 않았어요. 그러나 도달하겠지요." 몽상과 실천의 중간에서 그가 연주하는 상상의 음악은 아직 태어나지 않는 서정시, 아직 존재하지 않는 예술이다. 그의 실패는 벌써 개인의 실패를 넘어선다. 과거의 세계에서 자기 재능을 실현할 수 없었던 그 개인의 운명 속에는, 생존에 있어서건 예술에 있어서건 미래의 새로운 형식과 영감을 요청하는 열정이 자리 잡고 있다.

이 일련의 팬터마임은 마침내 "거지의 팬터마임", 다시 말해서 "이 지구의 거대한 도래춤"으로 완성되며, 이때 연희의 무대는 카페의 홀을 벗어나서, 인간이 발을 붙이고 사는 모든 장소로 확대된다. 이 "거지가 밟는 스텝"은 우선 아첨꾼이고 충견이며 하인인 라모 그 자신의 생존 방식이다. 그러나 한 사람의 걸인으로 전락한 그의 존재는, 하층민에서 국왕에 이르기까지, 한 단계의 높은 권력 앞에서 항상 그와 똑같은 스텝을 밟아야 하는 모든 비굴한 인간들의 삶을 추상한다. 이 점에서 "거지의 팬터마임"은 그 자체로서 하나의 세계상이 되며, 그 세계를 연출하는 라모의 삶은 아무것도 아니면서 동시에 모든 것인 한 "광대"의 자유를 가장 높은 수준에서 화신한다. 철학자 "나"가 그 초연한 지성에 의해서 "거지의 팬터마임"으로부터 자유롭기를 바란다면, 라모는 벌써 그 모든 삶으로 자기 삶을 대신함으로써, 즉 그 팬터마임의 자각적 주체가 됨으로써, 거기 사로잡히지 않는다. 소설을 서술하는 "나"의 서술 대상인 "그"가 그 서술의 진정한 주체로 되는 것도, 아무것도 아니면서 모든 것인 이 존재의 자유에 의해서이다. 디드로는 라모에게 이렇게 말하게 한다 : "나는 베르탱과 다른 여러 사람의 광대이며, 이 순간에는 아마 선생의 광대겠지요. 아니 어쩌면 선생이 내 광대일지도 모르고." 주체와 객체는 역전된다. 서술되는 자의 과거가, 자기 존재를 끝없이 유예 상태에 가져다 놓는 그 거지의 예술에 의해, 서술하는 사람의 미래로 되는 것이다.

소설은 미래형으로 끝난다 : "마지막에 웃는 자가 잘 웃는 자일지니." 《라모의 조카》는 붕괴되는 한 시대를 과거로만 서술하지 않는다. 디드로는 이 소설 속에서, 자신의 사상적 적들과 맞서 싸우고 있지만, 단순한 풍자로 자기 시대와 드잡이하는 일에 그치지 않고, 그 시대의 풍조와 자신의 철학을 동시에 해체함으로써, 어디에도 붙잡히지 않는 하나의 시적 재능을 그 자리에 초대한다. 철학자 디드로가 자신의 사상적 투쟁과 학문 체계의 구성 과정에 라모를 끌어들여 그의 일탈된 생애를 서술하며 두 개의 세계관을 대비시킬 때, 그는 자기 재능의 과거를 살고 있지만, 서술자로서의 자기 권리를 그 대상인 건달 예술가에게 내어 주어 주체와 객체의 역전을 허락할 때, 그는 비록 자기 재능의 미래가 아니라 하더라도, 적어도 그 미래의 가치 앞에 서게 되는 것이다. 《라모의 조카》가, 종교적·사회적·과학적인, 합리적이거나 비합리적인 모든 거대 기획과 그 전망을 문제삼는 우리 시대의 텍스트가 되는 소이도 여기 있겠다.

디드로 연보

디드로는 널리 알려진 프랑스의 계몽철학자들 가운데 비교적 젊은 세대에 속한다. 그는 몽테스키외보다 스물네 살, 볼테르보다 열아홉 살, 뷔퐁보다 여섯 살, 루소보다 한 살이 적으며, 달랑베르보다는 네 살이 더 많다. 그는 프랑스 대혁명이 일어나기 5년 전에 죽었다.

1713년 —— 드니 디드로가, 칼 만드는 장인인 디디에 디드로와 앙젤리크 비녜롱의 아들로, 랑그르에서 태어났다.

1723년 —— 랑그르의 예수회 학교에 입학.

1726년 —— 성직자가 되기 위해 삭발례를 받았다. 가족은 이 머리 좋은 아이가 주교구의 참사원인 그의 외삼촌 디디에 비녜롱의 자리를 승계할 수 있으리라고 기대했다.

1728～1732년—— 파리에서 학업을 닦았다. 루이 르 그랑 학교에서 수학하며, 아르쿠르 학교를 비롯한 다른 여러 학교의 수업을 청강하였다.

1732년 —— 파리대학에서 문학사 학위를 받았다.

1733년 —— 파리에서 불안정한 생활을 영위하며, 문학 관련 작업으로 근근이 살아갔다.

1736년 —— 디드로의 아버지는 아들의 허랑한 생활을 비난하며, 그의 빚을 갚아주기를 거부한다.

1741년 —— 소설가 바퀼라르 다르노에게 운문 서한을 써서 한 잡지에 발표한다.

1742년 —— 파리에 갓 자리를 잡은 장 자크 루소와 교류를 시작하며, 영국의 역사학자 템플 스태니언의 《그리스 역사》를 번역·출간한다.

1743년 —— 아버지의 신임을 얻기 위해, 한 수도원에 들어갔지만(1월), 한 달 만에 탈출하여(2월), 파리의 빈궁한 생활로 되돌아갔다. 가족의 반대를 무릅쓰고 앙투아네트 샹피옹과 결혼.

1745년 —— 출판업자 르브르통이 《백과전서》의 편집을 디드로에게 제안한다. 이 기획은 원래 영국의 E. 체임버스가 출판한 《사이클로피디아*Cyclopaedia*》(1728)를 단순히 프랑스어로 번역하는 것이었다. 섀프츠베리의 《재능과 미덕에 대한 시론》을 번역 출간.

1746년 —— 《백과전서》 출간에 대한 국왕의 허가를 얻었다. 《철학사상》 출간.

1747년 —— 디드로는 달랑베르와 함께 《백과전서》의 편집 책임을 맡는다. 무종교를 고백한 디드로는 《회의주의자의 산책》을 집필한다.

1748년 —— 취소되었던 《백과전서》의 출간 허가를 다시 얻어냈다. '방종한 소설' 《고자질쟁이 보석》, 《수학의 여러 상이한 주제들에 대한 보고서》, 《의학과 외과학의 여러 혼란에 대해 외과의사 모랑에게 보내는 서한》 등을 발표.

1749년 —— 《맹인에 관한 서한》을 출간. 이 글이 물의를 일으켜, 이해 7월 뱅센 감옥에 구속된 디드로는 법률을 준수하겠다는 서약서를 쓰고 11월에 석방된다. 루소는 감옥의 디드로를 면회하러 가던 길에 영감을 얻어 그 유명한 《학문예술론》을 쓰게 된다.

1750년 —— 그림, 돌바크 등과 교류. 11월, 《백과전서》의 〈취의서〉 발표.

1751년 —— 《백과전서》의 〈취의서〉를 둘러싸고 베르티에 신부와 논쟁. 《귀머거리와 벙어리에 대한 서한》 발간. 디드로는 달랑베르와 함께 베를린 학술원 회원으로 임명된다. 《백과전서》의 첫째 권이 6월에 발간된다.

1752년 —— 《백과전서》 제2권 출간. 《백과전서》의 기고가 중 한 사람인 드 파라드 사제가 소르본 대학에 제출한 학위논문이 유죄판결을 받아, 제2권의 판매가 금지된다. 디드로의 부인은 랑그르에 가서 시아버지와 화해한다.

1753년 —— 딸 마리 앙젤리크 디드로 출생.

1754년 —— 《자연의 해석에 대한 생각들》 출간. 연말을 고향 랑그르에서 보내며, 무명 시절에 출판사들과 맺었던 계약을 자신에게 유리한 방향으로 수정한다.

1755년 —— 연인 소피 볼랑에게 첫 편지를 보낸다.

1756년 —— 몽모랑시의 에르미타주관館에 은거해 있던 루소와 재회한다. 《결정론과 도덕의 기초에 대해 랑드와에게 보내는 서한》 출간. 디드로는 루소의 보호자이며 에르미타주관의 주인인 데피네 부인을 이해 11월에 만난다. 이 만남은 루소와 디드로를 헤어지게 만든 원인의 하나가 된다.

1757년 —— 희곡 《사생아》와 《도르발과의 대담》 발간. 루소와 결별.

1758년 —— 당국의 압력에 못 이겨 달랑베르가 《백과전서》의 편집위원직을 사임한 가운데, 디드로는 포기하지 않을 것을 선언한다. 서민극 《가장》 출간.

1759년 —— 1751년부터 1757년까지 7권이 발간되었던 《백과전서》가 다시 유죄판결을 받는다. 국왕의 윤허를 재청원. 부친 사망. '미술전시회평'의 첫 회분을 그림의 《문학통신》에 발표. 이후 디드로는 2년마다 열리는 '회화와 조각 전시회'에 대한 보고서를 1771년까지 정기적으로 발표하게 된다.

1760년 —— 소설 《수녀》 집필. 종교계와 마찰을 일으키게 마련이었을 이 소설은 대혁명 이후인 1796년에야 발간된다.

1761년 —— 서민극 〈가장〉 첫 상연. 《백과전서》의 마지막 열 권 교정 작업.

1762년 —— 《리처드슨 예찬》 발간. 러시아에 망명하여 《백과전서》 작업을 끝내라는 예카테리나 2세의 제안을 거절한다. 《라모의 조카》 초고 작성.

1763년 —— 데이비드 흄을 만난다.

1764년 —— 《백과전서》의 마지막 열 권 중 물의를 일으킬 여러 대목이 출판업자 르브르통에 의해 삭제·훼손된 사실이 발견되었으나, 출간 작업 종료에 동의한다.

1765년 —— 자신의 장서를 예카테리나 2세에게 판다. 1,500리브르와 매년 100피스톨의 연금을 받는 대신, 디드로의 사망 후 상트페테르부르크 도서관에 장서 전체를 넘긴다는 것이 그 계약의 내용이었다. 《백과전서》의 마지막 열 권을 인쇄한다. 본문 17권, 도판 11권, 총 28권의 출간으로 20년에 걸친 대작업이 끝난다.

1767년 —— 디드로는 상트페테르부르크의 문예 학술원 회원으로 임명된다.

1769년 —— 《달랑베르와 디드로의 대담》, 《달랑베르의 꿈》, 《대담 속편》 등 집필.

1770년 —— 랑그르와 부르본을 여행하며, 《부르본의 두 친구》, 《갈리아니 변호》 출간.

1771년 —— 《아버지와 아들들의 대담》, 《운명론자 자크》 집필

시작.

1772년 —— 디드로의 딸 마리 앙젤리크가 카로이용 드 방될과 결혼한다.

1773～1773년 —— 독일, 오스트리아 지역을 거쳐, 러시아 여행. 이 기간에 디드로는 그의 《네덜란드 여행기》에 대한 주석과 엘베시우스의 《인간론》에 대한 '반론'을 작성하고, 《한 철학자와 드 ** 원수元帥의 대담》, 《군주정치》, 《배우에 대한 역설》을 집필한다.

1775년 —— 〈러시아의 교육에 대한 시론〉, 〈러시아를 위한 대학계획서〉. 여덟 번째 〈미술전시회평〉.

1777년 —— 세브르에서 한 해를 보내며, 희극 〈선인인가, 악인인가?〉의 초고를 만들고, 자신의 전집 발간을 준비한다.

1778년 —— 《클라우디우스와 네로의 치세에 대한 시론》, 《세네카의 생애에 대한 시론》.

1781년 —— 《그림 씨에게 보내는 레날 사제 변호 서한》. 아홉 번째 〈미술전시회평〉.

1784년 —— 뇌졸중으로 회복하기 어려운 손상을 입는다. 2월 소피 볼랑 사망. 7월 31일, 파리에서 디드로 사망, 8월 1일, 생로슈 교회에 안장.

역자 후기 및 감사의 말

역자가 이 번역의 대본으로 삼은 텍스트는,

Denis Diderot. *Le Neveu de Rameau*. Edition critique avec notes et lexique par Jean Fabre. Librairie Droz, 1977

이며, 이 밖에 다음 텍스트들을 참고하였다.

Denis Diderot. *OEuvres*. Texte établi et annoté par André Billy. Coll Bibliothèque de la Pléiade. Gallimard, 1951.

______. *OEuvres romanesques*. Edition de H. Bénac. Coll. Classique Garnier. Garnier, 1962.

______. *Le Neveu de Rameau*. Chronologie et préface par Antoine Adam. Garnier-Flammarion, 1967.

______. *Le Neveu de Rameau*. Introduction, notes, chronologie, dossier, bibliographie par Jean-Claude Bonnet. GF-Flammarion, 1983.

또한 주석과 해설 원고를 작성하는 과정에, 다음의 주석본과 역본에서도 적지 않은 도움을 받았다.

Denis Diderot. *Le Neveu de Rameau.* Notice biographique, notice historique et littéraire, notes explicatives par Jean Pol Caput. Coll. Nouveaux classiques Larousse. Larousse, 1972.

_______. *Le Neveu de Rameau.* Tableau de concordances chroniques, notice littéraire, notes explicatives par Serges Baudifier. Coll. Nouveaux classiques illustrés. Hachette, 1976.

_______. *Rameau's Nephew and Other Works.* New translations by Jacques Barzun and Ralph H. Bowen, with an introduction by Ralph H. Bowen. Bobbs-Merrill Educational Publishing, 1978.

역자는 구어체와 문어체가, 고상한 말과 상스런 말이 뒤섞여 있는《라모의 조카》를 번역하며, 각각의 국면에 적절한 우리말을 찾아내려고 애썼지만, 자연스러움을 빙자하여 원문을 왜곡하지는 않았다. 그러기는커녕 원문의 전치사 하나, 구두점 하나에까지 주의를 기울여 옮기는 것이 우리말의 보편적 역량을 이끌어 내는 길이라고 믿었다. 그러나 번역은 누구에게나 쉽게 자만심을 안겨주는 작업이 아니다. 일천할 뿐인 지식으로, "라모"의 광기 어린 재치와 디드로의 백과전서적 박식을 따라가기에 숨찼던 이 작업에, 콩과 보리를 구별하지 못한 잘못이 없지 않을 것이다. 이 점 독자들의 준엄한 질정이 있기를 충심으로 바란다.

한편 본 역서에서는, 디드로의 텍스트에서와는 달리, 지문과 대화 사이 또는 국면이 전환되는 자리에 빈칸을 삽입하였다. 이는 오직 독서의 편의를 위한 것이지만, 역자가 참조한 프랑스의 몇몇 텍스트에도 이와 같이 빈칸을 삽입한 예가 있음을 밝혀 둔다.

이 책이 출간되기까지는 많은 분들의 도움이 있었다. 텍스트를 함께 윤독하였던 강원대학교의 한동원 교수, 서준섭 교수, 김용은 교수께 감사의 인사를 드린다.

강성욱 선생님께 고개 숙여 감사의 인사를 올린다. 선생님은 이 번역의 주석과 해설에 필요한 자료들을 마련해 주셨으며, 번역 원고를 친히 읽으시고, 깊은 지식과 강인한 정신으로만 가능한 여러 가지 지적과 충고를 해 주셨다. 여전히 떨쳐버리지 못했을 우매함에 대해서는 선생님의 인내를 다시 빌 수밖에 없는데, 지금 선생님은 이 세상에 계시지 않는다.

황현산

라모의 조카

초판 발행 2006년 6월 5일
초판 6쇄 2023년 4월 25일

지은이 | 드니 디드로
옮긴이 | 황현산

펴낸곳 | 고려대학교출판문화원
http://www.kupress.com
kupress@korea.ac.kr

02841 서울특별시 성북구 안암로 145
Tel. 02-3290-4230, 4232
Fax 02-923-6311

표지 디자인 | 정디자인·정진서
본문 디자인 | 허미경

값 12,000원
ISBN 978-89-7641-564-6 03860